✳ WHY DO YOU ONLY SELL COPPER SWORDS? ✳

なぜ銅の剣までしか売らないんですか？

エフ

Ⓕ

実業之日本社

CONTENTS

1 不自由っていやだな 5

2 仮想の花 25

3 損した奴の自己責任 60

4 怒りひとつ、一ゴールド 74

5 好きなことでは生きていけない 97

6 夢の労働力 121

7 誰かのために踊る人たち 140

8 善悪の境界線 175

9 右の頬を叩かれたら、相手の鼻を潰せ 203

10 負け犬ってなんで負け犬なの 226

11 おまえ死ぬときまで他人任せなの 254

12 勇者の存在意義 276

13 自由っていいな 307

イラスト／山下 諒　デザイン／西村弘美

＊WHY DO YOU ONLY SELL COPPER SWORDS?＊

Why do you only sell copper swords?

たとえば町に一軒だけの、あの店に入るよな。

すると、店主のセリフは決まってこれだ。

「ここは武器の店だ。どんな用だい？」


俺はずっと、疑問に思っていた。

なぜ、冒険の最初の町には《銅の剣《つるぎ》》までしか売っていないのか。

なぜ、どこへ行ってもアイテムの売値と買値が決まっているのか。

なぜ、モンスターを倒すとゴールドが手に入るのか。

なぜ、いまだ《勇者》たちは死地に向かわされるのか。


勇者は世界各地から送り出され、魔王は過去二百五十年のうち三回も討伐されているのに、またすぐに新たな魔王が現れ、平和などいっこうに訪れない。

俺が住む城下町パラグラは、ほぼ毎年、勇者を輩出する。

勇者は討伐の要《かなめ》だ。ターゲットは年ごとに違う。一番の大物は魔王だが、そこへ行き着く前に討伐隊はそのほとんどが全滅する。過去、生きて帰ってきた勇者などいない。

頻繁に行われる出陣パレードと慰霊祭にうんざりしていたら、今年の勇者は俺の弟だっていうじゃないか。

勇者の生還率はゼロだ。むざむざ弟を死なせるわけにはいかない。

俺は商人見習いで、できることといったら旅の装備を揃《そろ》えてやることくらいだ。

弟のために強い武器や防具をすぐさま用意したかった。……なのに、だ。

なぜ、この街の武器屋は《銅の剣》までしか売らないんだ？

《ドラゴン殺し》や《バスタードブレード》は、どうして店に出てこない？

価値ある武器や防具なら、さぞかし高値で売れるだろう。なのになぜ、強い装備を売らない？

そもそも国は、面倒な使命を勇者一行に与えておきながら、なぜ彼らに最初から強い装備を与えない？


この世はとかく理不尽だ。が、それに屈して弟を失うのは嫌だ。

だから俺は、旅をすることにした。


——世界の謎を、ほどくために。

1　不自由っていやだな

俺の名はマル。

姓はない。それは親だった人間が名乗っていたもので、必要がないからもう捨てた。今は、ただの商人見習いのマルだ。過去のしがらみとは十年も前に決別している。そこから人生の半分はもう、ただのマルで生きてきた。

ふたつ下に実の弟がいて、そっちの名前はバツ。こいつも俺と同じで姓を捨てている。兄弟でマルとバツ。実に単純だ。


ここパラグラは、北東の高台に王城を望む城下町。

十年前、兄弟で路頭に迷っていたときに、丁稚《でっち》奉公の名目で転がり込んだ先が、現在の俺の勤め先である武器屋だ。

武器屋の店主はとなりの道具屋の店主も兼ねていて、街で唯一の店ということもあり、商売は安定している。むしろ、もう少し羽振りがよくてもいいだろうに、堅実商売を謳《うた》う店主はそういったことに興味がなく、商売に対する貪欲さもないせいか、店構えはとても地味だ。

もちろん俺の親方でもあるこの店主が、そういうおっとりした性格だったからこそ、俺と弟は居候《いそうろう》を許されていたという面もある。とはいえ、幼い頃から武芸に秀でていた弟のバツは、すぐに街はずれの道場の部屋子になってしまったし、俺はといえば十二の歳から店の手伝いを始め、八年たった今では見習いとはいえ優秀な従業員となっていた。

「……あ。店主、おはようございます」

商売人の朝は早い。いつものクセで早起きして店の掃除を終わらせた俺は、上階からのんびり降りてきた店主に挨拶をした。

「おはよう、マル。しかしずいぶん早いな。今日は《選定の日》だから、午後からの開店と言っておいたはずだが」

「ま、配達もあったんで。《選定の日》だからこそ、午前中はみんな家にいると思って」

注文伝票と見較《みくら》べながら、店の棚から武器の付属品や消耗品を揃えていく。配達は明日でもいいのだが、言い出したからにはやってしまうのが吉だ。

しばらくは客がこないとわかっている安心も手伝って、俺は剣の束がしまわれた武器箱の埃《ほこり》を払いながら、つい、ぽつりとつぶやいてしまった。

「なぜ《銅の剣》なんですかね」

「……ん？」

俺のつぶやきに反応して、店主が眼鏡《めがね》ごしの視線をこちらへ向けた。

「商品ですよ。うちが冒険者向けに販売している商品」

言葉の意味を量りかねたように、店主は小首をかしげてみせる。俺は、脇に置かれた棒を指さした。

「まず《樫《かし》の木の棒》」

「ああ。軽くて誰でも扱える」

頷《うなず》く店主に、俺はその隣にある太い棒を示す。

「次に《棍棒《こんぼう》》」

「ああ。扱いやすいし、それなりに威力もある」

俺は、箱の中から鈍く輝く剣を摑《つか》んで持ちあげた。

「そして《銅の剣》」

「冒険者たるもの、これくらいは装備していないとな」

うちの目玉商品だ、と店主が自慢げに応じる。俺は肩をすくめ、剣を箱に戻した。

「じゃあ訊《き》きますが《ドラゴン殺し》は？」

その単語を耳にした途端、店主の小さな目が見開かれた。俺は構わず続ける。

「《バスタードブレード》は？」

「ちょ、ちょっと待て、マル。なにを言っているんだ。どうしたんだ急に」

あからさまに焦った表情になる店主に、俺は言い足した。

「店主、隣町の武器屋には《鎖鎌》が売ってるらしいんですよ」

「ああ、そういう話は聞くな」

俺は思わず声を荒らげた。

「だから！　うちも強い武器を仕入れたらいいじゃないですか。そのへんの《スライム》くらい、一撃でグチャグチャの木《こ》っ端《ぱ》微塵《みじん》にできるようなやつを！」

そうだ。実はずっとそれが言いたかった。絶対に需要はあるはずなのだ。なにも銅の剣ばかり仕入れる必要はないだろうに。

するとカウンターの向こうから腕を伸ばし、俺の肩をぽんぽんと叩《たた》いた。

「マル、落ち着くんだ。スライムは最初からグチャグチャだし、木っ端微塵なんてちょっとかわいそうじゃないか」

——いや、問題はそこじゃないんだが。

不満そうな俺の顔を覗《のぞ》きこんで、店主は諭すように言った。

「マル。お前も商人見習いなんだから、もっと冷静に考えるんだ。ここパラグラは、勇者が旅立つ最初の町のひとつだ。周辺に生息する魔物などたいして強くないし、倒してもわずかなゴールドしか落とさない。ドラゴン殺しだとかバスタードブレードだとか、そんな高い武器を購入する資金力が、ここ出身の勇者や冒険者にあるはずもないだろう？」

口調は穏やかだが、またしても論点がずらされている。俺は思わず反駁《はんばく》した。

「そのへんもおかしいんですよ。勇者には国の後ろ盾があるわけでしょ？　いつも大騒ぎして魔王討伐に送り出しているんですし」

「そりゃ当然そうだ。勇者が現れたときは、国をあげて送り出してやらなければならん」

店主が首肯する。しかし、俺の気持ちは収まらない。

「じゃあなんで、最初から勇者に強い武器や防具を与えないんですか？」

「それはきっと、お上の深き考えあってのことだろう。国王陛下は思慮深き御方だから」

店主は絵に描いたような善人だが、善良と愚鈍は紙一重ともいえる。

俺はいらいらと自分の案をぶつけた。

「店主。俺の提案はこうです。まず各地から、強い武器や防具を独自に仕入れるんです。そして国に掛け合って、勇者一行に初期装備を販売する独占契約を結ぶ」

そうすればうちの店は、この城下町からほぼ毎年輩出される勇者に、高額な武器や防具を独占的に販売できる。金は国から払ってもらえばいいのだ。

だが、店主は不審そうに眉根を寄せた。

「強い装備を仕入れる？　そんなのどうやって？」

「なに言ってるんですか。隣の道具屋で《キメーラの翼》を売ってるんですから、他の町に行ったことのある人間を探して、そいつと一緒にキメーラの翼で飛べばすぐでしょう」

キメーラの翼は、過去に訪れたことのある場所へ、瞬間的に移動できる消費型のマジックアイテムだ。転移の場所や条件に制限があり、一回使えばなくなってしまうが、通常の移動時間や旅費のことを考えたら安価な商品といえる。

俺の提案に、店主は大仰にため息をついてみせた。

「いいかい、マル。おまえは若いし頭もよい。正直、商人としての才能なら私を遥《はる》かに上回るだろう。しかしな、商人たるもの野心の隠し方も覚えなければならない。そうやって抜き身の剣のようなことばかり言っていると、周囲から警戒されるし余計な敵も作る」

——あ、この流れは知ってるぞ。

過去の経験則から、俺は急いで配達の荷造りを完了させる。

店主のほうは語り部の顔つきで、滔々《とうとう》と言葉を紡いでいる。過去何度も繰り返している口上だから、それこそ澱《よど》みがない。

「……遥か東にあるジャポンという国には、若き頃〝ウツケ〟と呼ばれながらも力を蓄えたノブ・ナーガという男が……」

始まった。ここから人にして魔王の異名をとったノブ・ナーガの大冒険が続くのだ。

「あーはいはい。配達行ってきます！」

「おいおい、マル、待ちなさい！」

雑に会話を断ち切って店の外に出た俺の背中へ、店主の声が追いかけてきた。

配達の道すがら、俺は少し反省していた。この商売をもう何年もやって、ずっと思っていたことではあるが、あえてあそこで言うことはなかった。

うちの店主は事なかれ主義だ。同業者との協調を重んじ、新しい商売を始めるのに消極的。そりゃ人間性は立派だし、尊敬もしている。俺たち兄弟を拾ってくれたわけだし、住民からも慕われている。ただ、商売には向いてないんじゃないかと思うことはあった。

いや、うちの店主に限った話じゃない。ここのところ、俺は街の商人たちに疑問を感じることが増えた。たとえば隣の道具屋は、店主の親族経営で実質系列店なので、口利きや店の仕事の協力をする関係にある。店頭には《薬草》《毒消し草》《なべのフタ》――そして、キメーラの翼が売られている。だが、おかしな話なのだ。なぜ売るだけなのか。俺ならキメーラの翼を使って別の町まで行き、もっと目新しいアイテムを輸入するだろう。

キメーラの翼は現在のところ、冒険者が移動用に使うアイテムだ。羽に魔力が込められていて、それを掲げて過去自分が行ったことのある町や村を思い浮かべ念じると、即座に転送される仕掛けになっている。冒険者にとっては必需品といえる便利なものだ。

ちなみにキメーラの翼というのは商品名で、本物のキメーラを材料にしているわけじゃない。町周辺の草原に住む鳥型モンスターから羽を毟《むし》って染色し、魔力を込めたものだ。この城下町周辺の場合、材料には主に《巨大がらす》を使っている。

だからなぜ、それを使って個人輸入を行う商人が現れないのか疑問でならない。ひとつの道具屋が抱える在庫にも限度はあろうが、ちょっと強い装備を十や二十仕入れることは可能なはずだ。

道具屋の商売方法の改善についても、俺は以前、店主に話したことがある。だがそのときも先ほどと同じようにノブ・ナーガの話をされた。

「号外だよー！　号外！」

そのとき、前方で大声を張り上げる男の姿が見えた。

街の中央広場に掲示される壁新聞制作ギルドの男だろう。この日この時間帯に出る号外といったら、どうせ勇者関連だ。なにしろ今日は《選定の日》なのだから。

呼び込みの声につられて、住民たちが壁新聞の掲示場所へ集まってくる。俺も近づいて文字を眺めると「勇者快挙！」「速報！　今年の勇者決定」の大きな見出しが躍っていた。

掲示されたばかりの壁新聞を前に、人々は早速おしゃべりに余念がない。

「おい、これなんて書いてあるんだ？　おいら文字読めねえからよぉ」

「んー？　なになに……隣国の勇者が魔物の拠点をひとつ壊滅させたってよ！」

「すげえなぁ。うちんとこの勇者も、今回はこれくらいやってくれるかね？」

「ああ、ここに書いてある。天啓で選ばれた勇者は剣道場の門弟、町一番の凄腕《すごうで》……だとよ！　今度こそ間違いねえよ！　絶対に魔王を討伐してくれる！」

「だといいがな。前回の勇者は道半ばでやられたから……」

新しい勇者が現れると、城下町の住民はいつもこうやって大騒ぎする。勇者なんてこの町だけでもほぼ毎年現れているのに、よくも飽きないものだ。

世界には、このパラグラのように勇者を輩出する町や村が複数あるらしい。らしいというのは、そのあたりの情報はあまり公《おおやけ》になっていないからだ。とにかく、ここパラグラが勇者の輩出地であることには間違いない。

各地に偉い予言師様がいて、天から啓示を受けて勇者を指名する。指名の比率は男性が高いが、女性もいないわけではない。十八歳以上の年齢制限があるときくが、それも絶対ではなく、過去には少年勇者もいたし幼女の勇者もいた。ただ、最近は旅立ちに際して自己責任を明言する書類へのサインが必須となったので、暗黙の了解で十八歳からという建前が守られている。

何度も言うが、この町だけでもほぼ毎年勇者が現れている。おそらく、世界的に見れば勇者は量産されている。この調子で人類はもう二百五十年間も魔王討伐を勇者に託しているが、いっこうに平和は訪れない。魔王は過去に三度討伐されているが、倒してもすぐに新しい魔王が立つため、キリがないのだ。

もはや珍しくもない〝ちょっと特別な〟勇者たちが、戦果をあげたとか、魔王討伐直前だとか、死んだとか……。そんなニュースが人々の数少ない娯楽になっていて、そのたびにこうして壁新聞が貼り出されるというわけ。

「で、今年の勇者の名前は？」

「バツ、って書いてあるな。剣豪のバツ」

文字を読みあげる男の声で、俺は我に返る。

それは、弟の名に他ならなかった。

自分で言うのもなんだが、俺は頭がいい。

幼少時の環境が劣悪だった割には、表立ってグレもせず、自己研鑽《けんさん》を積んだ結果がこれだ。そもそもフィジカル面が弱いから、それを補うためにメンタルのほうを鍛えたわけだが、俺がそれなりの常識を弁《わきま》えた大人になったのは、弟のバツの存在が大きい。

「頼むバツ。景気を良くしてくれ」

「……僕に言われても」

配達先の道場で会って早々、勢いよく拝んできた俺に、バツは困惑の表情を浮かべた。

「ぜいたくは言わない。まずは西端の領土を魔王軍から取り戻してくれ」

「充分ぜいたくだよ……」

魔王四天王と呼ばれる幹部格の大物魔族が根城とする土地だ。そこには資源豊富な金鉱山があるのだが、数万の魔物が占領地を防衛していて、今まで誰も攻略できていない。

「あと、南側の海域に生息する魔物も根絶やしにしてほしい」

そこも魔物たちに海を荒らされ、漁業がたちゆかないと聞く。

バツは俺の言葉に軽くため息をついた。

「あの海域は岩礁だらけだし、船じゃ攻略できないよ」

道場の師範に届け物をしたあと、バツと雑談を交わすのが俺の貴重な息抜きの時間だ。弟のバツは、このたびの天啓によって選ばれた勇者だ。こいつの実力を顧みたら、じきこういう選定がなされるだろうことは予想がついていた。天啓は魔王討伐適任者の選抜システムなのだから、住民の蓄積データから、早々にバツを候補に挙げてきてもおかしくないと思ってはいた。が、こんなに早い招集は想定外だ。

現実が自分の計算を先回ったことに軽く苛立《いらだ》ちを覚えながら、俺はバツに訊いた。

「勇者ってのは、民家への不法侵入や、家具や家財道具の物色を許されてるんだろ？」

「ああ。各国が連携していて、勇者にはそういう特権が与えられているらしいね」

「それなら冒険終盤には、さぞ大量のアイテムを持っているはずだよな？」

「……かもしれないね」

話の先を探るようなバツの相づちに、俺は「だろ？」と頷いた。

「それ、冒険が終われば不要品になるんだし、魔王討伐後はうちの武器屋で買い取らせてくれよ」

「……兄さん、本当に金のことしか考えてないな」

「おまえが剣のことしか考えてないのと同じだよ」

反射的に言い返すと、バツは軽く肩をすくめた。

「まぁ、全ては魔王を討伐できたらの話だね」

「おいおい、そこはやってもらわないと困るぞ」

そうだね、とバッツが軽く応じた。我が弟ながらこいつは飄々《ひょうひょう》としすぎている。

俺はそんなバッツの顔から視線をはずし、自分の汚れた靴のつま先を見た。

「……うちの店、銅の剣までしか置いてないんだよ。ごめんな」

「なんだよ急に」

「いやほら、ドラゴン殺しとかさぁ……そういうの、あったほうがいいだろ？」

「そんなのは必要になってから考えるから」

のんびりしたバッツの口調に、俺は語気荒く言い返した。

「死んでから必要だったたって気づいても遅いんだぞ！」

「なに大声だして……」

兄貴にしては珍しい、とでも言いたげに、バッツがわずかに目をみはった。

俺は頭を振る。わかっていたことだが、いざ現実になると胸がむかむかした。

「俺は嫌だぞ。『勇者バッツは勇敢に戦い、多大なる戦果をあげたが、魔王との戦いにて壮絶な死を遂げた。その誇り高き姿は全国民が模範とすべきであり……』なんて白々しい称《たた》えられ方をして、おまえの体なんかほとんど入ってない棺桶《かんおけ》と、どっかの偉そうな画家が大げさに描いたおまえの絵を見ながら、町中の人間が、勇者は素晴らしい人だったとか、我々の犠牲になってくれたなんて涙を流してる様子を見るのは」

うん、とバッツは穏やかな笑みをみせる。――なに笑ってんだ、おまえの話なのに。

「俺は昔っから、あのクソったれ慰霊祭が大っ嫌いなんだ。その主役が俺の弟だなんて冗談じゃない！」

「……うん、ありがとう」

「だからおまえには、最初っから強い武器をだな……《破壊のフレイル》とかさ？」

「兄さん、それは諦めなよ」

チートを目指す俺を、バツは半ば呆《あき》れながら宥《なだ》めたのだった。

親のいない俺たちにとって、お互いの存在がどれだけ大事かなんて、俺たち以外は全く理解できないだろう。

バツは来週にも旅立つ。時間がない。どうにか勇者バツを支援できないものか。せめて銅の剣より強い武器を仕入れることができたら……でも、それは店主が許さないのだ。

俺の腕っ節が強ければ一緒に旅に出るところだが、この細腕じゃ足手まといにしかならないだろうし……。

そう思案しつつ店へ戻る道を急いでいると、背後から男たちの会話が聞こえてきた。

「おい、知ってるか？　南の港町で〝花〟が流行《はや》ってるんだとよ」

「花ぁ？　なんでそんなもんが流行るんだ？」

耳聡《みみざと》いことは商人の才能だと思う。俺は耳をすました。

「なんでも外国から輸入された花らしくてな。希少種だから高いって噂《うわさ》だ。花の売買でたんまり儲《もう》けたヤツもいるってよ。ほら、港町の連中って金持ちで見栄《みえ》っ張《ば》りだろ？」

「あー、あいつら流行りもんにすぐ飛びつくよな」

「金持ちどもは、自分ちの庭にその花を植えるのがステータスらしいんだわ。見栄っ張り競争ってわけよ」

ほうほう、と聞き手のほうの男が応じる。儲け話のにおいがして、俺も歩みを緩めてネタを聞き漏らすまいとした。

「で、ただでさえ高価なのに、珍しい色の株にはとんでもない価格がつくとかで」

――花にとんでもない価格？

「だから一攫千金《いっかくせんきん》を狙って、その花や球根に投資する連中が増えてるそうだ。実際ここ数週間で相場が二倍にも三倍にもなってるらしいぞ」

「花には興味がねぇけど、儲かるってならちょっと気になるな」

すまんバツ。お前のことを考えてる場合じゃなくなった。

俺に才能がありすぎて本当にすまん。

「港町か……」

俺はひとりごちた。機を見るに敏《びん》なのも、商人の才能だ。

「店主……ちょっと俺、体調がよくないみたいで……」

店に戻るなりそう切り出した俺に、善人の店主はおろおろとした。

「だ、大丈夫かい？」

「はい。高熱で喉が痛くて頭痛と吐き気がひどい程度で、業務には支障ありません」

「それはいけない！　今日はもう帰って休むんだ。治るまで店には出なくていいから」

俺はしおらしく店主を見た。

「そういうわけにはいきません。商人見習いたるもの、体調不良で休むなど……」

すると店主は、諭すような口調で俺に言った。

「いいかい、マル。商人にとって最も大事なのは信用だ。体調が悪いのに無茶をしてお客様に迷惑をかけたら、信用はいっぺんに失墜するぞ。目先のことばかり考えてはいけないよ。なにより、おまえの体が心配だ。治るまで自宅で休んでいなさい」

俺は沈痛な面持ちで頷いた。

「そこまでおっしゃるなら……不本意ではありますが、完治までお休みをいただきます」

「そうだ、もしかしたら毒に当たったのかもしれない。念のため教会に行って、僧侶に見てもらうといい。この金を渡しておこう。遠慮なく使いなさい」

カウンター下の小箱から、麻袋入りの金を手渡された。小さい袋ながらずっしり重い。

「こ、こんなに頂いていいんですか？」

「商人は体が資本だ。体に金をかけるのも投資だよ。あ、寝るときはあったかくして、ハチミツとレモンを――」

「あっはい、ではお疲れ様でしたっ」

店主の言葉を最後まで聞かず、俺は一礼して店を出た。

「おいおい、待ちなさい！」

ウソがうまいのも商才だと思う。

店主、俺は明日、港町に行きます。すみません。


港町までは、城下町から歩いて半日もかからない。

道中は魔物も出るが、銅の剣さえあれば、俺程度の実力でもたいていの個体は倒せる。

「そう……おまえ以外はな」

今、目の前にいる《三角うさぎ》という魔物は、指定保護モンスターだ。絶滅危惧種なので国の法律で狩りを禁じられている。しかし、こいつは鋭い角を持っているし、積極的ではないが人間を襲ってくることもある。遭遇すると厄介な奴《やつ》だ。

「おい、俺はあっちに逃げるから、追ってくるなよ。しっしっ！」

指定保護モンスターが原因で命を落とす駆け出し冒険者は珍しくない。逃げ回った挙句挟み撃ちに遭うとか、道に迷って崖から落ちるとかで。

——まったく。魔物なんか絶滅したっていいじゃないか。こんな法律があること自体、俺は納得できない。そもそも勇者は魔物たちのボスである魔王を討伐しに行くのに。魔物保護団体がそんなに怖いのか、国は。

納得できないことは、他にもある。

「おりゃ！」

道の真ん中でぐにゅりと動く物体に、俺はひと太刀《たち》を浴びせかけた。

「ピギグェ――――――!!」

「うわスライムの断末魔キモ……」

眉をひそめながら、グチャグチャとスライムの中身を掻《か》き回すと、ベトベトの二ゴールドが出てきた。納得できないのはコレだ。

この《ゴールド》というのは全世界共通の通貨なのだが、なぜか魔物を倒すとこんなのが体内から出てくる。しかも、《スライム》なら絶対二ゴールド、《巨大がらす》なら必ず三ゴールドと、倒す魔物によって額が決まっている。

このゴールドはどう見ても天然物ではなく、目視する限り完全な円形で、模様まで彫られている。そして品質にバラつきがほとんど見られない。現時点では人間の技術で偽物を作るのは困難であり、場所を問わず必ず魔物から獲《と》れるので、通貨として全世界に流通するようになった……らしい。このあたりは蘊蓄《うんちく》好きの店主からの受け売りだ。

だが、なぜ魔物からゴールドが出てくるのか。そのシステムはいっさい解明されていない。これはもう、魔物の親玉である魔王の胸ぐらを摑んで吐かせるしか、真実を知る方法はないのかもしれない。

「えい！」

中空にホバリングする巨大がらすに銅の剣を突き刺す。

「カ――――!!」

「あ、羽は毟っておこう。キメーラの翼の材料になるし、ついでに長い尾羽を根こそぎ抜いた。

俺は裂いた体から三ゴールドを取り出しながら、ついでに長い尾羽を根こそぎ抜いた。

そう、納得できないことはまだある。商人が販売するアイテムのうち、冒険者用の指定アイテムだけは、各国が連携し相場を決めているのだ。例えばキメーラの翼の買値は一個二十五ゴールド、売値は十八ゴールド。薬草なら買値は八ゴールド、売値は六ゴールド。

そして、この銅の剣なら買値は百ゴールド、売値は七十五ゴールド。

どこの国で売買しても、冒険者用アイテムの相場は一律だ。景気や国力の差に左右されない。これにより相場の乱高下を抑制し、冒険者の旅を円滑にするだとかなんとか……そういう理由付けは一応、されている。だがこの価格規制は、武器屋見習いとしてまったく面白くない。もっと自由に商売させろ！

「やばい。スライムの大群だ！」

最弱モンスターと称されるスライムでも、集団でこられると結構きつい。俺のように体力に自信がないタイプならなおさらだ。

前方の道をふさいだスライムの大群を前に、俺はすばやく回れ右した。

低木林を抜ける迂回路まできて、背後になにもついてきていないことを確認してから、俺は足を止めた。ふたたび歩く速度で道を進みながら、つらつらと考える。

この世界のルールで、納得できないことはまだまだあるのだ。

たとえばこの銅の剣。冒険者用アイテムは価格だけでなく、その品質すら国が定めている。つまり〝すごくよく切れる銅の剣〟は絶対作られない。お上《かみ》の決めた品質基準を逸脱しているからだ。価格競争どころか、品質向上や創意工夫による競争すら不可能なのだ。

しかも、そういう冒険者用アイテムの価格や品質は《商人ギルド》が常に見張っているという。ルールを破ればギルドから外され、まともなルートでの商売はできなくなる。

だから冒険者用アイテムの国定規制を無視する商人は滅多にいない。〝普通の銅の剣〟を、ただ素直に百ゴールドで売るしかないのだ。

一方で、食品飲料や衣類、生活必需品などは基本的に、国が配給してくれる。ゆえに、これらを中心に取り扱う店はほとんどない。小売店として成立するのは、武器屋や防具屋、道具屋など冒険者用アイテムを取り扱う商売だけ。ときに各店舗がサイドビジネスとして、生活必需品を少量販売している例もあるが、それもさほど一般的ではない。だからこそ、冒険者用アイテムに特化した商人ギルドが絶大な力を持つ……と、店主からも聞いた。

公的配給の量には地域差があるのだが、俺の住むパラグラは城下町ということもあり、かなり恵まれているほうだろう。ただし、ここ数年はパラグラでも配給が減り、住民は緩やかに貧しくなっている。

ちなみに、国が配給する衣類のデザインは数パターンしかないので、住人の服装は被《かぶ》りまくりだ。遠目から見ると無個性すぎて、同じような人間ばかりに見えるだろう。

そのとき、目の前が急に開けた。林を抜けたのだ。

澄んだ青い空と白い雲、そして陽光を弾《はじ》いて輝く濃紺の……。

「おー、海だ！」

手前に煉瓦《れんが》の家並みが見え、切り込んだ湾内にはいくつもの船が停泊していた。

稀少な花が売買されているという、カンマの町に着いたのだ。

2　仮想の花

生まれて初めて来た港町カンマは、よく言えば活気があり、悪く言えば人が多くて騒がしい場所だった。

景気はよさそうだが、毎日こんな感じなら正直、俺は住むのは御免だ。しかし、町に入るとすぐ露天商が左右に並び、それが港のほうまで続いている。店先で売りに出されている商品も、パラグラでは見たことのないような珍しいものばかりだ。その点だけは、商人見習いとして素直にうらやましい。いいよな、船で貿易ができるってのはさ。

勇者一行のために、各国は膨大な国費を投じて街道を整備している。

商人たちはその街道を利用して荷車で貿易を行うが、あくまでも勇者たちが歩いて旅をするために作られた道なので、その道幅や傾斜は大型荷車の走行には適していない。よって陸路での貿易は小規模に留《とど》まり、大規模貿易は海運で行うのが合理的だ。

――さて、まずは情報収集をしようか。

俺は目の前の武器屋に寄ることにした。ほかの露店よりやや大きく仕切られただけの店舗は、一般的なスタイルの武器屋とはまた趣《おもむき》が違うが、品揃えの点では遜色なさそうだ。

俺はまず、対面式カウンターの奥にいる男に声をかけた。

「ねえ、お店の人。そこの剣、見せてよ」

「ああ、勝手にどーぞ……ってあんた、その腰に下げてるの、銅の剣じゃねーの？」

店主らしき若い男にツッコまれて、俺は一瞬、言葉に詰まった。

「えっ⁉ あ、ええっと……そう、ここから遥か東のジャポンという国に、かつてミヤーモ・トム・サーシという伝説のソードマスターがいてね、彼は剣を両手に持っていたそうなんだ。あ、〝ニトーリュー〟って言うんだけど。俺もそれに倣《なら》おうかと……」

「ひゃー〝ニトーリュー〟？ マジで？ 剣を二本使って戦うの？」

そうそう、と俺が応じると、男はひゅうっと短く口笛を吹いた。

「クールだね！ 流行ったら剣の消費量が増えそうだ」

うちの店主の退屈な蘊蓄も、たまには役に立つものだ。うまく話をそらしつつ、俺は男に本命の質問を投げかけた。

「ところでさ、この港町で花が流行ってるって聞いたんだけど、何か知らない？」

「花？ ああ、《チュリップ》のことだろ？」

さっそく情報ゲットだ。

「チュリップっていうんだ！ 実は俺も商人なんだけど、花なんかで儲かるもの？ 怪しい話に思えるけど？」

「金持ち連中がガンガン買ってるからな。相場はしばらく上がり続けるだろうよ。もし気になるなら、今は南の広場が市場になってるし、行ってみたらどうだ？」

南の広場か。口の中で繰り返してから、俺は傍らの籠に盛られた赤いリンゴの山からひとつ手にとった。

「そうするよ。ありがとう。あ、じゃあこのリンゴ一個ちょうだい」

「まいど！」

チップ代わりの少額のゴールドを手にした男に、俺は顔を寄せてささやく。

「……この店、ドラゴン殺しなんかは置いてないの？」

「ド、ドラゴン殺し⁉　おいおい、なに言ってんだよ！　いくらこの町の貿易が盛んだからって、そんな剣を店に置いたら、商人ギルドに目ぇつけられちまうだろ？」

――え？

「商人ギルドに目をつけられる？　どうして？」

俺がぽかんとしていると、店主の男は片眉を上げた。

「ん？　なんだあんた、商人つっても見習いか」

「……まあ、そうだけど」

「じゃあ自分ちの店主に教えてもらえ。よその見習いに余計なことを言うもんじゃないしな。ほら、行った行った」

邪険に追い払われて、俺は仕方なく店の外へ出た。

武器や冒険アイテムの価格や品質が、国によって厳しく管理されていることは俺もよく知っている。だが、販売地域について商人ギルドが管理しているなんて、しかもその理由すら秘匿されているなんて初耳だ。

しかし、さしあたって俺が知りたいのはそれじゃない。


「三百ゴールド！」

「五百ゴールド！」

「六百！」

「はい、現在六百ゴールド！　いないか？　もういないか!?」

「六百五十！」

「六百五十出た！　六百五十ゴールドより上いないか!?」

南の広場は、異様な熱気に包まれていた。

競《せ》りのために大勢集まっているせいだけじゃない。みんな目の色が違う。まるで競りにかけられている花の色のように。

金儲けって、本質的に不健全なんだろうな。今日はカラッとしたいい天気なのに、この広場だけは粘つくような空気に満ちている。

実はこういう流行《ブーム》は、俺が知るだけでも過去に何度かあった。冒険者用アイテムでの価格・品質競争は事実上封じられているものだから、こういう〝規制外のアイテム〟でひと儲けしてやろうという商人は後を絶たない。まさか今回、その対象が花になるとは思わなかったけれど。

「六百五十ゴールドでトンチキ商会が落札だ！」

競り人のダミ声が響く。俺は呆気にとられた。

――あんな花が六百五十ゴールド？　銅の剣が六本は買えるぞ。正気か？

広場を囲むように作られた花壇に、チュリップなる花が並んで植えられている。しかしそれは思ったより地味なものだった。色味こそ豊富だが、コレクターが目の色を変えるほどの稀少な植物とはとても思えない。

だが、そんなことは参加者の誰も気にしていない様子で、広場の花壇を物色している。

「きゅうこ〰〰ん！　チュリップの球根はいかが～？」

歌うような節回しで声を張りあげているのは、球根売りだろうか。

「何色の花が咲くかわからない、チュリップのきゅうこ〰〰ん！」

「ねえ、球根を見たいんだけど、いいかな？」

声をかけてみると、球根売りの女は、首を横に振った。

「実物はここにはないよ～。できるのは事前購入の手続きだけ～」

「え？　あんた球根を売ってるんじゃないの？」

すると女は頷いて、少し離れた場所へ顎をしゃくってみせた。

「あそこの花壇に植えられてるチューリップあるでしょ〜？　私はあのチューリップから今後採取される予定の球根の権利書を販売してるよ〜。つまり、来シーズンの球根だよ〜」

——なるほど。権利を代理販売してるのか。

「ちなみにその権利書、一枚いくら？」

「三百ゴールド均一だよ〜！」

「たっか！　球根一個でしょ⁉」

暴利だ。思わず叫んだ俺に、球根売りはのんびりと広場の外れの掲示板を示した。

「あそこにチューリップの相場表があるから、見てみなよ〜。うちは相場どおりだよ〜」

急いで表を確認すると、さらにとんでもない事実に行き当たった。

——この相場表が正しいなら、チューリップ相場はこの一週間で約二倍だ。

それどころか、ここ一ヵ月では約十一倍。そんな馬鹿な値上がりがあるか？

すると俺の隣で、いかにも金持ちといった風情の中年男ふたりが、周囲へ聞こえよがしに会話を始めた。

「うちの庭、ついに一面をチューリップにしてしまいましたよ。いや本当に美しい花だ」

「うちも一面チューリップだ。珍しい青色のチューリップも取り入れたよ」

すると片方の金持ちが、おや、と薄笑いを浮かべる。

「まだ単色のチューリップで喜んでいらっしゃる？　うちの庭に咲く混色のチューリップこそ至高ですよ。価格もそれはそれは高いですしね」

不毛な見栄張りバトルだ。しかも、こんなクソ高い花を庭一面に？　ウソだろ？

首をかしげながら、俺は先ほどの球根売りのもとへと戻った。

「ね、チュリップって、なんでこんなに値上がりしてるの？」

そもそもそれがわからない。すると女はにこにこと応じた。

「それはチュリップが美しくて〜、外国から輸入されてくる珍しい花で〜、お金持ちのトレンドになってるからだよ〜」

「金持ち連中の需要だけで、こんなに値上がりする？」

「あと、庶民もチュリップを買うことが多いよ〜」

金に余裕のなさそうな庶民も？　ますます理由がわからない。

「庶民が庭にチュリップを一本や二本植えて、意味なんかある？」

俺が疑問を投げかけると、球根売りは立てた人さし指をチチチと左右に振った。

「ノンノンノン。庭に植えて眺めるのが目的じゃなくて、金儲けが目的だよ〜。チュリップの価格はまだまだ上がるからね〜。球根もいいよ〜。私も仕組みはよく知らないけど〜、たとえば赤いチュリップの球根から、違う色のチュリップが咲くこともあるよ〜。珍しい色の花が咲けばすごい儲かるよ〜。君もやってみたら〜？　球根一個三百ゴールド〜！」

それが定番の売り口上なのか、球根売りは不思議な節回しで一気にまくしたてた。

「う〜ん……三百ゴールドはちょっとなぁ……」

俺が渋い顔をすると、女はすかさず追加条件を出してくる。

「全額支払わなくてもいいよ～。前金を少し払ってくれれば、残金は後払いでも～」

「え？　後払いでもいいの？」

「うん～。この手形にサインをくれればいいよ～。手持ちの金が少なくても～、チュリップはまだまだ値上がりするんだし～、あとでチュリップを売れれば、全額支払えるよ～」

手形取引か。確かに支払いを先延ばしできるけど……。

「みんな、そうやって前金だけでチュリップを買ってるわけ？」

「人によるけど～、やっぱり資金不足の庶民ほど後払いで買ってるよ～。まあ、商人や金持ちの中にも、そういう人はいるけどね～」

「でも、もしチュリップが値上がりしなかったら、あんたは代金を回収できないだろ？」

すると女は「大丈夫～」とのんびりと解説を加えた。

「私はただの販売代行だし～、売れた球根の数に応じて、売主から手数料もらってるだけだから～。でも、チュリップはまだまだ値上がりするし、手形の不渡りを心配する必要もないと思うけどね～。どう～？　球根一個三百ゴールド～～～」

すかさず売り込んでくる球根売りの目をじっと見て、俺はこう訊いた。

「で、あんたはチュリップを買ってるの？」

すると、女の視線がキョロキョロと左右に動いた。

「……私？　も、もちろんたくさん買ってるよ～！　も、儲かるからね～！」

「そうなんだね！　いろいろ教えてくれてありがとう！　チュリップの球根を買うならこ

の店にするよ！　それじゃ！」

　愛想よく手を振って広場をあとにした俺は、ひとつの確信を得ていた。

　――ウソだ。

　あの球根売りの女は、チュリップなど買っていない。そもそも、花や球根の値上がりを本気で信じているなら、権利の代理販売なんて利ざやの薄い商売をするわけがない。

　よく見たらこの広場、リスクを負ってる商人は多くないぞ。彼らがやってるのは、チュリップの代理販売や取引仲介、相場予想、投資勧誘、鑑定、宣伝……ほら、在庫を持たない商売ばかりじゃないか。

　それらが示す事実はひとつ。この相場はじきに弾けて消える〝泡《バブル》〟だ。泡相場とわかっているから、賢明な商人は在庫を持たない。リスクを他人に負わせて、自分たちはこの相場を利用して着実に利益を得ている。

　――クソ、なんて奴らだ！　俺も一枚噛《か》ませろ！


「きゅうこ～ん、何色の花が咲くかわからない、一攫千金チュリップのきゅうこ～ん」

　呼び込みに足を止める者が多い。……それにしても球根、よく売れてんなあ。

　俺は財布に入れた手持ちの金を眺めた。城下町でせこせこ貯めた二千ゴールドと、店主から貰《もら》った教会代の五百ゴールド、合わせて二千五百ゴールドか。

一個三百ゴールドのチューリップの球根は、数個しか買えない。そんなの、仮にちょっと値上がりしても小遣い稼ぎにしかならないじゃないか。

「まいど〜。来シーズンをお楽しみに〜」

取引を終えた球根売りが、にこやかに客を送り出している。

だが俺には、チューリップ相場は今がピークに見える。今後の値上がりに賭けるのはあまり賢くなさそうだ。だとしたら、やっぱり俺も球根の代理販売を始めてみるべきか。広告業や勧誘業でもいい。とにかく在庫を持たなくていい商売だ。薄利でも、それなら手堅く稼げるかもしれないし……だが、よそ者の俺が、今から入りこんで儲けられるか？

「後払いだね〜？　じゃあ、この手形にサインして〜。前金は三十ゴールドだよ〜」

あの男性客も球根を買ったようだ。格好を見るに貧民で、年齢は俺と同じくらいか。

あーあ、手形なんかにサインしちゃって。何色の花が咲くのかわかるのは来シーズンだし、その頃にチューリップ相場がどうなってるかなんて、誰にもわからないのに。

そのとき、俺の横をすり抜けた少女が、取引を終えた若い男性客のもとへ駆け寄った。

「お兄ちゃん、きゅうこん買った？」

「ああ、これで大儲けできるぞ！」

年の離れた兄妹のようだ。兄が手形取引の証書を広げると、幼い妹がはしゃいだ。

「やったあ！　たくさんお金稼いだら、お母さんの病気を治せるよね？」

「当たり前だ！　おいしい食べ物も買えるし、滞納してる家賃だって全部返すさ！」

どうやら貧乏兄妹は、なけなしのゴールドで夢を買ったらしい。

「……いやなものを見た」

俺は内心、舌打ちした。だから貧乏人は嫌いなんだ。

チュリップは、珍しい色ほど高値で売れるんじゃないのか。兄妹が手に入れた一個の球根から、そんな色の花が咲く確率はどれほどだ？　そして思惑どおりにいかなかったとき、残金の二百七十ゴールドをどうやって払うつもりなのか。

金儲けは金儲けでも、あれは賭博だ。決して投資ではない。あの兄妹はたった今、賭博に自分たちの人生を投じてしまった。

親を助けたい？　馬鹿言うな。人を助けるっていうのは、もっと真面目《まじめ》で、現実的な行動の積み重ねなんだ。親を盾に無謀な行動を正当化するな。俺は貧乏人のそういう愚かさを見るのが嫌なんだ。奪われるべくして奪われる様子を見るのが。

あの兄妹は賭博に負けたあと、今度は被害者のような顔をするんだろう。自分がした選択の結果なのに。……俺はそんな奴らを「かわいそう」だとか「気の毒だ」なんて思ってやったりしないからな。

決めた。俺も花の販売代行に参入しよう。

あの貧民兄妹のようなババは引かない自信がある。

金儲けしたい奴らにしてみれば、花の美しさや稀少性なんてどうでもいいんだろう。

売買で利益が出ることこそ、この港町におけるチュリップの価値だ。が、当然ながら上がり続ける相場はない。どこかで誰かがババを引くことになる。

問題は、いつ〝そのとき〟が来るのか。

「ま、俺は相場なんて関係なく、稼げるうちに稼ぐけどね」

俺はまず、この町の商人ギルドの扉を叩いた。

「ごめんください。あ、マルと申します。パラグラから最近カンマに来たんですけど」

なんというか……思ったより静かで陰鬱な場所だ。建物は立派だが、あまり人の気配がしない。奥の椅子に腰かけていた男がひとり、俺の来訪に気づいて立ちあがった。

「……城下町から？　はぁ？　なんで？」

この中年男もそれなりの商人なのだろう。横柄な態度でうろんな視線を投げてくる。

俺は弱気をにじませた愛想笑いをしてみせた。

「ほら今、チュリップ流行ってるでしょ？　その販売代行をやらせていただきたいんですよ！　こちらの商人ギルドなら、きっと在庫を抱えてる商人さんもいるかなと……」

「販売代行ぉ？　よそ者に大事な花を預けられるかよ。自分で買ってくれればいい」

——なんだこのおっさん。露骨に馬鹿にしてくるな。

ムッとしながらも、俺は笑みを貼りつかせたまま話を続けた。

「いやぁ、おっしゃるとおりなんですけどね、買おうにも持ち合わせが少なくて」

「代金の一割程度、前金を出せば買えるだろう」

「それでも大した数は買えないじゃないですかぁ」

俺は持ち合わせの二千五百ゴールドを、財布から出してみせる。

すると中年男は、太った腹をさすりながら鼻で笑った。

「なんだよ、商人のくせにそんだけしか持ってないのか？」

「はは……すみません」

やだやだ、若者に高圧的な中年って。年を重ねても成熟しない人間っているよな。

ま、こういうおっさんは逆に扱いやすいんだ。俺はしおらしく提案する。

「でもぉ、さすがにそろそろチュリップの高騰も終わるでしょ？　最高値をつけている今のうちに販売員を増やして、さっさと売り抜けるのが得策なのでは？」

「ふん。販売代行なんていう、人の褌《ふんどし》で商売しようとする奴にありがちな考えだな」

——ほら乗ってきた。あとは間抜けな顔でこう聞いてやれば、ペラペラ喋《しゃべ》るはず。

「へ？　と言いますと？」

「いいか、チュリップはまだ値上がりする。今はむしろ買い集める時期だ。見ろ！」

「うわぁ……！」

男が自慢げに見せてきたのは、大量の権利書だ。全てチュリップ関連のものだろう。

「これって、今の相場でどれくらいの価値になるんですか？」

「時価で百万ゴールドは下らないだろうな」

「ひゃ、ひゃくまん⁉」

これには驚いた。おっさん、金持ちじゃん……。

「最近はチュリップで資産家になった元庶民も増えた。そいつらが更にチュリップへの投資を増やしてんだよ。成り上がりを夢見る連中もその姿をまねてチュリップを買う。今となっては花の最大購入層は庶民さ。需要はまだまだ尽きないね、間違いなく！」

「なるほどぉ、市場は拡大していると」

「そうだ。俺から言わせれば、この商機に販売代行や取引仲介、鑑定なんかをしてる連中は二流以下の商人だね。リスクを気にして在庫を持たず、薄利の手数料商売なんてなぁ、馬鹿だよ馬鹿！　一生成り上がれない連中さ！」

俺は「はぇえ〜」と間の抜けた声をあげておいた。

「おじさんは一流の商人さんなんですね。きっと相場の読みも間違えないんだろうなぁ」

「ああ。ま、チュリップの価格が本当にてっぺんつけたらまた来な。おまえも販売員として、少しはおこぼれにありつけるかもしれねぇぞ。つっても何年後かわかんねーけどな」

よく喋るおっさんだこと。自己顕示欲がパンパンに詰まった袋を針で刺す勢いだ。

「勉強になりましたー。また来ます。それじゃ」

一礼して、俺は商人ギルドの建物を出た。

――なるほど。今チュリップを一番買ってるのは、庶民か。

昔、うちの店主から教わったことがある。「相場の崩壊は、よくわかっていない素人《しろうと》が大勢参加してきたあとに来る」って。過去の流行の盛衰からもそれは明らかだ。

俺の予想よりも早く、花の相場は崩壊する。だったら、販売代行への参入は中止だ。

下げ相場で儲ける方法を考えなければ。

いやむしろ、考えるべきは相場を〝下げる〟方法だろう。


儲け至上主義者たちが作った相場を、最も効果的に壊す方法がある。

それは、彼らに「儲からない」と思わせることだ。

「六百！　六百ゴールド！　他はないか!?」

「七百！」「七百五十！」「九百!!」

「九百ゴールド来た！　九百！　他は!?　白と赤の混色チュリップだよ!!」

――この熱狂に冷や水を浴びせる方法ねぇ……。

競りの様子を眺めながら、俺は思案していた。

昨日の今日で、またチュリップ相場は上がっている。ただ、白熱しているのは競りをしている者だけだろう。彼らの周囲でいずれ訪れる相場の崩壊を予感し、備え、逃げ切りの準備をしているであろう者——過去に知見のある商人たちは、表面上は熱狂を演出しながら淡々と無在庫の商売を遂行している。たぶんこの祭りが終わったあと、丸裸になっているのは投資者だけだ。

「予定どおりなら今日、船が到着するはずですよ」

「おお、またチュリップが市場に流れますな。……で、価格の方は？」

「……まぁそこは、いつもどおりということで」

何度も言うが、耳聡いことは商人の才能だと思う。この熱狂の渦の中でも、俺の耳は商人同士の静かな会話を聞き逃さない。

——そうか、チュリップは外国から輸入されてるんだったな。

それなら俺が今夜行くべき場所はもう決まった。酒場だ。

「いらっしゃい。なんにする？」

カウンターの向こう側で麦酒を注《つ》いでいたマスターが、俺に気づいて声をかけてくる。

「そうだね。オレンジジュースある？」

「ここ、酒場なんだけど……」

場違いを非難するようなマスターの視線に構わず、俺は持論を展開した。

「えっ、オレンジジュース置いてないの？　酒場だって今どき酒以外の飲み物を置くべきじゃない？　そのうち流行ると思うよ。いつか若者が酒離れするかもしれないし」

「酒離れぇ？　んな馬鹿なことあるかい。酔えない世の中になんの意味がある」

憮然《ぶぜん》とするマスターに、こちらも即座に言い返す。

「それって、酔わないとやってけない人の考え方じゃないの？」

「あんたなんで酒場に来たんだよ……」

酒場に来た理由はひとつ。久しぶりに陸に戻ってきたはずの彼らに会うためだ。

「マスター！　酒ェ！」

「酒ェ！　まずは酒だァ！」

「今日は死ぬほど飲むぞォ」

「ウェ――――イ」

来た来た。厚い木の扉を押し開けて入ってきたのは、いかにも船乗りといった風体の、ガタイのいい四人組だ。いかつくて言動が荒々しく、無駄に声がデカい。

あのー、と近づいて声をかけると、俺の顔にいっせいに視線が集まった。

「おまえ誰？」

「私、商人のマルと申します。大流行のチュリップを船で運ばれてきたであろう皆さんに感謝を込めてぜひ、お酒をご馳走したくて……」

「いいんじゃね、奢《おご》りなら。酒だし」

「なにおまえ、チュリップ商人なの？」

「あ、はい。それで、皆さんからチュリップのお話を聞ければな、なんて」

するとリーダー格の船乗りが、機嫌よく頷いた。

「いいだろう。酒のぶんは教えてやるよ」

「あ、ありがとうございます！　マスター、酒、酒！　ここにボトルで持ってきて！」

俺のオーダーに、カウンター内から「はいよ」と応じる声がした。


しばらく飲ませているうちに、リーダー格の男の舌が酒の力で軽くなってきた。

「……ふ～ん。こっちが船に乗ってる間に、チュリップってそんなに流行ってたんだ」

「ええ。南の広場が一大市場になってます」

「わかんねぇな。あんな花、向こうじゃ珍しくねーぞ。そのへんに生えてるし」

「えっ、そうなんですか？」

驚いてみせたが予想どおりだ。花の稀少性は、商人たちが作ったものに違いない。

「ああ。つか誰もチュリップなんてありがたがってないしな、あっちの国では」

「そんな儲かるならよぉ、オレも明日、市場で買ってみっかなー」

「ああ、いいなそれ。買うべ」

船乗り仲間も乗ってくる。俺はすかさず声をひそめ、男たちのほうへ顔を寄せた。

「……チュリップを買うのなら、皆さんにはもっと儲かる方法があると思いますよ？　キメーラの翼を使って直接チュリップを仕入れて、市場で売ればいいんです」

「おいおい、それはダメなんじゃね？」

　船乗りのひとりが、酔いの回った舌をもつれさせながら反応した。リーダーも頷く。

「貿易商は、チュリップは船で輸入しないといけないって言ってるぞ」

「その商人たちは、なにを根拠に海運じゃないとダメと言ってるんです？　少なくとも、キメーラの翼を使った貿易を禁じる法律なんて、この国にはないですけど」

「ん〜、根拠とか法律とかって言われてもな。俺らはそういうの、よくわからんのよ」

　慎重に言葉を選ぶリーダーに、俺はたたみかけた。

「それってたぶん、チュリップの価格を吊《つ》り上げるための協定ですよ。商人同士で連携して、花の稀少性を保つために、わざわざ手間をかけて海運で輸入してるんです」

　ハァともフゥともとれる驚きのため息が、船乗りたちの口からいっせいにもれた。

「船乗りの皆さんは、すでにチュリップの原産地に行ったことがある。ということは、キメーラの翼を使えば簡単に仕入れられますよ。あの高価なチュリップを」

「なるほどねぇ」

「いいな、それ」

「でしょ？　ですから自分たちでチュリップを……」

「いや待った」

制止されて、俺は「え？」とリーダー格の船乗りの顔を見た。

「勘弁しろよ。危ないな。そんなことしたら貿易商から総スカンだ。俺たち船乗りはもう船に乗れねえよ」

リーダーの言葉に、他の船乗りたちも口々に同意する。

「だな～。俺たちが乗ってるのは商人の船だし、俺たちの雇い主も商人だ」

「チュリップなんかに手ェ出して、クビになんてなりたくねーよ」

だなー、と頷き合う彼らに、俺は次の矢を放った。

「ちょっと皆さん、現在のチュリップ相場、ご存じなんですか？」

すると、船乗りたちは酒で赤くなった顔を見合わせた。

「まぁ……十ゴールドとかだろ？」

「ああ、あっちの国じゃ二ゴールドもしないし、そんなもんかな」

そこで、なるべく神妙そうな顔で俺は告げた。

「現在、この港町だと、標準的なチュリップの相場は……六百ゴールドです」

「…………え？」

船乗りたちが固まるのも無理はない。外国ではそのへんにいくらでも生えている花が、この町では六百ゴールドだなんて言われたら。

「チュリップの相場表がこれです」

俺は広場で転記してきた紙片を、そっとテーブルの上に出す。船乗りたちがうめいた。

「マジか……こんなもんに六百ゴールド出す連中は馬鹿か？」

「貿易商が景気よさそうにしてるわけだぁな」

「で、でも、オレたちの賃金、上がってねーぞ？」

「なんか……ムカついてきたぞ」

「この相場を利用してチュリップ貿易で儲ければ、皆さんは今後一生働く必要がなくなるでしょう。やろうと思えば自分の船を持つことも」

急に現実味を帯びてきた夢の提案に、船乗りたちの目の色が変わった。

「……俺たち、あんたみたいに商売の知識があるわけじゃないんだが」

「大丈夫です。手続きも交渉も全て私、マルがやりますから。まずはチュリップの原産地に同行させてください。あ、こう見えても商人の端くれなので、手数料は頂きますけど」

「それはかまわんが、金額はチュリップの儲け次第で考えさせてくれよ？」

リーダーの言葉に、俺は大きく首を縦に振った。

「ええ、もちろんですよ」

第一関門突破だ。さて、次は資金の調達か。


「こんにちは！　一流商人のおじさんいますかー？」

商人ギルドの扉を叩いた俺に応じたのは、あの偉そうで高圧的なおっさんだ。

「……またこないだのガキか。なんの用だ」

「一流商人のおじさんに、言いたいことがあって」

「なんだ？」

「俺ね、やっぱりチュリップはもう値上がりしないと思うんですよー」

するとおっさんは「あ？」と片眉を吊りあげた。俺はかまわず続ける。

「ハッキリ言ってしまえばね、おじさんは実は一流商人じゃないし、チュリップが値上がりするって読みも間違ってるんじゃないかなー、って」

「ふん、素人が！　市場を見ているのか？　庶民が大挙して押し寄せ、価格は連日最高値を更新。俺の含み益は拡大の一途だ。俺が一流商人じゃなくて誰が一流だって？」

胸を張るおっさんへ、俺は挑発的に言った。

「へー、すごい自信。じゃあこの取引、受けてよ」

「……取引？」

「まず、俺があんたからチュリップの権利書を〝借りる〟。そして、借りた権利書を市場の今の相場で売却する。後日、権利書を市場相場で買い戻してあんたに返す。それだけ」

おっさんは俺の言葉を吟味するような顔になる。

「つまりおまえは、花が値上がりすれば損して、値下がりしたら得をするってことか」

「そういうことだね」

「馬鹿な奴だとは思ってたが……想像以上だったな」

「馬鹿かどうかは相場が教えてくれるんだから、受けるかどうかを答えてよ。一流商人のおじさん」

わざと〝一流商人の〟という部分を強調して煽《あお》ると、おっさんは疑《うたぐ》り深く俺を見た。

「……保証は？」

「保証？」

「どうせチュリップは値上がりして、おまえは大損こくんだ。そのとき、値上がりした権利書を買い戻す金がない、なんてことになったら俺が困る。だから保証金を預かっておこうか。――そうだな、保証金の五倍の額で、チュリップの権利書を貸してやる。そもそもおまえ、金はいくら持ってんだ？」

「五倍かぁ。一応、この勝負のために一万ゴールド用意してるよ」

「一万？　そんなんで勝負するってのか」

「だって、おじさんは二流以下の商人で、チュリップは値下がるし」

堂々と言ってのけると、おっさんの瞳に怒りの火花が散るのがわかった。

「取引の契約書を作る。サインしてやるよ。勝負だ！」

「おお、そうこなくちゃね」

煽りに弱いのは商人として失格だが、俺にとっては都合がいい。

おっさんはイライラと早口でまくしたてた。

「言っておくが、俺は商売となったら女だろうが子供だろうが関係ないからな！　もし保証金で賄えないほどチュリップが値上がりしても、その差額分は絶対に取り立てる！」

「うん！」

――なに言ってんだこいつ。そんなのあたりまえだろ。


商人ギルドでおっさんに取引を持ち込む、その二日前のこと。

俺は酒場の船乗りたちとともに、キメーラの翼でチュリップの原産地に来ていた。

露天商の店先には、鉢植えのチュリップが所狭しと並んでいる。

「こ、この花、いくらですか？」

「二ゴールドですね」

「じゃ、じゃあ、こっちの、混色のチュリップは？」

「三ゴールドですね」

「じゃ、じゃあ、こっちの……」

「おいマル、落ち着け。値札ついてんだから、いちいち店員に確認するなよ」

そばにいたリーダー格の船乗りにたしなめられて、俺は肩で息をついた。

やはりこの町では、こんな花、珍しくもなんともないのだ。それを港町カンマの商人たちが結託して「外国の稀少で美しい花」などという価値を創りだした。キメーラの翼を使えば容易《たやす》いはずの輸入方法を、あえて海運のみに限っているのも、稀少性を演出するために商人間で交わされた協定なのだろう。本当はチュリップにそこまでの価値はない。

「どうだ、これで俺たちの言ったことが正しいとわかったろ？」

リーダーの言葉に、俺はこくこくと頭を前後に振った。

「ええ。よくわかりました。船乗りウソつかない」

「で、これからどうするんだ？」

「まず、このチュリップを適度に買います。キメーラの翼で持ち帰れる程度に。そして数日かけてゆっくり、市場参加者にバレないように競りに出していきましょう。それだけでかなりの儲けになります」

なるほどな、とリーダー格の船乗りは頷いた。

「でも、いつかみんな気づくだろ？」

「ええ、一部の商人たちは間違いなく違和感を覚えます。そのあとはスピード勝負です。キメーラの翼であっちとこっちを往復して、チュリップを転売しまくる。利益が出る限りこれを続けてください。終わった頃には、きっと皆さん大金持ちですよ」

おお……と四人の船乗りはどよめいた。そして、夢見心地《ごこち》でチュリップを掴む。俺はあわててそれを制した。

「あっ、そんな持ち方したらダメ！　茎じゃなくて鉢のほうを持って！　あっあっ花びら触らない！　もう、がさつなんだから！」


あれから二日後、チュリップ鉢の小規模転売で一万ゴールドの種銭を作った俺は、自称一流商人のおっさんに取引を仕掛け、五万ゴールド分の権利書を手に入れた。

チュリップの権利書の転売分を合わせると、現在の手持ちは七万ゴールド。数日で稼ぐ額としては上々だろう。あとは、チュリップが値下がりしたところで権利書を買い戻し、オッサンに返すだけだ。

俺は腕組みをして、南の広場に立ったチュリップ市場の競りを眺めていた。

こうして少し離れて観察するとよくわかる。相変わらず熱狂しているのは一般のチュリップ信者だけで、冷静な商人たちは笑顔こそ崩さないが、相場や売主をチラチラ確認している。撤退の頃合いを探っているようだ。

「さあ四百！　四百だよ！　いないのか⁉」

ダミ声の競り人が会場を見回すが、声を上げる者は誰もいない。

「……えー、じゃあ四百ゴールドで、オマヌケ商会が落札」

落札額が四百ゴールド……そろそろ来たか？

「次はこちらの混色チュリップ、二十本のまとめ売りだよ！　では一万ゴールドから！」

「一万一千！」

「はい、一万一千出た！」

「一万二千！」「一万二千五百！」

始まった途端に金額が小さく刻まれていく。少し前まではなかったことだ。

「一万二千五百だよ！　珍しい混色チュリップ二十本まとめ売り！　現在、一万二千五百ゴールドだよ！　いいのかい⁉　一万二千五百だよ？　相場を大きく割ってるけど⁉」

競り人が何度かけしかけるが、またしても会場は静まったままだ。

「……それじゃあ一万二千五百ゴールドで、ボケナス商会が落札」

これは、崩れる。相場を盲信していた連中もざわつき始めた。

「お、おい、今日ちょっとおかしくねーか。なんか勢いがないっていうか……」

「いやー、今日はたまたま買い手がいないんじゃないか？」

「違う。むしろ今こそ買いどきなんだ。よく言うだろ、『相場は懐疑の中で育つ』って」

商人は準備が九割。うちの店主からそう教わったし、俺もそう思う。ことが起こってからドタバタするのは二流以下。当然、俺の仕掛けはもう全て終わっている。

こうしてる間にも、俺の仲間の船乗りたちはキメーラの翼で町を往復し、利益が出る限りチュリップを売り続けている。この港町と原産地で価格差がある限り供給は止まらない。

だが、異変に気づいた商人たちからの圧力もじきに始まるだろう。

これから始まるのは競売じゃない。叩き売りだ。

「さて、どこまで値が下がるかな？」


「三流商人のおじさーん！」

カンマの商人ギルドに入ると、元一流商人のオッサンがうな垂れていた。

激怒されても困るし、変に挑発はせず粛々と取引を終えよう。あと〝あの件〟についても聞かなくては。

「これ、借りてたチュリップの権利書ね。返すよ」

「……ああ」

「おじさん、もしかして含み損？　借金とか大丈夫？」

俺が顔を覗きこむと、おっさんは手を払うように振った。

「うるさい。もう出て行け！」

「ごめんごめん。でも最後にひとつ、教えてもらいたいことがあるんだ。情報提供料として一万ゴールド出すよ」

「い、一万？」

「そう。今のおじさんには大金でしょ。借金の返済にでも充《あ》ててよ」

「……なにが知りたい」

失意と屈辱にまみれた顔で、おっさんが俺を上目遣いに見た。

「商人ギルドが、冒険者用アイテムの品揃えを監視してるって本当？　たとえば、パラグラの町の武器屋には銅の剣までしか売ってないんだけど、これって商人ギルドが圧力でもかけてるの？　仮にその武器屋が、勝手にドラゴン殺しやバスタードブレードなんて売ったら、商人ギルドはどうするの？　なにかしてくるの？」

「……おまえ、まだ自分の店を持ってないんだな？」

「うん。見習いだからね」

「じゃあ、おまえのところの店主に教えてもらえ」

言うと思った。でもなんで隠すんだよ。

「店主は教えてくれないから、おじさんに聞いてるんだ。一万ゴールドも出してさ」

「…………推奨アイテム制度、だ」

何かを諦めたように、おっさんは低い声でまずそう言った。

「商人ギルドは、各町村ごとに〝推奨〟アイテムを定めている。国が定めた冒険者用アイテムのうち、各町村の店が販売すべきアイテムを決めているのがギルドだ。たとえば、城下町パラグラの場合、武器屋の推奨アイテムは樫の木の棒、棍棒、銅の剣。それ以外の冒険者用アイテムを置くことは、商人ギルドが許さない。国法で定められているわけじゃないが、もしそれを破った場合は、ギルドから制裁がある」

「制裁って？」

「そりゃいろいろだ。仕入れの妨害、悪評、商人コミュニティからの追放」

そんなことをされたら、商売自体が成り立たないじゃないか。

「……おじさんたち商人ギルドの仕事って、それなの？」

「それも仕事のひとつだ。仕方ないだろう？　競争を防ぐためなんだ。もし城下町で強い装備を売っちまったら、他の村や町はどうする。食いっぱぐれちまうよ」

「でも、それなら他の町も強い装備を仕入れれば……」

「そうしたら、今度は城下町がさらに強い装備を仕入れるだろう？　その繰り返しになって商人が疲弊するのを防ぐための、内部ルールってわけだ」

おっさんは信念を持っているようだった。これが商人ギルドの不文律ということか。

「納得いかないなぁ。冒険者用アイテムの価格や品質は、国が規制してるから諦めがつくけど、品揃えを商人ギルドが決めるなんてさ。自由に商売して、その結果として豊かになるのが、社会の健全な姿じゃないか。それに……わざと冒険者に危険な旅をさせることになるじゃないか。勇者は命をかけて、世界の平和のために魔王討伐しに行くんだよ？」

さすがにこれには、おっさんも言い返してこない。俺は続けて訊いた。

「ねえ、誰が最初にそんなこと考えたの？」

「商人ギルドのマスター……だと思う」

……だと思う？　首をかしげた俺に、おっさんは言い訳するように付け加えた。

「ここは、商人ギルドの支部に過ぎない。だから詳しいことなんてわからない。俺たちは本部からの指示を遂行しているだけさ。給金をもらってな。軽蔑するか？」

「するね。他人の足を引っ張る仕事を金もらってやってるなんて。こんなクソったれルールを作ったギルドマスターはどこにいるの？　ギルドの本部みたいなとこ？」

するとおっさんは力なくかぶりを振った。

「……知らない。俺たちはなんにも。本部のある場所も、ギルドマスターの名前も姿も」

「いやいやいや。じゃあ、どうやって指示を受けてるの？」

「指示があるときは、別支部から指示書が届く。うちの場合、北にあるテンという町の支部からだな。だが、そのテンの支部連中も別支部から指示を受けていて、本部の場所はたぶん知らない」

なんだそれは……。俺はもう、完全に呆れてしまった。

——店主、こんな商人を馬鹿にしたような話を黙ってたんですか？　見習いには教えられないってことですか？　くそ。帰ったら問い詰めてやる——と、そこまで考えて、俺ははたと我に返った。

あれ？　俺、この町に何日いたっけ？

「……やばい。商売に夢中で長居しすぎた。早く帰らないと仮病がバレる！」

「え、仮病？」

きょとんとする三流商人のおっさんに礼を言い、俺は財布から金を出した。

「じゃ、じゃあね、おじさん！　はい、一万ゴールド！」

「あ、ああ……」

ヤバイ。早くパラグラに帰らないと。最悪、店主の説教三時間コースだ。

ギルドの建物を出て、俺は町境へと向かった。

メインストリートには今日も、左右にずらっと露店が並んでいる。

「いらっしゃーい！　どお、おニイちゃん。他国の珍しい物が揃ってるよ！」

露店の主人が、呼び込みついでに俺の二の腕を掴んできた。

「ちょ、ちょっとおじさん、俺、パラグラの店に戻らなきゃいけないんで……」

「お、あんた商人かい？　ちょっとだけ、どう？　あっちじゃなかなか売ってないよ」

雑貨店だろうか。確かにあまり見かけないものばかりだ。

「あー、じゃあ、そこにある青っぽいそれは？　急いでるから手短に説明して」

俺は、青みがかった透明な容器を指さした。実はさっきから気になっていたのだ。

「お目が高い！　これはグラース製の瓶さ」

「え、グラース製？　グラースでそんな綺麗な形状の瓶が作れるなんて……」

思わずつぶやくと、それを聞きつけた商人がすかさず売り込んできた。

「なんでも、砂や石灰を混ぜたものを高温で熱して加工したものらしい。よっぽど熟練した職人じゃないと、こんなに整った形の瓶は作れないそうだ。ほら、透きとおっていて綺《き》麗《れい》だろ？　貴族はこういうの好きなんだよ。他国でたまたま仕入れたレアアイテムさ！」

レアアイテム。その魅力的な言葉に、俺の視線はグラース製の瓶から動かなくなった。

「おニイちゃん、欲しいんだろ？」

「いや、別に……」

正直、すごく欲しい。するとその心を見透かすように、露店の主人はにやりと笑った。

「でも高いよ、これは。とても庶民が買えるようなもんじゃない。五千ゴールドする」

「たっか！　珍しいからってボりすぎ。せいぜい三千ってところだろ」

「いーや、五千。これは譲れないねえ」

購入意欲があることがバレて、すでに相手に足もとを見られている点で、こっちはすでに負けている。だが、俺は強気を崩さなかった。

「馬鹿言わないでよ！　三千五百なら買うから！　いいね⁉」

「四千五百。これ以上は無理だ」

「おじさん！　例の花が暴落して、この街の庶民や貴族連中は大損こいてるんだよ？　いくら珍しいグラース瓶だからって、そんな価格じゃしばらくは売れないよ。三千七百！」

すると、露店の主人はふっと遠い目をした。

「……俺も、その花で大損こいちまってな。妻子を食わせるためにも、どっかで取り戻さないといけないのさ。ったく、なんで急に暴落したんだか……」

涙目で洟《はな》をすすられて、俺はぐっと言葉に詰まった。

よもやこの商人も、大暴落の仕掛け人が目の前にいる若造だとは気づくまい。だが、言われたほうとしては、わずかに罪悪感をおぼえてしまう。

「……よ、四千五百で買うよ」

思わぬ出費だが、買って損はないだろう。そうだ、もしうちの店主の怒りが収まらなかったら、これをお土産《みやげ》ということにして、ご機嫌とりをすれば……。

「まいどあり！　グラースは強い衝撃で割れるから、持ち運びには気をつけろよ！」

上機嫌の露店の主人に送り出され、ふと視線を路地裏に向けたとき、見たくないものが目に入ってきた。

建物の陰にいるのは、以前チュリップの球根に人生を賭けた貧乏兄妹だ。

「お兄ちゃん、チュリップの値段、また上がるよね？」

「う、うん、多分……。南の広場の相場師も、ちゃんと戻るって言ってたよ。むしろ今は底だから買いなんだって」

どこかで聞いたような言い回しだ。目も当てられない。

「お母さんの病気、治そうね？」

「あ、ああ……大丈夫だよ。きっとまた値上がりするから、今は我慢だ」

「うん！」

チュリップの相場はもう、以前のようにはならない。いや、もしかしたらまた、どこかの商人が大きい仕掛けで値上がりを〝演出〟するかもしれないが……。

だが、俺は断言できる。あの兄妹のような連中は、相場がどうなろうが、いつも毟られる側だ。仮にチュリップで儲けても、その金をまたチュリップに投じてしまえば——分の悪い勝負をやり続ければ、負けるに決まっている。

俺は今、あの兄妹をすぐさま助けてやれるだけの金を持っていると思う。でも、絶対に恵んでやったりなんかしない。

彼らはリターンを得るためにリスクを負ったのだ。自己責任だ。

「……馬鹿」

キメーラの翼を掲げ、俺は城下町パラグラを念じた。

3　損した奴の自己責任

幼い弟は「もっと食べたい」「おなかがすいた」と泣いている。

母親はぐずる弟をなだめ、父親であるはずの男は妻子のことなど気にもかけず、ひとり寝室へと向かった。

俺も、このクソ薄いグリュエル《麦がゆ》を食ったら早く寝て、明日の農作業に備えよう。

だって起きていても、腹が減るだけだ……。


ある朝、目を覚ますと、父親を称する男は姿を消していた。

「父さん、どこへ行っちゃったの？」

弟の疑問に母親はなにも答えない。ただ悲しそうにうつむいているだけだ。

だが、ガキの俺でもわかる。男は逃げたのだ、この貧しさから。

さらに薄くなったグリュエルは教えてくれる。「これからもっと貧しくなるぞ」と。

明日からは、働き手は母親と俺だけだ。

食べるためには、働かねばならない。これまでより一生懸命に。

……一生懸命、働く……？

いくら働いても、豊かになるのは自治領主だけなのに？　俺たちがいつか豊かになる可能性なんて、なにひとつないのに？

それから、俺は身をもって知ることになる。

人間は明日食べるものがないと、その先の未来に希望が持てなくなることを。

誰も自分たちを救ってくれないと覚悟するのは、生きる意味を失うことと同義だと。

そしてまた、いくらかの月日が過ぎて――。

今度は母親が、身をもって教えてくれた。

人間は働きすぎると死ぬらしい。あっけなく死んでしまうものらしい、と。


……腹が減った……。

最近では起きている間はずっと、そのことばかり考えている。

幼い弟は、力なく布をしゃぶっている。汗と涙のしみついた布は、吸えば少しばかり塩の味がするからだ。

腹が減った。弟が衰弱していくのがわかる。

ある日、父親を称する男が帰ってきた。

家を出ていったときより痩せ細った姿を見て、すぐにわかった。この男は俺たちを助けにきたのではないと。

母親が死んだことを伝えると、男は以前と同じような醜い癇癪《かんしゃく》を起こした。

それは妻を失った悲しみではなく、自分の期待が外れたことへの怒りだった。

物事が思うようにいかないとき、男はいつも癇癪を起こす。不機嫌で人を傷つける。

この自己中心的な男が、この期に及んで自分の妻になにを期待していたのか、もはや考えたくもなかったが、どちらにせよ、ろくでもないことだけは確かだった。

幼い弟が死にかけていると伝えると、男は無関心を隠しもせずに生返事をした。それから少し考えて、俺の手を引き弟を背負った。訊けば町へ向かうと言う。

これまでの経験から、たぶんろくなことにはならないと思った。


魔物から逃げ、半日かけて命からがら到着した城下町パラグラ。

父親を称する男は、俺と弟を連れ、目についた店に入った。

そして、店主らしき人物に言う。

「この子どもたちを買わないか？」

失望とは期待の裏返しだ。そもそも期待していなければ、失望することもない。

父親を称する男は、俺たち兄弟を金に換えようと、あちこちの店を回って交渉した。

だが、俺はその姿を見ても、ちっとも失望しなかった。はなから男に期待などしていなかったからだ。

俺たちの価格は、最初の店では千ゴールドだった。次の店では五百ゴールドまで落ち、その次の店では三百ゴールドになった。

しかし、どの店もあいにく人間は取り扱っていなかったらしく、男はまたいつもの癇癪を起こしながらさらに別の店に入った。

店内には、木の棒やトゲつきの鈍器、赤褐色の剣が並んでいた。武器屋なのだろう。

そしてこの店では、百ゴールドから交渉が始まった。

武器屋の店主らしき人物は、俺の父親を称する男から提案を受けている間、俺たち三人のことを哀れみの目で見ていた……と思う。

だが、店主の返事は他の店と同じだった。人間は扱っていないと。

交渉が決裂しかけたとき、俺は無感動なまなざしで店主に告げた。

「あなたが買ってくれないと、この男は俺たちを捨てるか殺すかするでしょう。弟は弱っているのでじき死にますし、捨てられたら俺は、この店の前で物乞いをします。殺されたら死体の魔物にでもなって、同じことをします。この店の評判は落ちてしまうでしょうが仕方ありません」

脅すつもりではなかった。実際そのとおりだと思っていたから、ただそう言った。

店主の目が、哀れみから驚きに変わった。それから神妙な顔つきで俺と弟を見て、なにかを考え始めた。

俺が商いをしたのは、十歳のとき。

生まれて初めて売った商品は、自分と弟だ。

まず最初に店主から教わったのは、読み書きだった。

毎日、弟とふたりで店の仕事を手伝い、それが終わったら言葉を覚え、文章を読み、文字を書く。言葉は概念を、文章は論理を教えてくれた。新しい言葉をひとつ知るたびに、見える世界が広がっていく気がした。

勉強は楽しい。努力は楽しい。学ぶことを許される環境は、俺を確実に幸福にした。

あんなに弱く小さく、今にも死んでしまいそうだった弟は、じきに俺より背が伸びて、たくましくなった。

木登りも、石投げも、腕相撲《ずもう》も、てんで勝てる気がしない。特に木の棒を剣に見立てて打ち合うと、弟はめっぽう強かった。そこで、店主は弟を町の剣道場に紹介した。

弟は剣の腕で頭角をあらわすようになり、俺はますます学問と商売に没頭した。

店主は赤の他人の俺たちに食事を与えるだけでなく、それぞれの適性をよく見て、研鑽の機会も用意してくれた。俺たち兄弟は、善人の店主によって生まれ変わった。

それで、わかったことがある。

なにかの間違いで俺たちはあの男と血が繋《つな》がっていたが、あの男が父親とは限らない。

店主とは残念ながら血が繋がってはいないが、俺たちの父親はここにいたんだ。

だってそうだろう？　貧困に抗《あらが》いもせず、自分勝手な癇癪を繰り返し、無教養で家族には無関心。挙句の果てに子どもを売って小銭を稼ごうとするような冷血漢が、父親のはずないじゃないか。

きっと、俺の真の父親は、店主だったのだ。

昨夜はなんだかずいぶん長い夢を見た。遠い昔の夢だ。

キメーラの翼で帰宅して、泥のように眠ってから、朝早く職場である武器屋に出勤したのだが、今日に限って店主のほうが先にカウンターに入っている。

「おはようございまーす……」

おそるおそる声をかけると、椅子に腰をかけていた店主が、不機嫌そうな声で応じた。

「おはよう」

「店主、おかげさまで体調は万全です！　今日からまたがんばって働きます！」

できるだけ殊勝な態度で言ってみたが、店主は眉間にしわを寄せたままだ。

「そうかい。教会には行かず、自宅で休みもせず、どこで何をしていたのか、ちっともわからないけれど、よっぽどいい療養をしていたんだろうね」

うわ……完全に仮病がバレている。ウソは無駄だな。謝るしかない。

「す、すみません店主！　正直に申し上げますと、港町に行っておりました！」

「……チュリップかい？」

そっちもバレてたのか……。店主は昼行灯《ひるあんどん》の善人だが、ときどきとんでもなく鋭い。

「は、はい。港町カンマのチュリップ相場が大変な盛り上がりをみせていたので、つい夢中になって……で、でも、相場を利用して万単位のゴールドを得ました！」

「で、誰が損をしたんだい？」

突然そんなことを訊かれて、え？　と俺は店主の顔を見た。

「おまえが相場で儲けたということは、誰かが損をしたということだろう」

「そ、それは当然そうですが、相場に参加する以上、そこは自己責任でしょ？　リターンを得るためにリスクを負っているのですから、損をしても恨みっこなしですよ。ね？」

すると、店主はますます眉間のしわを深くした。

「私はそんな建前の話をしているのではない。商才ある者たちが、素人を煽動《せんどう》して市場に参加させて金を毟り取っている。自己責任なんて言葉は、そういう不公平への免罪符だ。その相場が誰にとっても公平だったと、胸を張って言えるかい？　一部の人間しか入手し得ない情報はなかったかい？　恣意的な相場の操作は？」

いつになく攻撃的な店主の言葉に驚いて、俺はしどろもどろになった。

「い、いや、ですから、そういうところまで含めて、市場参加者の自己責任かと……」

ふう……と店主は深くため息をついた。

「今は、言ってもわからんか」

能力に自信のある俺としては、こういう憐《あわ》れむような態度はかなり癪《しゃく》に障《さわ》る。

「そうだ、俺も店主に言いたいことがあるんでした」

「言いたいこと？」

「商人ギルドの推奨アイテム制度について、なんで俺に教えてくれなかったんですか？」

その言葉に、店主の顔色が変わった。

「マル、おまえ、どこでその話を……」

「港町の商人ギルドで聞いたんですよ！　ここパラグラで銅の剣までしか売れないのは、商人ギルドが作ったクソルールのせいだって。しかもそれを破れば、ギルドから嫌がらせされるって話じゃないですか！」

店主は苦虫を噛み潰したような顔で、まくしたてる俺を見ている。

「まさか店主も、商人同士で消耗しないよう競争を避けるべきとか言うんじゃないでしょうね？　満足な装備を用意せず、勇者を――バツを危険に晒《さら》すような真似《まね》に加担して」

「マル。これはおまえが想像していることよりも、ずっと複雑な話なんだ。そして今のおまえには、決して理解できない」

また半人前扱いだ。俺はカッとした。

「俺はベテラン商人にも負けません！　チュリップの件でよくわかりました」

「それは驕《おご》りというものだよ、マル。年若い商人にありがちだが、たった一度の成功でなんでもわかったような気になってはいけない。推奨アイテム制度にしてもそうだ。これには商人同士の過当競争を防ぐ以上の大きな意味があって、それをおまえが理解するには、あと十年ほどの時間を要するだろう。だから、今は商人見習いとして経験を重ねて――」

「出ていきます」

俺はきっぱりと言い切った。途端に店主が眼鏡ごしの小さな目を丸くする。

「な、なんだと？」

「俺、旅に出ます。商人ギルド本部に行って、ギルドマスターと直接話します。そして、推奨アイテム制度なんて馬鹿げたルールをなくしてみせます。商人たちが自由に商売できるように。冒険者たちが強い装備を楽に手に入れ、安全に旅ができるように」

「マル、落ち着きなさい。おまえは未熟な商人見習いだ。いいかい？　ここから遥か東、ジャポンという国にノブ・ナーガという男がいた。その男は――」

「諸外国と積極的に交流し、さまざまなアイテムや文化を柔軟に取り入れ、古くさい慣習に縛られた国内のライバルを出し抜いた」

でしょう？　と俺は店主を睨《にら》みつけた。

こういうのは勢いだ。店主のことは師匠とも父親とも思っているが、だからこそ親離れをしなければ、俺はいつまでも尻に卵の殻のついた半人前の見習いのままだ。

「俺もノブ・ナーガを見習って、各地で見聞を広げてきます。店主はドラゴン殺しを仕入れる準備をしておいてください。それじゃ！」

「マル、待ちなさい！　マル!!」

制止を振り切って、俺は大股で店を出た。

つられて外へ出てきた店主のことも、もう振り返らない。

「必ず、連絡をよこすんだぞー！」

何度も俺の名を呼んでいた店主の声は、やがて諦念のにじんだものに変わった。


一度自宅へ戻り、荷造りを終えた俺は、バツの剣道場に向かった。

荷物といっても、肩から掛ける布鞄《かばん》ひとつ程度だ。ご機嫌とりにと店へ持って行ったグラース製の瓶も、店主に見せる暇もないまま持ってきてしまった。

「おーい！　バツ！　まだいるかー？」

道場の中を覗いていると、奥から弟のバツが現れた。

「大声出さないでよ。旅に出るのは来週だってば。今週は出征式とパレードがある」

勇者一行が魔王討伐に出発する際、必ず開催される行事だ。俺は肩で息をついた。

「ああ、あのくだらない催しもんか」

「そう言わないでよ」

苦笑するバツは勇者だ。つまり今回のイベントの主役だ。俺はそっけなく告げた。

「俺は今から旅に出る。しょっぱいパレードも見なくてすむしな」

「え、旅？　なんで？」

「……まあ、いろいろ。で、これを渡しておこうと思って」

俺は、布に包んだ長いものをバツの手に押しつけた。

「銅じゃなくて《鋼《はがね》の剣》だ。外国の町で買ったんだよ。これがあれば、しばらくは楽できそうだろ？　そのへんのスライムなんて木っ端微塵さ」

「木っ端微塵はちょっとかわいそうじゃない？　っていうか外国で？　どうやって？」

「……まあ、いろいろ」

「兄さんはそればっかり。旅に出るって、店主は許してくれたの？」

「え？　ああ、うん。そりゃね、もちろん。当たり前っすよ！」

俺の目が泳いでいるのに気づいて、バツはとがめるような視線を向けた。

「恩人を泣かせるようなことしちゃダメだよ。店主は優しくていい人なんだから」

こいつはときどき、俺のことを子ども扱いする節《ふし》がある。弟なのに。

「……知ってるよ、知ってるって。でも平気だよ、ちゃんと帰ってくるんだし。店主はまだまだ元気だから、俺の旅行中にぽっくり死んだりはしないだろ？」

バツは俺の決断を否定しない。一瞬目を伏せてから、ふと何かを思いついた顔をした。

「そうだ。旅に出るなら、僕のパーティーに入る？　まあ商人ひとりなら、なんとかなると思うんだよ。他のメンバーもいるし」

まさかの勇者一行への合流提案だ。俺はぶんぶんと首を横に振った。

「いやいやいや、絶対いやだ！　なんで俺が勇者と旅するんだよ。そんなことしたら、強い魔物に目をつけられてすぐ殺されるだろ？　四天王とか死んでも会いたくない！」

言うと思った、と笑ってから、「気をつけてね」とバツはつぶやく。

馬鹿だ。本当に気をつけないといけないのは、お前だよバツ。

「そっちこそ、いいか？　金はちゃんと貯めておけよ。最初から鋼の剣を持ってるんだから、途中まで武器なんて買う必要はないはずだ。節約して、余った金でいい防具を買え。一番高い、立派な防具を買え！」

まくしたてる俺に、バツがいくぶんのんびりと応じた。

「そうは言っても、旅の仲間もいるからね。彼らの装備も買わないといけないし」

「……ああ、そうだったな」

こいつが勇者に選ばれたとき、絶望とともに納得もした。

バツほど他人のことをよく考える奴はそういない。自己犠牲を厭《いと》わない、強くて優しい男。まさに国が模範としている勇者像そのものだ。だから、いやな予感しかなかった。

勇者は、自己犠牲の代名詞なのだ。

魔王は過去に三度討伐されたが、勇者が生きて戻ったためしはない。その現実を美化するかのように〝勇者が自らを犠牲に魔王を討つ〟なんて陳腐な物語を、俺たちは小さい頃から聞かされ続けている。自己犠牲は尊く、それを厭わない勇者は国民の模範であると。

それをクソだと思うのは、俺が自分の利益を最重要視する商人だからだろう。

「なあ、バッツ」

「なに？」

勇者なんて世界中にいるんだし、おまえは怪我《けが》とか病気とか理由をつけて、うまいこと逃げちゃえよ……なんて言葉が、喉まで出かかっている。でもそれが声にならないのは、長年こいつの兄をやってる俺こそが、バッツに言っても無駄だとわかっているから。

「見てろよ。お前が旅してる間に、世界中のどこの武器屋の店先でも、最強の装備が手に入るようにしてやるから。この町でだって、銅の剣までしか売らないとかじゃなくてさ」

「そんなこと、できるの？」

俺の後ろをくっついて歩いていた、あの幼い日のバッツのままの瞳で、勇者は俺を見た。

「俺ならね。おまえが魔王の城に着く前に、そんな世の中にしておいてやるよ！」

ドンと力強く自分の胸を叩いてしまって、イテテ……と俺はその場にうずくまった。

「じゃ、期待しておこうかな」

体力面ではからきしの兄の情けない姿に、バッツが破顔する。

「……もう、行くから」

「うん、気をつけて。でも、そんな遠くに行ったりしないんでしょ？」

俺が目指すのは、ギルドマスターが待つ商人ギルド本部だ。それがどこにあるのかなんて、今はわからない。だから迷うことなく頷いた。

「ああ。ちょっと旅するだけだ。おまえこそ気をつけろよ。早々に死んだりするな」

「この剣があれば、どうにかなりそうだよ」

バツが嬉《うれ》しそうに、布に包まれた鋼の剣を持ちあげてみせた。

「……バツ、またな」

軽く、本当になんでもないことのように、俺はそう言った。

あまり仰々しいと、これが一生の別れになりそうだから。

剣道場が見えないところまで歩くと、俺はキメーラの翼を掲げ、カンマの町を念じた。

4　怒りひとつ、一ゴールド

港町カンマに着いた俺が最初にしたことといえば、傭兵《ようへい》を雇うことだった。

カンマから街道を北へ二日ほど歩いた場所にあるテンの町には、カンマのギルドに本部の意向を伝える商人ギルドがあるという。驚くほど情報が少なく、本部の位置もギルドマスターの正体もわからない現状で目的にたどり着くためには、こうやって点と点を繋いで線にしていくしか方法がないのだ。

――で、話は戻るが傭兵の雇用だ。

ぶっちゃけ傭兵は高い。しかし、カンマからテンへの道のりは長い。そしてこのへんに生息するモンスターの強さは、パラグラやカンマと比較にならないのだ。毒を持った巨大な芋虫やサソリもいる。傭兵でも雇わなきゃ、俺ごときは命がいくらあっても足りない。

「マルさん。テンの町が見えてきましたよ、ほら」

臨時雇いの傭兵の青年が、前方を示してそう言った。荒くれ者が多いといわれる傭兵の中でも、比較的礼儀正しい人物だ。弟のバツほどではないが、さすがに体格もいい。

「おお……やっと着くんだ……な、長かった……」

ぜいぜいと肩で息をしながら俺が感極まっていると、隣でもうひとりの傭兵が「大げさだなあ」と笑う。こいつはさきの青年傭兵の後輩らしいが、筋骨隆々で態度もでかい。

「カンマから歩いて二日なんて、それほど長くもないっすよ」

「……あんたら傭兵の感覚からすれば、そうかもね」

だが俺は根っからデスクワーク型の人間だ。おまえら脳筋族と一緒にするな。

内心で毒づいていると、前方の草むらがゴソゴソと不自然な動きをした。

先輩傭兵が、それに気づいてすばやく剣に手をかけた。

「マルさん、下がって！」

後輩傭兵が、俺を背後にかばうようにして楯《たて》になる。しかし、草むらはひたすらゴソゴソするばかりで、凶悪モンスターが出てくる気配はない。

しばらく草が揺れるのを眺めていると、やがて、ずるり……ぺちゃ、という水分多めの音がして、草の隙間から薄緑色をした半透明のスライムが出てきた。

「なんだ、スライムか。しかし珍しいな。このへん生息してたかな」

先輩傭兵のつぶやきに、後輩が「さっさとやっちゃいましょう」と剣を構えた。

「ピ、ピギャ――――‼」

殺気を感じたスライムは、向きを変えてまた草むらに逃げようとしている。

「おい、逃げんな」

後輩傭兵が剣先でつつくと、スライムは震えながら甲高い声をあげた。

「ワルクナイ！　ボク　ワルイ　スライムジャナイ！」

――え？　今のはこいつか？

これには俺だけでなく、ふたりの傭兵もぎょっとしたようだった。当然のことながら、下等モンスターのスライムに言語機能はない。

「気持ちが悪いな。スライムが言葉を喋るなんて……」

先輩傭兵の言葉に、後輩のほうも剣先にスライムをひっかけながら頷いた。

「早く殺しちまおう。気味わりぃよ」

「ワルクナイ！　ボク　ワルクナイ！」

人の言葉に反応したスライムが、丸い目玉をきょろりと動かしながらまた叫んだ。

「ま、待って！　傭兵さん！　そのスライムは殺さないで！」

スライムの中心に剣を突き立てようとしていた傭兵に、俺は急いで待ったをかけた。

え？　と振り返った後輩傭兵に続けて指示を出す。

「殺さない程度に痛めつけて！　瀕死《ひんし》くらいにして！」

「逆に難しいですよそれ……ええと、これくらいかな？」

先輩傭兵が、自分の剣の腹で数回、スライムの表面を叩いた。

「ビギェエ……」

「うん！　もう少し殴って！　あ、やりすぎ。オッケオッケ、それくらいで！」

地面にぺたりと伸びたスライムを前に、傭兵たちは困惑気味だ。

「こんな奇妙なスライム、半殺しにしてどうするんですか？」

「そりゃ、捕まえて売り物にするんですよ。世にも珍しい喋るスライム、百万ゴールド！」

傭兵ふたりが、そんな価値あるかなあ……という空気をビンビンに出してくるが気にしない。彼らにはこの稀少性が理解できないのだ。

さて、捕まえるにしてもまずは容器が必要だ。袋や籠じゃなくて、密封できるような。

「あ、これでいいか。グラースの瓶！」

店主に貢ぎそこねた透明な瓶を取り出した俺は、瀕死のスライムを掬《すく》って入れる。歩きながらうっかりこぼさないように、瓶の口には栓をした。

「これは絶対に売れる。自信がある。喋るスライムなんて聞いたことないし！」

瓶を陽光にかざして笑う俺に、傭兵ふたりは喋るスライムを見たときよりも気味が悪そうな視線を投げてよこした。

「……あなた、そのうち自分の親兄弟も売りそうな勢いですよね」

雇い主に対して、ずいぶん失礼だな。

「ま、それくらいの気概がないと、商人なんてやってられないよ。さ、テンへ急ごう」


俺の旅の目的は、商人ギルドの攻略だ。

どうせテンの町のギルド員も、本部の場所は知らないのだろう。だから、こうなったらしらみ潰しだ。支部をじわじわ遡って、ギルド本部を目指すしかない。そして、晴れて本部に行きついたら、推奨アイテム制度なんて馬鹿げたルールを廃止させてやる。

旅の仲間の傭兵ふたりに成功報酬を与えて別れたあと、俺は着いたばかりのテンの町を見回した。おそらくここが中心地のはずだが、なぜか活気というものが感じられない。ひと言で表現するなら〝さびれた町〟だ。

「いまいち金のにおいがしないけど、こんな場所にも商人ギルドはあるのかね」

さて、どこに行けば……と、未舗装の道を歩いていると、遠くから声が聞こえてきた。

「まいど！　コンチハ！　働くなんて馬鹿のやることだ！　仕事に出るのはやめよう！」

遠くで誰かが声を張り上げている。高い声だ。子どもだろうか。

「みんな毎日、一生懸命働いちゃってさ！　ダメだよ！　働いたら負けだよ負け！」

予想どおり、広場のはずれの台の上で叫んでいたのは、ひとりの子どもだった。かなり痩せているが、おそらく十歳くらいの男の子だ。

「みんな、働くことが当たり前だと思ってるよね！　操り人形みたいだよ？」

百人近い大人に囲まれながら、少年は揺るぎない瞳と、あえて選んだとしか思えない強い言葉で、彼らに挑発を繰り返している。

「なんだとてめぇ！」

「クソガキが社会ナメてんじゃねーぞ！」

対して、少年を囲む大人たちは罵声を浴びせているようだが……なんなんだ、これは。

「はーい、皆さん。この子にボールを投げつける権利ですよ！　はい、ボール一個一ゴールドです！　この子にボールを投げつける権利ですよー！　おひとつどうぞー！」

子どもの隣でアナウンスしているのは、冴えない中年男だ。

「おっしゃ！　そのボール一個くれ！」

「オレも三個買う！」

「まいどありがとうございます！」

ゴールドと引き替えに、ボールが次々と大人たちの手に渡った。

台の上の子どもはといえば、列に並んだ人々を挑発的に見回して叫んでいる。

「働くことを偉いことだと思っている人は、馬鹿だと思う」

「コノヤロー！　喰《く》らえ！」

全力投球のボールが腹に当たり、少年はイテッと顔をゆがめた。

「ざまぁみろクソガキ！」

そう吐き捨てた男は、ついでに唾も吐いて列から外れた。

「はい、他の方もどうぞ！　あの子にボールを投げつける権利、一ゴールド！　……あ、ちょっとそこのあなた！　石は投げないでくださいよ石は！　投げるなら金払って、このボールを買ってくださいね！」

よく見たら、子どものそばには〝玉屋《たまや》〟と書かれた看板が立てられている。

――なるほど、この状況がやっと飲みこめてきたぞ。

ようするに、あの子はわざと周囲を挑発し、自分への敵意を煽っているのだ。そしてもうひとりのボール売りが〝敵意を一身に浴びた子どもにボールを投げつける権利〟を販売する。そういう商売のようだった。

投げつける権利とボールを売るから玉屋、なのか？　しかし……石ほどの硬さはなさそうだが、あのボールもけっこう痛そうだぞ。まあ商売のシステムとして、ある程度は痛くなければボールが売れないのかもしれないが。

そんなことを考えていると、司会者を兼ねたボール売りが両手を頭上で振った。

「はーい、お時間です！　申し訳ありませんが、今日はこれで勘弁してください！」

すると、群がっていた大人たちは口々に悪態をついた。

「ケッ！　明日もまた来るからなテメエ」

「自分の子どもで金儲けするなんて、親のおまえも相当のクズだな」

「労働を馬鹿にすんなボケ！」

「明日までに、そのクソガキよく教育しとけ！」

捨て台詞《ぜりふ》とともに、大人たちは解散した。その背中を半笑いで見送ってから、ボール売りの中年男は、台の上の少年に向き直る。

「息子よ！　今日は百五ゴールドも儲かったぞ！」

「お父さん、痛い……」

自分の体を抱きしめるようにして、少年はその場にへたりこんだ。

驚いた。さっきの大人たちも言ってはいたが、このふたり、本当に親子なのか。

父親は台の上から息子を抱きおろし、頭をなでた。

「すまんすまん。偉かったな。よくやった。正しいことをきちんと言えて、おまえは本当に立派だ。ああ……ちょっと今日のボールは硬かったか？　で、でも、明日も頼むぞ？」

「うん……だけどみんな、ぼくのことを『ゴミ』とか『クズ』とか言うよ……？」

少年は、悲しみと困惑がないまぜになった瞳で父親を見た。

その言葉を、父親は大きな声で否定する。

「そ、それは違う！　クズはあいつらだ。金を稼ぐ方法なんていろいろあるのに、あいつらは労働に縛られ、従来のやり方だけが偉いと思っている馬鹿どもだ！　だけど、おまえは違う。おまえはそんな操り人形ではなく自由なんだ！　従来の労働なんてしなくても、ほら、こんなに金が稼げているんだから」

父親はポケットに集まったボール代を、そっと息子に見せた。それから幼く細い肩を両手で包み、言い聞かせるように繰り返した。

「おまえは偉い。おまえはすごい。おまえは自由だ。だから明日からも教えてやるんだ。あの操り人形どもに、従来型労働のくだらなさを。――正義は、おまえにある‼」

「う、うん……！」

もう一度、息子の頭をなでてやりながら、父親は諭すように言った。

「あとな、挑発の種類をもっと増やしたほうがいい。同じ言葉を連呼していたら、お客さんに飽きられてしまうからな？　お父さんが新しいのを考えるから、明日までによく練習しておくんだぞ」

「うん、わかった……」

子どもをダシに金を稼ぐ親もどうかと思うが、おそらく彼らは貧民だ。貧しさから子どもに盗みや物乞いをさせる親も多いのだから、やっていることはそれと大差ないだろう。俺もよく知っている。金も能力もない人間は、ああして食っていくしかないのだ。

「よーし、いい子だ。今日は酒場でご飯でも食べるか！　好きなの頼んでいいぞ！」

「うん！」

少年の顔に、ようやく笑みが戻る。

「おっと、ボールはちゃんと拾って帰ろうな。これを作るのもタダじゃないんだ」

ふたりは散らばったボールを拾い集めてから、手をつないで去っていった。

どうやらあの親子は、昔の俺よりはいくぶんマシなようだ。父親は必死に我が子をプロデュースし、息子は父を信じている。どちらも正視に耐えないほど愚かだけれども……。

「玉屋のクソガキは、マジ馬鹿な奴だよおおおおおお！」

――ん？　今度はあっちから、男の大声が聞こえてきたぞ。

「あのガキ、労働者を馬鹿にしやがって！　社会を知らねぇんだよ玉屋のガキは！」

「そうだ！」「そのとおりだ！」「おまえもたまには正論を言うなあ！」

またた……。今度は広場の脇に設置された小ぶりの台の上で、ひとりの男がさっきの玉屋を批判している。それをまた数十人の大人たちが囲み、同意の声をあげて頷いている。

そのとき聴衆のひとりがゴールドを一枚、壇上へ投げた。続いて数枚の金が飛ぶ。

「ありがとうございます！　ありがとうございます！　それで玉屋のクソガキは……」

——つまりこっちも、そういう商売ってわけか。玉屋に鬱憤を溜《た》めている連中を集め、玉屋批判を繰り広げ、それによって金を得る……という。

驚いた。よく見たらこの男だけじゃない。あっちでもその先でも、似たようなことをして客を集め、何かを口汚く罵っている連中がいるじゃないか。

「な、なんなんだ、この町は……」


広場をあとにした俺は、まず武器屋へ向かった。

「うーん。《ブーメラン》に《鉄の槍《やり》》、《鉄の爪》か……」

テンの町の品揃えは、やはりパラグラやカンマとは異なっている。

すると、店のアイテムを眺めていた俺に、店主らしき男が声をかけてきた。

「あんちゃん商人か？　商人じゃ爪は扱えないだろ。ブーメランか槍にしておきな」

「そうだね、ちょっと考えさせて。あ、ところでここ、ドラゴン殺しを置いてたり……」

「するわけないだろ？　冗談にしても笑えねえよ」

即座に否定されて、「ですよねー」と俺は応じた。

「ところで広場のアレって、流行ってるの？」

「アレ？　ああ〝殴られ屋〟のことかい」

店主はすぐに思い当たった様子で、俺の欲しい情報をくれた。

「今はあんなふうに多様化しているが、もともとは労働者のストレス解消に商機を見出《みいだ》した貧民が始めた商売なのさ。一発何ゴールドで殴られます〜ってな。うちの町じゃけっこう歴史のある商売なんだぜ」

悪趣味極まりない歴史だな、と内心舌を出していると、俺の心を読んだかのように、店主は自虐的な笑みを浮かべた。

「趣味が悪いと言われりゃそれまでだが、この町の仕事も限られてるてな。職に就けない貧民どもは、盗みか物乞いか殴られ屋でもしないと食っていけねえんだ。個人的には盗みよりマシだと思うがね」

そういう見方もあるわけか。いささか辟易《へきえき》しながら店主に質問した。

「この町一番の殴られ屋って、今は誰なの？」

「殴られ屋の旬は短いからなァ……。でもまあ、今は玉屋だろうよ。貧民のガキが自分たちの仕事を馬鹿にしてくるってんだから、労働者どもは怒り爆発だ。子どもに投げつけるためのボールも飛ぶように売れてやがる。人気の殴られ屋が現れたときは、決まって他の殴られ屋も便乗するのさ。今は玉屋批判で金を稼ごうとする殴られ屋も増えているが、そういう連中がどれだけついてるかも、人気の証明になるな」

殴られ屋稼業ってのも奥が深いな。だが、同時に闇も業《ごう》も深い……。

気を取り直して、俺は店主に質問を続けた。

「でもさ、いくらなんでも子どもにボールをぶつける大人があんなにいるのは、ちょっとおかしくない？　普通の大人は『まあ子どもの言うことだから』ってなるはずだろ？」

「そこはそれ、この町の労働者もいっぱいいっぱいってことよ。テンは国からの配給も仕事も少ない。職を失った元労働者が殴られ屋で生計を立てることも珍しくないし、殴られ屋を囲んでいる労働者たちだって明日は我が身さ。金もそんなに持ってないから、安くストレス解消できる殴られ屋を利用するんだろうよ」

「あー。金がないと怒りを娯楽にするんだね、人間って」

そう言ってから気づいた。俺の父親を自称していたあの男も、確かにそうだった。

数日前の夢が思い出されて、胸がムカムカしてくる。

「ところでアンタ、その鞄の中に入ってるやつはなんだい？」

「え？　ああ、これ」

店主に訊かれて、俺は肩から斜め掛けした布製の鞄から、少しだけ見えていたスライム入りの瓶を取り出した。中にみっしりおさまっているのは、薄緑色の半透明の物体だ。

「それ……浮いてるのは目玉だよな？　売り物かい？」

俺は栓を外しながら、前のめりに説明を開始した。

「よくぞ訊いてくれました！　これは世にも珍しい《喋るスライム》なんです！」

すると、店主が呆れたように瓶の中を見た。

「ウソつけ。そんなスライムがいるかよ」

「本当だって！　ほらおまえ、喋れ！」

俺は瓶の口から指を差しいれ、スライムをつついた。しかしスライムは無言だ。ぐにゃりと動いたものの、なんの声も発さない。

「あれ？　おっかしいな。おい、喋れって！　さっきはペラペラ喋ってただろ！」

何度つついてみても、スライムはうんともすんとも言わない。

店主の冷ややかな視線が顔に刺さってくる。俺はへらりと笑った。

「い、今は調子が悪いみたいだけど、この喋るスライム、お安くしておくよ？」

「そうやって騙《だま》そうとしても無駄だ。……もういいから。買わないならあっち行け」

俺は急いで、カウンターの上に載ったリンゴを手にとった。

「買うよ買う買う！　このリンゴ一個」

「……まいど」

すでに愛想のいい接客を放棄した様子の相手に、俺はリンゴ代を支払いがてら尋ねた。

「でさ、商人ギルドの場所教えてくれる？」

「そこの角を曲がった先だよ。すぐ近くだ」

店主は顎でしゃくるようにして、俺の行き先を示した。


「ここ、商人ギルド、だよな……？」

建物の前で、俺は困惑していた。

ギルドはもう少し物件を選んだほうがいいんじゃなかろうか。埃っぽく薄汚い外装、玄関の扉は風でギーギー音をたてている。人の気配がないが、廃墟《はいきょ》……じゃないよな？

意を決して玄関に続く石段を登っていると、背後から「おい」と呼び止められた。

振り返ると、冒険者の装備に身を包んだ男が立っている。

「あんた、商人のマルか？」

「そうですけど……」

誰だこいつ。俺が不審げな顔をすると、冒険者はホッとしたように笑いかけてきた。

「おお、五人目にしてやっと当たった！　ここに近づく若い男に、手当たり次第に声をかけてたんだよ。オレはパラグラからの冒険者だ。武器屋の店主の手紙を預かっている」

――げ。店主から？

伝書鳩《ばと》役を果たしてくれた冒険者に礼を言い、俺はおもむろに手紙を開いた。

『マルへ
店を出ていく際に「商人ギルドのマスターと会う」などと言っていたので、きっと各地の商人ギルドに聞き込みをして回っているのだろうと思い、この手紙をあなたに渡すよう冒険者たちに依頼しました。
今はカンマかテン、ストロフィあたりでしょうか。とりあえず、それらの町に冒険者を派遣しましたが、そのうち誰かと会ってくれることを祈ります。

さて、いつもなら勝手な行動をしているあなたには、商人道を三時間は説くところですが、起きてしまったことはもう仕方がありません。

商人としての見識を深めるよい機会であると考え、あなたの意向を尊重することにしました。いずれにしろ、いつかは必要なことだったので。

以下、大事なことをふたつ書いておきます。


一点目。まさかとは思いますが、傭兵も雇わず旅をするなどという愚行をおかしてはいないでしょうね？　テンやストロフィ以降は出現モンスターも狂暴です。あなたの細腕では、とても敵《かな》わないでしょう。

節約は商人の基本ですが、命より高いものはありません。出すべきところには惜しまず金を出しましょう。ちゃんと傭兵を雇いなさい。いいですね？

二点目。手紙の返事を必ずよこしなさい。

今どこにいて、何を経験し、どう考えたのか、ちゃんと教えなさい。いいですね？

手紙のやり取りは冒険者を介しましょう。こちらで手配し、各地に配置しておきます。

返信用の紙とインクも彼らに渡してありますので、安心してください。


ああ、貴重な紙のスペースがもう残りわずかしかありません。

最後に、体にだけは気をつけて。

キメーラの翼で、いつでも帰ってきていいんですよ。

店主　』

――言われなくても傭兵は雇ってるっての。しかも、テンの町へ向かう時点で。

そうひとりごちながら、おっとりした店主の意外な行動力に、俺は少なからず驚いていた。過保護だし面倒だが、その気持ちはありがたくもある。

「よし。手紙は確かに渡したぞ。返事を預かろうか」

いきなり覗きこんできた冒険者に、俺はぎょっとした。

「へ、返事……？」

「あんたが返事を渋るであろうことは、店主から聞いている。返事の手紙を回収するところまでがオレの仕事なんだ。さ、早く返事を書け」

さすがに店主の連絡は無視できないが……あああぁ……やっぱりめんどくさい。

「いやちょっと今、忙しいんで。あとでいいですか」

「一日くらいなら待つのはいいが、逃げるなよ？」

「逃げませんよ！」

すると冒険者は、目の前の宿屋を指さした。

「オレはあそこに泊まる予定だから、手紙が書けたら言ってくれ」

「ええ、ええ、わかりました。それじゃまた後日！」

しつこい冒険者をようやく追い返した俺は、ふたたびギルドの建物に向き直った。


「失礼しまーす」

小声で挨拶して中に入ると、しんと静かだが人はいた。手前の応接セットで、男がふたり、ぼそぼそと話しこんでいたのだ。いや、主に話しているのは年かさの商人らしき男のほうで、若い男はオドオドと相手の顔色を窺《うかが》っている。

俺は思わずきき耳をたてた。

「っていうか、つまんない文章書く人って、未来永劫《えいごう》つまんない文章書き続けるからさ」

「はぁ……」と、こちらは若い男。

「言っちゃなんだけど、きみの文章からはセンスも才能も感じないよねぇ。物語も難解でテーマもわからないし。特にオチがひどいよオチが。これじゃ救いがないじゃないか」

「は、はぁ……」

ねばっこい顔をした偉そうな態度の男が、紙の束を前になにやら批評している。

その〝ご指摘〟にペコペコと頭を下げている若い男は、書き手だろうか。

「あーあ、貴重な紙が泣いてるよ。文字なんて書かずに、このまんま売った方がよっぽど価値があったのに。悪いけど、この程度の脚本で演劇なんてやらせられないよねぇ」

「は、はい……」

「きみはさぁ、これだけ文章が書ける教養人なんだからさ、脚本家なんか夢見てないで、もっと手堅い職に就いたらどう？」

「はは……」

いきさつはよくわからないが、ずいぶんネチネチとした批評だ。

話してるときの顔をぜひ本人に鏡で見せてやりたい。もしこれが演劇なら間違いなく悪役って感じの、性格の悪さが浮き出たようないやらしい顔だ。ああいう輩《やから》は一生、他者を上から目線で評価するだけで、自分自身は主役になんかなれないんだろうな。

「で、でもですねぇ……」

ここで頭を下げるばかりだった若い男が、意を決したように口を開いた。

「町の人たちにこの脚本を読み聞かせたら、おもしろいって言ってくれたんですよ。だからお願いします。劇場を貸してください……」

「どうせ知り合い数人に読み聞かせただけなんでしょ？　そりゃおもしろいって言うよ、きみに気を遣ってね。こんな脚本にうちの劇場を貸すなんてとんでもない。一回の公演でどれだけの金を得られると思ってんの？」

この悪役商人は、劇場の興行を決める立場にもあるようだ。自分の眼鏡にかなったものしか上演させないという主義なのか。

「そこをどうにか……客の入りの少ない時間帯でけっこうですから」

青年が、テーブルに額をこすりつけるようにして頭を下げた。しかし商人のほうは必死の嘆願にも応じるつもりがないようだった。

「演劇なんかより、殴られ屋を舞台に上げたほうが儲かるんだよ。もう帰ってくれ！」

「す、すみません……また来ます。失礼しました……」

「しつこいな。来なくていい！」

そこまで言われ、脚本家志望の男は肩を落として帰っていった。

やりとりをじっと見つめていた俺に気がついて、悪役商人が視線を投げてきた。

「なんだ小僧、おまえも俺に用か？　まさか今のエセ脚本家みたいに、演劇をやりたいから劇場を貸してくれなんて言うんじゃないだろうな？」

俺はもういいかげん学んだのだが、この業界、若いってだけで下に見られるものだ。

ねばっこい悪役顔のギルド員は、先ほどもしきりにセンスや才能という言葉を口にしていたが、自分より若い人間が、自分以上の天分を持っている可能性を考慮しないのだろうか。相手が若いというだけで侮《あなど》るあたりが、この男のレベルを物語っている。

しかし、そんな感想はおくびにも出さず、俺は低姿勢かつ朗らかに応じた。

「いえ！　私はちょっとお伺いしたいことがあって来ただけなんですよ。あのぉ……商人ギルドの本部がどこにあるのか、ご存じじゃないですかね？　あ、心あたりがなければ支部のほうでもけっこうです。こちらのギルドは、どこの支部から指示を受けていますか？それだけ教えていただければ、さっさと帰りますので」

するると、悪役商人の表情が一気に険しくなった。

「……なぜそんなことを？　俺たちが本部から指示を受けているなんて話を、誰から聞いた？　本部の場所を知ってどうする？　そもそも、おまえは何者だ？」

しまった。ねばっこい顔そのまんまのしつこい性格だ。ぐいぐい詮索してくる。

「失礼いたしました。私はマルと申しまして、今年この国の勇者に選ばれたバツという男の兄です。それで少々、その関係で別行動にて商人ギルド本部を目指しているんですよ。事情について詳しくお話ししたいのはやまやまなんですが、なにぶん、勇者の魔王討伐に関わる重大な任務なもので……」

そんな事実はないのだが、これくらい言っておかないと話を聞いてもらえそうにない。

勇者は世界中で最優先にされる存在だ。その兄を名乗ればそれなりのハッタリは効くだろう。弟の威を借りるようで恰好《かっこう》が悪いが、手段を選んではいられない。

「……勇者バツの兄ねぇ」

「ええ。ほらこれ。勇者の親族に渡されるものです」

俺は襟元の鎖を摑んで、服の下から首飾りを引っ張りだしてみせた。

勇者の親族には、このように勇者の名前を彫ったアクセサリーが渡される。このペンダントトップは開く仕組みになっていて、そこに勇者の髪や絵などを入れるのが通例だ。

つまり遺品の前渡しだ。現在に至るまで、勇者は全員帰ってこないから。

勇者の首飾りは特に有名で、商人ならば知らない者はいない。なぜなら、大きな戦果をあげた勇者の名が彫られた首飾りにはプレミアがつき、金持ちのコレクター連中が大金をはたいて買うからだ。遺品ではあるが、生活に困った遺族が手放す例も珍しくない。

「む……確かにそれは本物のようだが……」

「本部の場所が言いにくいなら、支部の場所でもいいんですけど」

「……本部は知らんが、支部なら教えてやってもいい。しかし、それには条件がある」

「ですよねー。で、どのような？」

ニコニコと応じる俺に、商人は「殴られ屋を知っているか？」と訊いてきた。

「はい。過激な言動で人を集め、ストレスを解消させることで金を得る人たちですね」

「そうだ。我々はこの町に劇場を持っている。以前は歌や踊り、退屈な演劇なんぞをやらせていたんだが、最近、殴られ屋たちを出演させてみたら、これがなかなか盛況でね」

「はぁ……劇場に殴られ屋を」

文化事業なんて高尚なことは考えず、成績優先で興行を決めるのは、商人ギルドとしては正しい判断なのかもしれない。

「そう。入場は無料だが、殴られ屋に物を投げるのは有料。また、会場内の至るところに広告を入れ、広告主からも出稿料を得ている」

「へえー。そりゃ儲かりそうですね」

「儲かるのさ。しかし馬鹿な客だよ。殴られ屋は脚本どおりに演じているだけだというのに、本気で罵声を浴びせ、金を払ってまで物を投げている。よほど日頃の鬱憤が溜まっているのだろう。そうでなければ、人はあそこまで積極的に怒らないよ。つまり奴らは、わざわざ劇場に怒りに来ているんだ。……笑えるだろ？　金にはなるが、ああはなりたくないね」

顔がねばっこいと、話もネバネバのびるらしい。俺は笑みを貼りつかせたまま尋ねた。

「それで、私になにをしろと？」

「ああ、我々はいずれこの町の殴られ屋を全て集め、罵声と嘲笑飛び交う大劇場にしたいと考えている。しかし……いかんせん、まだ出演する殴られ屋の数が足りない」

「なるほど。つまり私は、殴られ屋を勧誘すればいいんですね？」

「そのとおりだ。それも、集客力の高い殴られ屋を勧誘してもらいたい」

「つまり……玉屋あたりですかね？」

「もし奴らを勧誘できるなら最高だが、実は一度断られている。こちらの中抜きが気に入らないらしくてな。劇場を貸す代わりに、稼ぎの二割をもらうことになっているから」

「集客力のある殴られ屋は劇場に頼らず、自分で事業をやったほうが儲かるんですね」

「……ま、そういうことだ」

俺の言い方が気に入らないのか、悪役商人はいささか渋い顔で応じた。

「わかりました。それじゃ仰せのとおり、客の呼べる殴られ屋を呼んできます。その代わり、ちゃんと商人ギルドの支部の場所を教えてくださいよ」

「約束しよう。別にそこまで価値のある情報でもないからな」

だったら交換条件なんて出さないで、さっさと教えてくれればいいのに。

こういうところも、商人らしさなんだろうけれど……。

「情報の価値も、人それぞれですね」

いいさ。俺だって殴られ屋にも、この町の救いようのなさにも興味があるんだ。

これもまあ、乗りかかった船というものだろう。

5　好きなことでは生きていけない

俺たち商人はさまざまな品を取り扱うが、それは〝感情〟も例外ではない。

感情の肉袋――人間を相手にしている以上、これもれっきとした売り物なのだ。

おいしいものを食べれば喜ぶ。娯楽は楽しむ。俺たちの商品棚には、悲しみも怒りも並んでいる。殴られ屋もそのひとつにすぎない。

安価で悪趣味な娯楽は強い。金のない者に残された〝怒り〟という娯楽は特に強い。心や生活に余裕のない人間はいつも、誰かや何かに怒りたがっているからだ。

そう。今、俺の目の前にいる彼らのように。

「まいど！　コンチハ！」

少年の明るく響く高音に、広場にいた大人たちが色めきたった。

「おい！　また玉屋のクソガキが何か始めるぞ！」

「急げ！」

観客がほどよく自分を囲むのを見計らって、少年は朗々と主張を開始した。

「仕事なんて行かなくていい！　働いてないのは不幸なことじゃない！　むしろ、いやいや仕事に行ってる人のほうが不幸だと思う！　だってそれは、操り人形と同じだから！」

「クソガキふざけんなよー！」

「また馬鹿なこと言いやがって！」

合いの手のように入るヤジにも、少年はひるまない。

「ぼく、思うんだけど、生活物資は国からの配給があるんだから、そんな必死に働く意味なくない？　働いてる人は洗脳でもされてるんじゃないの？」

「その配給が足りてないから、こうして働いてんだろうが！」

「全員がおまえみたいなことを考えたら、社会が停滞するんだよ！」

「国の配給頼みなんて、そんなみっともないまねできるか！」

世の中をよく知らない貧民の子どもが、したり顔で偉そうな口をきく。――これほどまでに人々の〝怒り〟を煽るコンテンツはない。ここですかさずボール売りの語りが入る。

「はい、あの子にボールを投げる権利ですよー！　ボール一個一ゴールド。……あっ、そこのあんた石を投げるなって言ってんだろ！　ボールですよ、投げるのはボール！　一個一ゴールドでーす‼」

「子ども使って商売するなんてクズ野郎な親もいたもんだ！　ボール一個よこせ！」

「まいどありがとうございます！　一ゴールドになります！」

いつものように、玉屋の息子が大人たちを挑発し、父親が嫌味を言われながらボールを売って回り、子どもを囲んだ大人たちはいきいきと憤慨している。

親が子を教育するとき、あんな顔はしない。少なくともうちの店主はしなかった。大人が子どもに親切心からアドバイスするときだって、あんなに下品な顔はしないだろう。

少年に対する大人たちの目の輝きは、何かに怒りたい人間が、攻撃してもいい対象を見つけたとき特有のものだ。見れば見るほど、殴られ屋が提供する〝怒り〟という商品の需要の高さがわかる。

俺がこの町に滞在して、しばらくの時間が過ぎた。ここまで何人もの殴られ屋の商売パターンを分析してきたが、やはり数多くいるプレイヤーの中でも、玉屋親子が一番の煽り上手なようだ。

「クソッ！　あの客、俺のことをクズ野郎だと？　クズはおまえだろうが、クソ底辺労働者が！　あームカつく！」

玉屋の男は苛々とひとりごちる。それから疲れた顔の息子に向かって叫んだ。

「おい、次はあいつらにこう言ってやれ。『みんなは朝から晩まで一生懸命働いているのに、なんで子どものぼくよりお金を稼げてないの？』って！　そうしたら、あいつらもっとボールを投げるはずだ。……ん？　どうした？」

「ぼく……もうこれやりたくない……ボールが当たると痛いもん……」

弱音を吐く息子を、父親は急いでとりなした。

「おいおい急にどうした？　ちょっと痛いくらいなんだ、自信を持て！　おまえは立派に金を稼いでる。あの底辺労働者連中よりも、いけ好かない教養人どもよりもだ！」

「でも、痛いもん……」

珍しく主張を曲げない息子に、父親は冷たい視線を投げた。

「……あっそ。じゃあ、もうやらない？　もう殴られ屋やめて貧乏に戻る？」

息子は涙目でうつむいてしまった。

「黙ってちゃわからないよ。どうする？　ボールが当たると痛いから、もうやめちゃう？　やめて貧乏になる？　明日のご飯とかも我慢する？」

そんなふうに言われて、息子はもう「やめる」とは言えなくなってしまった。

「あのぉ……」

そっと声をかけると、玉屋の親子は不審そうに俺を見た。

「なんですか」

「あ、いや。玉屋さんはいつも人気で、すごいですねえ」

「どうも。明日もやりますから、次は仕事中に来てくださいよ」

「ええ、それでご相談があるんですけど……ご存じでしょうが、テンの商人ギルドが劇場に殴られ屋を集めて商売しているでしょう？　玉屋さんは参加されないのかな、と」

「なんだ、あんた商人ギルドからの回し者か。それならもう断ったはずだ」

にべもない父親に、俺は言い募った。

「しかし、殴られ屋の旬は短いと聞きます。今はいいでしょうが、いずれ集客力が落ちたときのために備えるというのも、商売には大切なことでは？」

「……ギルドの商売に加わったら、その備えになるってのか」

父親の興味がわずかにこちらに向いてきた。俺は大きく頷いてみせる。

「はい！　劇場には殴られ屋が多く集まります。玉屋さんのことを知らない客も、玉屋さん以外の殴られ屋を目的に劇場に足を運んでいます。つまり、劇場という場所そのものが集客力を有しているのです。もしこの先、おふたりの集客力が落ちても、劇場に属しておけば安心というわけですよ」

「しかし……中抜きがな」

父親が渋い顔をした。やはりネックはそれか。

とはいえ、ギルドも商売だ。劇場の手数料をチャラにするのは難しいだろう。少なくとも、俺がこの場で勝手に判断できる案件じゃない。ならばここは別の利点を説いて、玉屋をその気にさせるしかない。

「劇場なら集客数を伸ばせますから、手数料を払っても今より収入が上がります。こうして野外でやるより、よっぽど気の利いた設備もあります。雨の日だって活動できますし」

「……わかった。もう一度、ギルドの話を聞いてやってもいい」

「ありがとうございます！」

気の変わらないうちに連れていこうとする俺に、父親が急に絡んできた。

「あんたアレか、教養人ってやつか。……いいねぇ、若いのに賢くて。俺なんかこのトシになってもなんの技能もないし、字だってロクに読めない。息子に教えてやれることもほとんどない。だからこんな商売をしてるんだ」

「はぁ……」

相づちの打ちようがない。そもそも俺は、こういう卑屈さが大嫌いだ。

「馬鹿な俺らを、頭のいいあんたらは『うまく使ってやろう』って思ってんだろ。でもあんたらどれだけ金を稼いでる？　俺はこの仕事で大金を稼いでるぞ。そこらの商人以上にな。教養人は学問の重要性を自慢げに説くが、稼げない連中がそんなことをいくら言おうが滑稽で仕方がねぇ。どんなに学問に励もうが、稼いだ金で贅沢できなきゃ無意味だ。つまり、俺よりも金を稼げない教養人どもは、何年も無駄な努力を重ねてきたってわけだ。ほんと、無駄な人生ご苦労さん！」

「玉屋さんはご立派ですよ。私はよーくわかっています。そんな、うまく使うだなんてとんでもない！　殴られ屋の皆さんあっての劇場なんですから」

……ったく。なんで俺が商人ギルドの擁護をしなければいけないんだ。

すると父親は、顔をそむけて聞こえよがしにつぶやいた。

「ふん、見下しやがって」

そんなに教養が気になるなら、毎日の稼ぎから少額なりとも学問に回せばいいのに。俺の父親を称する男や死んだ母親もそうだったが、貧しい連中は根本的に、そういう発想に欠けている。その日そのときの飯代が関心のほぼ全てで、その先を見る気力がない。だから一時的に金を稼げても、蓄えや投資に回すことができない。貧乏人は、貧乏になるような思考をしているから貧乏のままなのだ。同じく貧乏だった俺は、強くそう思う。

俺はにこやかに父子に一礼した。

「それでは、ギルドにご案内しますね」

「ただいまー。玉屋さんを連れてきまし……た？」

俺が玉屋親子を連れてギルドに戻ってくると、以前とは打って変わってフロアが騒がしくなっていた。

「ま、待ってください！　なんとかしますから！　広告の撤退はしないでください！」

「いーや、あんたらの劇場は悪趣味になりすぎた。あんなところに広告を出したら、私たちの商売の印象も評判もガタ落ちだ！」

裕福そうな商人が、すごい剣幕で抗議している。それに必死で応じているのは、脚本家志望の男に横柄に当たり散らしていた、あのねばっこい顔の悪役商人だ。

「殴られ屋の連中は注目を集めることばかり考えて、他人の気持ちや迷惑なんてまるで考えないじゃないか！　劇場に集客できてはいるが、客層が悪すぎる！　品がない！」

「で、ですから、殴られ屋の言動には規制を設けて対処します。どうかお待ちください」

さすがの悪役商人も、自分より立場の強い人間には低姿勢だ。

抗議に来ているのは四人。劇場に広告を出せるほど懐具合がいいということは、ギルドにとっても上客なのだろう。代表で話をしている広告主は、鼻息荒く続けた。

「そもそも、劇場の舞台に殴られ屋なんて上げないでいただきたいですがね！　奴らは害虫なみにしぶとい。規制を設けたところで、どうせその穴をかいくぐって生き残ろうとするでしょうよ！」

「わ、わかりました！　今後、殴られ屋は舞台に上げないとお約束しますから！」

おいおい。そんな約束をしてしまって大丈夫か。……というか、あんたはこないだ俺に殴られ屋のスカウトを依頼してきたんだろうが。その舌の根も乾かないうちに、手のひら返しはないだろう。どれだけクレームに弱いんだ。

しかし、このとっさの対応は、広告主にはよく効いたようだ。

「……まあ、それなら」

「うむ。それなら広告も今までどおりで」

「いやいや、広告料については改めて話し合いが必要なのでは？」

「それもそうですな。ではまた後日、こちらの見積もりを持って参りますので」

なるほど。広告主のほうも派手にクレームをつけることで、広告料の値下げを狙っていたわけか。さすが商人。キツネとタヌキの化かし合いだな。

「このたびは大変ご迷惑をおかけしました……今後ともよろしくお願いいたします」

ペコペコと頭を下げるギルド員に見送られて、劇場の広告主たちは帰っていった。

――しかし待てよ。これって、俺にとってよくない展開なのでは？

不穏な空気に尻ごみする玉屋親子を小声でなだめながら、俺は不機嫌丸出しでどっかり椅子に座った悪役商人に声をかけた。

「あのー、ご注文どおり、大人気の殴られ屋を連れてきたんですけど。今をときめく玉屋の親子ですよ？　さ、約束の情報を教えてくださ――」

「うるさい！　今のを見ただろう⁉　殴られ屋の言動が商売の印象を損なうって、広告主はカンカンだ！」

「お気の毒ですが、それとこれとは話が別。約束は守ってくださいよ」

すると、悪役商人は勢いよく椅子から立ちあがった。

「断る！　今後、あの劇場の催し物はすべて健全な内容にする。醜悪な殴られ屋は出入り禁止だ！　だいたい俺は以前から、連中の下品な言動が気に入らな――」

すると、それまでじっと黙っていた玉屋の父親が、商人の言葉を遮った。

「さんざん儲けておいて、ずいぶんな言いぐさだな！　これだから商人はよォ！」

「あ、待ってよお父さん！」

捨て台詞とともに鼻息荒くギルドの建物を出ていく父親に、息子も小走りで続いた。

俺は大げさにため息をついた。

「あーあ。玉屋さん、怒って帰っちゃいましたよ。せっかく連れてきたのに」

「今後は健全な演者以外、お断りだ！」

「そうは言いますけど、健全って、つまり歌や踊り、演劇あたりでしょう？」

そうだ、と商人が低い声で応じる。俺はたしなめるように言った。

「それじゃ集客が伸びなかったから、殴られ屋を舞台に上げていたわけで」

「わかってる。だが仕方なかろう！　おまえもアイディアを出せ！」

「そう言われてもなぁ……」

それは俺の仕事か？　自分の無能を棚に上げて、この男は何を言っているんだ。

「どうにかしろ！　でなければ商人ギルドのことは教えんぞ！」

こいつ、むちゃくちゃだ。しかし情報を得るためには、協力するしかないらしい。

「くそ……明日からの公演は全部キャンセルか。急いで穴埋めしなければ、機会損失だけでとんでもない額に……」

ねばっこい顔から脂汗が滴り落ちる。それを見て、失礼ながら俺はカエルの魔物を連想してしまった。


劇場の件は勉強になった。

広告を収益の柱とする場合、劇場のような施設も参加する演者たちも、自由ではいられないわけだ。構造上、金を出す広告主の意向を最優先にしなければならないから。

——ようするに、好きなことじゃ生きていけない、って話だな。

そんなことを考えながら、俺は酒場に貼られた壁新聞に目を通した。すると今日の一面に「勇者バツがカンダラ盗賊団を討伐」とある。

「……がんばってるな、バツ」

俺がこうしている間にも、バツは死地を進んでいる。盗賊団はともかく、今後は巨大な人喰い魔物だとか、四天王だとか、魔王の側近だとか——そんな奴らを討伐するんだろう。いつ死んでもおかしくないじゃないか。

武器はまだ俺が渡した鋼の剣のままだろうか。拠点にしている町にはいい装備が売っているだろうか。仲間の装備ばかり優先しているんじゃないだろうな。

推奨アイテム制度なんてものさえなければ、各地の商人も自由に商売ができる。そうすれば、勇者一行だって装備に困らないだろうに。

——ああ、商人ギルド本部に、早く行かないと。

そのためには、あのカエルみたいにねばっこい顔のギルド員から、支部の情報を得る必要がある。そして奴は情報の対価として、劇場に人を呼べる健全なコンテンツを要求している。でも、そう簡単にはいいアイディアなんて……。

「ア！　ワルクナイ！」

突如、傍らの鞄の中から甲高い声が聞こえた。

声の主はスライムだ。俺はグラース製の瓶を取りだして、酒場のテーブルに置いた。

「……びっくりした。なんだおまえ、もしかしてずっと気絶してたのか」

だから武器屋で喋らなかったのか。捕獲のときにやりすぎたか……。

瓶の中できょろりと目玉を動かすスライムをしばらく眺めてから、俺はエサの必要性に思い至った。下等モンスターとはいえ、こいつも栄養補給が必要なのではないか、と。

スライムはにゅるりと動いて瓶の口のほうまで目玉を寄せてきた。

よく見れば、かわいげがないこともない……ような気がする。どこが顔なのか、そもそも顔があるのかすら判別がつかないが、目玉があるならその付近に口っぽい組織もあるのかもしれない。そこで俺は皿のパンを小さくちぎって、瓶のスライムに近づけてみた。

「ほーら、いいかい？　これは〝パン〟だよ」

スライムはこちらの言葉を吟味するかのように、ぐにゅりと目玉を動かした。

「パン。ほら、パ・ン。言って」

「パ……ン……」

小さい声が聞こえてきた。やっぱりこいつは人語を操れるすごいスライムだ。

「そうそう！　パン！　はい、パンあげる。いいか、今から瓶を開けるけど、逃げたりするなよ？　そんなことしたら、この銅の剣でぶった斬るからな」

栓を外し、俺は瓶の中へ素早くパンを投げ入れた。

「ヤ！」

しばらくパンをもてあそんでいたスライムは、それをぺっと吐いてしまった。

どうやらパンはお気に召さないらしい。なんだかぜいたくな奴だ。

「じゃあ、これなら食べられるか？　肉だ。ニ・ク。ほら、言ってみ？」

「ニ……ク」

「そう、肉。ほら、食べてみろよ」

ちぎった干し肉を瓶に入れてやると、スライムはそれを体内に取りこんで、ゆっくり咀《そ》嚼《しゃく》しているようだった。……しかし、肉食となるとエサ代がかかりそうだな。

「うまかったなら、ちゃんと『おいしい』って言うんだぞ」

もぞもぞと動くスライムに語りかけてみたが、今度は特に返事がない。

まあ、こうやって頻繁に話しかけていれば、いずれペラペラ人語を話すようになるだろう。ばっちり教育を施して、いずれ金持ちの好事家《こうずか》に百万ゴールドで売ってやる。いや、それこそ劇場のような場所でトークショーを開いて、見学料を取る方法もあるな。

そのとき——。

「あの、きみさ……」

スライム商売のドリームに心奪われている俺に、誰かが声をかけてきた。

え、と現実に引き戻されると、すぐ隣に紙の束を手にした若い男が立っている。

「いや……その、商人ギルドで見かけた人だったから……」

思い出した。どこかで見た顔だと思ったら、あの悪役商人にいびられていた男だ。

「あー、脚本家の人だっけ？」

男は頷いて、手にしていた紙の束をテーブルに置いた。小さな文字がぎっしり並んだそれは、貴重な紙を余すところなく使い倒した脚本のようだった。

「僕、また新しいのを書いたんだ。それで、あの人に見てもらいたいんだけど、門前払いされてて……。きみ、あそこのギルド員と知り合いだろう？　頼む、取りついでくれ！」

脚本家を目指すのも大変だ。書くだけじゃなく、こうして売り込みにも奔走しなければならないのだから。しかし……。

「正直、難しいと思うよ。多分あの男は、演劇の脚本になんて興味がないんだ」

「今回のは自信があるんだ！　なぁ、それならきみが、ためしに読んでみてくれよ」

必死に紙束を押しつけてくる青年の手を、俺はやんわりと押し戻した。

「お断りだね。演劇ってあれだろ？　宗教とか歴史とか、そのへんをテーマにした退屈極まりない話だろ。昔、城下町の劇場で見たことがあるけど、途中で寝てしまったよ。きっと俺はその脚本を読んでも、あくびしか出ないだろうね」

「違う違う！　僕はそんなの書かない！　読んでくれないならいいさ、僕がここで実演するから、それを見て評価してくれ！」

「え、ここで？　いや、ここ酒場だけど……」

「かまわないさ。場所なんてどこでも！」

脚本家を目指すのも大変だ。書くだけじゃなく、酒場で実演までするというのだから。

あっけにとられる俺の前で、脚本家志望の男はテーブルによじ登った。

「お！　余興か？」

「いいぞ！　やれやれ！」

異変に気づいた酔っ払いたちが、無責任に拍手を始める。

「仕方ない。見てやるから、早く終わらせてくれよ」

「ありがとう。だけど、早くは終われないんだ」

脚本をしたためた紙束は、テーブルの脇に置かれたままだ。

男は一礼すると、急に声を張った。


『――勇者マベクスは、荒野で三人の魔女と出会った』

おいおい、ひとりで何役やる気だよ。っていうか脚本、全部頭に入ってるのか？


『こうして、王を殺し王位についた勇者マベクスは、マダクフによって打ち首にされた。

しかし不幸ではない。なぜなら彼はやっと、狂気と罪悪感から解放されたのだから』

「……終わり。ご清聴ありがとう」

男がそう言うと、見えない舞台の幕が下りた。

酔っ払いたちはだいぶ前に騒ぐのをやめ、酒場は開店前のような静けさだ。

「え、終わり？」

聴衆のひとりが、脚本家志望の男に尋ねた。

「終わりだよ」

「でも、勇者マベクスは主人公だろ？　死んで終わりっていうのもなぁ……」

それを皮切りに、周りの客も口々に感想を述べ始める。

「いや……うん、それでいいんだよ。オレはそのほうが好きだな。哀愁がある」

「そうかぁ？　おれはちょっとモヤっとするなぁ。そもそもさ……」

「違うって。死ぬことによって苦痛から解放されたんだ。死が不幸とは限らない！」

「待ってくれ。勇者マベクスの生き死により、その後が気になる。次に王位に就くのはマカルムなんだろう？　だとしたら……」

「続きは？　続きは作ってないの⁉」

途端に、酒場中がざわめきを取り戻し、あちこちの席で白熱した議論がスタートした。

酒に任せた騒ぎじゃない。男が演じた内容について、賞賛や批判、疑問……各々《おのおの》が喋りたいことを喋っているという印象だ。

つまりそれは——おそらく、このひとり芝居の成功を意味しているのだろう。

「ねえ、どうだったかな？」

テーブルから降りた男が、血色の悪い頬をわずかに上気させて、感想を求めてきた。

正直、圧倒された。俺が知っている演劇と、彼の演劇は明らかに違うものだ。

俺は演劇の鑑賞者としては素人だが、その俺ですら理解できる情緒と感動と確実な娯楽性があった。彼が必ずしも演者として巧みだったとはいえないから、これは脚本の力だ。

押し黙った俺に、脚本家志望の男は不安げな視線を投げた。

「……あの？」

この演劇は金になる。今なら俺にもその価値がわかる。だって、演劇になどまるで興味がなさそうだった酒場の酔客たちも、すっかり夢中になっているじゃないか。

しかし問題は山積みだ。運営にかかる費用はどうする。演者、舞台装置、大道具小道具、衣装の用意もあるだろう。劇場までのアクセスは？　広告宣伝は？　チケットはいくらに設定する？　脚本のバリエーションは？

「……たぶんきみ、脚本家になれるよ」

ゆっくりそう告げると、男は目を丸くした。

「明日、商人ギルドに行こうか」

俺は握手のために右手を差しだした。

「だから、演劇なんかじゃ人は呼べないと言っただろ？　いくらうちの劇場が健全なコンテンツを求めてるからって……」

俺の予想に反して、事態は好転していなかった。ねばっこい顔のギルド員は、脚本を読んでも相変わらずの反応だったのだ。酒場を湧かせた傑作も、彼にかかれば凡作らしい。

「彼の書いた脚本は、酒場で大好評でしたよ」

俺からの報告に、悪役風味のギルド員は疑わしげな顔をした。

「ウケたにしても酔っ払い相手だろう？　どうもなぁ……」

信用ならんと言いたいようだ。しかし、脚本家志望の男は――いや、もはや立派な脚本家である青年は、繰り返し頭を下げた。顔に生気がみなぎっているのは、新しい脚本への自信と、酒場でのひとり芝居で度胸がついたせいだろう。

「よろしくお願いします！　どうかやらせてください！」

「ほら、彼もやる気ですし。それに、広告主たちからも殴られ屋を禁じられて、劇場は開店休業状態じゃないですか。ダメ元でやってみては？」

俺は事実を述べただけだが、それは悪役商人にとって現在最大の弱点でもある。

「ふん……こんな脚本じゃ、殴られ屋のようなインパクトがないんだよ。馬鹿な客はもっとわかりやすくてくだらないコンテンツを求めているんだ！　つまり、もっと単純な怒りだよ〝怒り〟！　それがないんだこの脚本には！」

「ええ。もちろん〝怒り〟の需要を否定はしませんが、人間には喜怒哀楽があります。その中の〝怒り〟だけを売り続けても、いずれ飽きられると思いますが」

俺の静かな反論に、ギルド員はカエルのような顔を歪《ゆが》ませる。

「いいや、常に鬱憤を溜めている連中が〝怒り〟に飽きることは絶対にない。……しかし……ま、ものは試しか。よかろう」

ようやく上演許諾がおりた。ギルド側にしてみても、背に腹はかえられないのだ。

「ありがとうございます！　マルさんも、ありがとうございます！」

大喜びの新米脚本家は、今にも泣きだしそうだ。

彼がこの道で食っていけるかどうかは、今回の興行の結果次第になるだろう。でもきっと、この演劇は成功する。俺は予言者じゃないが鼻は人一倍きくのだ。特に商売に関することにかけては。

そう、売り物を〝怒り〟に限る必要などない。〝喜び〟や〝哀愁〟だって極上の商品になる。創作能力の高い脚本家なら、いろいろなコンテンツを作れるだろうし、商品棚には多様な商品が取り揃えられる。棚の品数が多く、適正な価格で、さらに高品質とくれば、店はおのずと繁盛する。それは商売の基本だ。

悪役商人は、ねばっこいため息をついた。

「殴られ屋……殴られ屋さえ使えればなぁ……」

まだ言ってる……。彼にとっては劇場の格式保持などどうでもよく、刺激的なコンテンツで手っ取り早く稼ぐことのほうが重要だったのだ。

「さ、約束ですよ。俺は健全なコンテンツを紹介した。あなたは、こちらのギルドに指示を出している商人ギルドの場所を教えてください」

俺が約束の遂行を促すと、カエルのギルド員は力なく顔をあげた。

「……ああ、ここから街道を北へ進むと、ハイフという町に出る。そこの商人ギルドだ。大きいところだから、すぐにわかるだろう」

次の目的地がようやく決まった。俺は礼を言って、テンの商人ギルドをあとにした。


ギルドの建物の外へ出た途端、俺は背後から首根っこを摑まれてしまった。

「探したぞ！　どれだけ待たせる気だ！」

「……へ？」

間の抜けた声とともに振り返ると、そこに冒険者装束の男がいた。

「手紙だよ手紙！　返事を書いてくれってお願いしただろ⁉」

——ああ、そういえばそんなこともあったっけ……。

俺は記憶の糸をたぐり寄せた。パラグラで待つ店主に返事を書けと言われていたのに、バタバタしてすっかり忘れていた。本音を言えば、面倒で思い出したくなかったのだ。

しかもあれは、けっこう前の話じゃなかったか。彼は一日程度しか待たないと言っていたはずだが……今日は何日だ？　俺からの返事を待って、まだ投宿していたとは恐れ入った。もはや冒険者と呼んでいいのかどうかすら怪しい。ただの長逗留客《ながとうりゅう》なのでは……。

「あの、すみません。あとで書くから……」

そう言って逃げようとしたら、耳もとで雷が落ちた。

「いや待てない！　ここで書いてくれここで！　紙は持ってるな？　ほらこれインク。はい、書いた書いた！」

すごい急《せ》かし方だ。インク壺《つぼ》と羽ペンまで手渡されてしまう。

「……いやぁ、台がないと書けないし」

「ほら、これを台代わりにしろ！」

冒険者は片手で俺の襟もとを摑んだまま、もう片方の手で、すぐそばの木製の台を引きずり寄せた。台の上は泥と砂で汚れ、革靴の跡が無数にスタンプされている。

「それ、殴られ屋が乗る台じゃん……きったないなぁ」

文句のひとつも口にしてみるが、冒険者の拘束力は弱まらない。

俺はいよいよ観念して、店主への手紙をしたためることにした。

『店主へ
急いでいるので手短に書きますね。
これからテンの町を出て、ハイフの町を目指すところです。
もちろん、言われなくても傭兵は雇っているので、安心してください。
店主が言うことくらい、僕は全て心得ているんですから。

このテンの町では、殴られ屋という商売が流行っていました。

あえて怒りを買うような言動をして人々を集め、有料で自分に攻撃や口撃をさせるという商売です。これがなかなか盛況で、殴られ屋を相手に、日ごろの鬱憤を晴らそうとする人が大勢いました。

しかし〝怒り〟を売る側も買う側も、どこか貧しているように見えるのです。

能力があるなら〝怒り〟を売り物にする必要などありませんし、心に余裕があれば〝怒り〟を買うこともないでしょう。

ですからこれは、努力によって自らの状況を改善させようとしない、貧した人たち同士の商売なんだなと思いました。


ところで、この手紙のやりとりは今後も続くのでしょうか？

~~面倒くさ~~僕のことは心配ありませんから、気にしないでください。

マル』

俺は一気に手紙を書きあげた。途中、筆が滑ったところもあったがご愛嬌《あいきょう》だ。

「……はい、じゃあこれを店主に渡して」

蠟《ろう》で封緘《ふうかん》をした紙を預けると、冒険者はモンスター討伐を達成したような、すがすがしい笑みをみせた。これは冗談でなく、俺に手紙を渡して書かせることだけが、彼の今回の冒険の全容だったのかもしれない。

――そこまでして人を派遣する意味、ありますか……店主……。

過保護なのかお節介なのか、それとも何も考えていないのか、父親兼師匠のやることはときどき計り知れない。

「よし、これで依頼達成だ！」

高らかにそう告げると、冒険者はキメーラの翼で立ち去った。

俺もそろそろ傭兵を雇ってハイフへ出発するか……と思ったところで、少年の高い声が聞こえてきた。例によって玉屋の子どもだ。

「まいど！　コンチハ！　仕事になんて行かなくていい！　労働者は不幸だと思う！」

「おい、また玉屋のクソガキが馬鹿なこと言ってるぞ！」

耳聡く聞きつけて、観衆が三々五々集まってくる。

ほどよく場が温まったところで、ボール売りの父親が声を張りあげる。

「はーい、皆さん！　あの子どもにボールを投げつける権利です！　はい、ボール一個一ゴールドです！　ボールを投げつける権利ですよー！　おひとつどうぞー！」

「ボールくれー！」「オレも！」「二個ちょうだい！」

次々とかかる声に、父親は手際よく金と手製のボールを交換する。

「まいどありがとうございます！　まいどありがとうございまーす！」

「仕事になんて行かなくていい！　みんな、操り人形になるな！」

「すっこんでろこのガキ！」

玉屋親子の声と客の罵声が入り乱れて、晴れた空へと吸いこまれてゆく。

しかし、彼らの商品棚には〝怒り〟しか並んでいない。

なにも持たない人間は、それくらいしか売るものがないのだ。

6　夢の労働力

ハイフに到着した俺は、この町のいくつかの美点にすぐに気づいた。

まず、とても清潔だ。これだけ人口密度の高そうな都市なのに、道にアレが落ちていない。もちろんにおいもしない。……なぜだ？

次に、住民の顔が一様に明るい。しかも国から配給される画一的なデザインの服ではなく、多彩なデザインの服を着ている人が多い。

さらには、彼らが連れている犬や猫だ。野良ではなくて、いわゆる愛玩動物《ペット》というやつだ。どの個体も毛艶がよくて太っている。つまり、自分以外の生き物を太らせてやれるほど、飼い主が豊かだということだ。

……こんな街、今まで見たことがない。

「ニオイ！　ニオイニオイ！」

俺がくんくんと鼻をひくつかせていると、鞄の中の瓶詰めスライムが高い声を出した。

毎日の言語レッスンが効いたのか、ここへきてスライムは喋る単語の数が増えた。同時に好奇心も芽生えたのか、たまに瓶の栓をあけてやると、とろけた体と丸い目玉を瓶のふちからじわりと持ちあげて、周囲を眺めたりもしていた。

あくまでも高額商品としてメンテナンスしているつもりだが、こいつの〝人語を操る〟というスキルは危険だ。最近ではちょっと情が湧きそうになっている。

俺はもう一度、空気に混ざったにおいを鼻腔に吸いこんだ。

「ああ、これは甘いにおいだな」

「アマイ！　アマイアマイ！」

――珍しいな、なんのにおいだろう。

発生源を探そうと視線を巡らせて、俺はおなじみの武器屋を見つけた。

やっぱり情報収集には、こういう店が一番だ。さっそく扉を叩いて中へ入った。

「やぁ、儲かってる？」

俺の挨拶に、カウンターの向こうで剣を磨いていた中年店主がわずかに顔をあげた。

「ま、ぼちぼちだね」

あちらも俺のことを同業者と気づいたようだ。接客モードにはならずに応じている。

「えー。こんなに景気のよさそうな町に店を構えておいて、そんなことないでしょ？」

「悪くはないが、ハイフの景気を牽引《けんいん》しているのはワシらじゃないからな。北にある炭鉱と、東にある大規模農園の経営者たちが仕切ってんだ」

炭鉱と農園？　大企業なのは事実だろうが、そういう施設なら他の地域にだってある。

「儲からないとは言わないけど……それだけでこんなに豊かに？　信じられないなぁ」

「……まぁ、そう思うわな」

店主が含みのある言い方をした。よそにはない儲けのからくりがあるということか。

「ちょっとちょっと。そこんとこ、もっと詳しく教えてよ！」

カウンターに両手をついて身をのりだした俺に、店主が薄笑いを浮かべる。

「商人ギルドにでも行って聞いてみたらどうだ。あんた商人だろ？　それなら炭鉱や農園を案内してもらえるはずだ」

「え、なんで……？」

そんなに都合のいい話があるだろうか。驚く俺に、店主はこともなげに言った。

「あいつら、常に出資者を募ってるからな。炭鉱も農園も、もっと拡大していくんだと」

「へぇ……それはすごいね」

能力の高い経営者が画期的な利潤追求をした結果の、この豊かさなのだろうか。

だとしたら、それはどんな秘策なのだろう。商人としては是非とも知りたいところだ。

よし、まずは商人ギルドで炭鉱と農園に紹介をしてもらって……と、そこまで思いを巡らせてから、俺は本来の自分の目的を思いだした。

――ダメだマル。この町の商人ギルドを訪問するのは、本部に繋ぐためじゃないか。

会計カウンターの前で悶々《もんもん》とする俺の腕を、店主がつついた。

「で？　買わないならどいてくれ。うしろに客が並んでいるんだが」

「あ、ごめんごめん！　じゃあそこのリンゴ一個ちょうだい」

カウンター脇に積まれたつやつやの赤いリンゴから、店主は大きめのものを選んで手渡してくれた。金を渡すと「まいど」と、ようやく接客用の笑みを見せる。

「商人ギルドは街の中央にある。建物ですぐにわかるはずだ」

「おじさんありがとう。あ、あと……」

次の客の会計に移っていた店主が、ちらりと俺のほうを見た。

「この店、なんかの間違いでバスタードブレードとか……売ってないよね？」

「なーに言ってんだ。んなもん置けるわけないだろ？」

ですよねー……。


武器屋の言ったとおり、商人ギルドの建物はすぐにわかった。

太陽の光が反射するような白い壁にも柱にも、細かい装飾が施されている。ひときわ背の高いその建物は、ハイフの町の中央で異様なまでの存在感を放っていた。これまで見てきた地味な商人ギルドとは大違いだ。まるで建物そのものが「俺たち儲けてます！」と高笑いしているかのようだった。

――うん。俺は好きだな、こういう建物。

高鳴る鼓動をおさえつつ、俺がギルド玄関への石段を登ろうとした、そのときだ。

「おい、あんた。商人のマルか？」

ぐい、と二の腕を摑まれる。見れば体格のいい男が立っていた。清潔だが官製の地味な色の服を着ているから、ここの住人ではなく、旅人なのかもしれない。

とりあえず初対面に間違いない男が、俺のことを知っている――ということは。

「マル、パラグラの武器屋の店主から、手紙を預かっている」

「あー、はいはい……」

店主の行動力に辟易としつつ、俺は半ばあきらめの心境で男から手紙を受け取った。

『マルへ
お返事ありがとうございます。まずは無事でなによりです。

しかし、手紙を読んでいて、あなたの悪いところがありありと伝わってきました。

マルは若いから仕方ないのかもしれませんが、謙虚ではないと思います。

ある大陸のコーシという賢者は、六十歳にして〝耳順《ジジュン》〟……つまり、人の話が素直に聞けるようになると言っていたそうです。

コーシの教えを胸に刻み、深く反省してください。

殴られ屋……ひどい商売です。読んでいて胸が痛みました。

人間は不完全で、誰しも心に醜い部分を持っているものです。ただ、それを人前で出さぬよう努めることで、どうにか体面を保っているにすぎないのです。

その醜さを暴くような商売をしてはいけません。

ところで、マルは貧しい人に少々厳しいような気がします。気のせいでしょうか？　あなたも貧困を経験したことがあるのですから、同じ境遇の人たちには優しくしてあげましょう。以後、気をつけてください。

また、今後も汚い商売を目にすることがあるかもしれません。どうか、金に目がくらんで我を忘れることのないよう、こちらも気をつけてください。

ああ、貴重な紙のスペースがもう残りわずかしかありません。

本当に商人ギルド本部に行くつもりですか？　まだ間に合います。キメーラの翼で戻ってきてもいいんですよ？

とにかく、体にだけは気をつけてください。

店主　』

追伸：返事は必ず書くように。

——手紙でも説教か。「気をつけろ」ばっかりじゃないか。だから返事を書きたくなかったんだ。……ったく。

俺がぶつぶつと愚痴を垂れながら紙片をたたんでいると、男が紙と羽ペンとインク壺の三点セットを差しだしてきた。

「読み終わったな？　さぁ、返事を書いてくれ」

「……あの、あとでいいかな？」

そもそもハイフの町に到着したばかりで、書くことなんてまだない。

すると男は素直に引き下がった。ただし、ひと言添えて。

「オレはこの町の、酒場の上階に宿泊するつもりだ。近日中に頼む」

先日のテンでの冒険者といい、店主はいったい何人の仲介者を雇うつもりなんだ。


「こんにちはー！」

気を取りなおして商人ギルドの建物に足を踏み入れた俺は、立派すぎるエントランスにすでに腰が引けていた。広くて綺麗な内装と、高そうな家具が配置されている。

「おやおやおや？　お客様ですか？　どうぞどうぞ、もっと中へお入りください！」

出てきたのは細身で細目な男だ。仕立てのいい服に身を包み、過剰なまでの丁重さで俺の手を引いた。もちろん彼も商人なのだろうが、今までのギルド員にはない軽妙さだ。

「私、マルと申しまして、商人をしております。あ、ちなみに最近売り出し中の勇者バッは私の弟で……これは証拠の首飾り。ちょっとこちらでお伺いしたいことが……」

「なんとなんとなんと！　弟様のご活躍は壁新聞でかねがね……。わたくしどもに訊きたいことですか？　ええ、なんなりとお答えしますとも。今から最高級のお茶に砂糖をたっぷり入れたものをご用意いたしますので、そちらにおかけになってお待ちください！」

感じがいいと言えなくもないが、対応が丁寧すぎて不自然だ。

商人の勘がそう告げている。


「うんま――――い！　このお菓子、尋常じゃなくうまいです！」

商人の勘なんて、美食の前には無力だ。

細目の男も「そうでしょう」と満足そうに頷いている。

「この紅《あか》いお茶もうまい！　香りがいい！　ちょっと砂糖入れすぎだけど」

「そうでしょうそうでしょう」

出されたお茶と菓子には、貴重品であるはずの砂糖がふんだんに使われていた。町でもやたらと甘い匂いが漂っていたが、あれも焼き菓子かなにかの匂いだったのだろうか。

農園で原料を栽培しているのか。それにしたって、砂糖の流通量が多すぎやしないか。

「ズルイ！　ズルイズルイ！」

そのとき傍らの鞄から、グラース製の瓶が転がり出てきた。

瓶詰めになったスライムと目が合って、ギルド員の男が細い目を少し開いた。

「そ、そちらは？」

「あっ、すみません。こら、ちょっと静かにしてなさい！」

「ボクモ！　アマイ！」

どうやらスライムは、砂糖たっぷりの菓子がうらやましいようだ。カタカタと瓶ごと揺れて抗議している。俺は倒れた瓶を立て直した。

「あーこれはですね、世にも珍しい《喋るスライム》です。いずれ大きな商いに繋がると思い、今、言葉を教えているところでして。騒々しくて申し訳ありません」

「な、なんとなんと……さすが勇者様の御令兄！　商売のスケールが違います！」

いつも年若いことで見くびられる立場なので、お世辞とはいえここまで持ちあげられると逆に居心地が悪い。それに、話がまだるっこしくなりそうだったので、俺は素直に相手に質問をぶつけてみることにした。

「それにしても、ハイフは素晴らしいですね。私が育った城下町でも砂糖は貴重品で、国からの配給も年々減っているというに、こちらでは唸《うな》るほど在庫がおありのようで」

「ええ、ええ。わたくしどもは、少し大きな農園を営んでいましてね。そこでサトウキビも栽培しています。ですから砂糖なんて、庶民ですら日常的に口にしているのです」

あっさり言い切ったが、ますます胡散臭《うさんくさ》い。俺はわざと大声で笑ってみせた。

「ご冗談を。大規模なサトウキビ栽培にはたくさんの人員が必要のはず。人件費も相当かかるでしょう。それに……私が知る限り、砂糖の精製には燃料も必要のはずです。そちらもコストがかかる。だからこそ砂糖は高級品で、庶民が日常的に使えるような物ではないわけでしょう？　門外漢でもそれくらいは知っていますよ」

「まぁ……そう思われますよね？」

細目の男は、さっきの武器屋と同じような含みのある言い方をした。革張りの椅子から身を乗り出し、顔を近づけてゆっくりとささやく。

「しかし、わたくしども商人ギルドは、それを可能にしたのです」

なるほど。これは商談だったのか。目の前のお茶と菓子は見本品というわけだ。

「住民の服のバリエーションが豊かなのも、商人ギルドの〝功績〟というやつですか？」

「いかにも」

細い目をますます細くして男が笑う。俺も相手の演技プランに合わせることにした。

「教えていただきたいですね、その魔法のようなやり方を。実は私、花の売買で儲けましてね。多少の蓄えがあるのですが……その出資先に迷っていまして」

「さすが聡明な方は、話が早くて助かります。お察しのとおり、ハイフの商人ギルドは出資者を募集しています。資金の使い道は、炭鉱と農園の拡大。そしてそのための――」

「そのための？」

すると男は少し顔を引き、豪奢《ごうしゃ》な窓の外を一瞥《いちべつ》してから、ゆっくりと言葉を吐いた。

「――奴隷の、確保です」

「ドレー？」

瓶の中のスライムが、空気を読まずにオウム返しをする。

しっ、とスライムを制した俺は、驚きを圧《お》し殺して、細目の男を見た。

「奴隷ですか……」

「はい、奴隷です。炭鉱も農園も奴隷に労働をさせています。先ほどマルさんは人件費とおっしゃいましたが、そんなものは大してかかっていません。そうですね、せいぜい奴らが死なない程度にエサを与えてやるくらいでしょうか」

「ちょっと待ってください。それ本当の話ですか？　本当に奴隷を？　いくらなんでも、法を犯した商売に資金援助はできませんが」

大昔ならともかく、現在はどの国も奴隷制度を禁じているのだ。本当に奴隷を使って商売をしているというなら、それは国法違反の重罪だ。

するとギルド員の男は、くすくすと笑った。

「あ、申し訳ございません。わたくしとしたことが、誤解を招くような言い方を。確かに奴隷は使っておりますが、法に背いてはいないのですよ」

意味がわからない。俺の頭上に浮かぶ疑問符に答えるように、男は勿体《もったい》をつけて言う。

「つまり、奴隷は奴隷でも、魔物の奴隷なのです」

「魔物……」

そんなことが可能なのか。

「港から船で南西へ進んだところに、小さな島があります。その島には二足歩行するモグラの魔物が多数生息しておりまして、奴らは人間のように手を器用に動かし、クワやスコップ、ツルハシなどの道具を扱えるのです。しかも外界から隔絶された島で、外敵のいない環境で繁殖してきたからか、さほど強くもなく捕獲は容易。下級の魔物にしては知能も高く、人間の言葉も理解しますし、片言なら喋れるようにもなる。よく痛めつけて根気よく教えてやれば、こちらの指示にも従います」

男はこの解説に慣れているのか、流れるような名調子でペラペラと説明を続ける。

——そうか。国が法で禁じているのは人間の奴隷であって、魔物の奴隷など想定外だったのだ。よってこれは、合法の奴隷ということになる。

「わたくしどもが奴隷システムを始めて、今年で五年になります。生産する綿や砂糖、石炭などは世界中に輸出しており、我が国はもちろん、各国もこの事実を知らぬはずはありませんが……ようするに黙認されているのです」

それはそうだ。ハイフからの輸出がなければ、諸外国も困るのだから。

「…………」

——完璧だ。非合法ではなく、しかも経済的。人件費のかからない労働力の確保は、全商人の夢だ。彼らはそれを実現させたのだ。

「奴隷になる魔物は、船で運んでいるのですか？」

「はい。今は大型の奴隷船五隻で運んでいます。しかし船はまだまだ欲しいので、出資金が集まり次第、買い足していく予定です。残念ながら〝ロス〟もありますし、船内環境や運び方にも改良が必要なんです」

「ロス……？」

訊き返すと、細目の男は「ええ」と応じた。

「件《くだん》の島からこちらの港まで、片道三週間ほどかかります。奴隷船が港に到着した時点では、魔物奴隷の約三割が死んでいるんですよ」

「え、三割も。それは馬鹿になりませんね」

「原因らしきものを挙げると、あまりエサを与えず、あまり綺麗ではない水を与えていることでしょうか。排泄物《はいせつぶつ》がその場に垂れ流しなことも一因かもしれません。一度に数を運びたいので、過剰積載になってしまうのも理由と言えるのかも」

そこでようやく細目男は、ふう……と小さく息をついた。

「最も費用対効果の高い改善策はどれなんでしょうね。金ばかりかけて、多少の生存率が上がるだけじゃ意味がありませんし」

「そんな不衛生な状態で運んでいたら、病気になる魔物奴隷も現れるでしょう」

「もちろん。伝染したらいけませんので、病気の魔物はすぐ捨てるようにしています」

「捨てる？　どこへ？」

「え？　海以外ないでしょう？」

細目のギルド員は、さも当然のことのように言ってのけた。

俺は魔物保護主義者ではないが、これには少々胸焼けがしてきた。

「あの……ロスを防ぐというなら、海運ではなく、キメーラの翼で運ぶのはどうです」

こちらの提案に、男は神妙にかぶりを振った。

「それはこちらも試してみたのですが、結論から言えばよくありませんでした。キメーラの翼で一度に運べる数を検証したところ四、五匹が限度で、確実に転送できるのは四匹まで。それ以上は、使用者と魔物が触れあっていても転送対象に含まれないケースが多発します。実は人間や動物でも試してみたのですが、転送限度は同じく四、五体まで。キメーラの翼で確実に転送できる生物の数は、使用者を含めて五体までということです」

「……それは知りませんでした」

そういえば、歴代の勇者たちはその多くが四人パーティーで旅をしているが、あの伝統は案外こういうところに理由があるのだろうか。

細目のギルド員は、さらに海運の重要性を説いてくる。

「道具屋のキメーラの翼の在庫にも限度があります。仮に近隣の町にあるキメーラの翼を買い占めたとしても、それで転送できる魔物奴隷の数は限られます。なにしろあの島にいる魔物の数は、数千や数万なんてものじゃありませんから」

そもそも、キメーラの翼は過去に訪れたことのある町に転移するための道具であって、森やダンジョン、島などには直接移動することができない。——俺がうっかり忘れていた基礎的な使用条件を、男は控え日に伝えてきた。これはひょっとして、出資予定者の無知を晒して機嫌を損ねないという気遣いなのだろうか。

つまり、行き先が未開の小島では、そもそも運搬にキメーラの翼は使えないのだ。

「いずれにせよ島には船で行くしかない、だから海運を強化したい、というわけですね」

「おっしゃるとおりです」

俺は少しの間、考えるようなふりをして、それから咳払《せきばら》いをひとつした。

「……わかりました。ぜひこの商売に参加させてください」

「おお、ありがとうございます！」

男の顔に喜色が浮かぶ。そこで俺は、右の人さし指をまっすぐ上へと突き立てた。

「ただし、ひとつお伺いしたいことがあるのです。これは出資の条件と言ってもいい」

「……なんですかな？」

「実は私は、勇者バツ一行とは別行動で、ある任務に就いておりまして」

これはテンの町のギルドでも使った言い回しだ。当然、男は興味を示した。

「任務？　任務とは」

「いや、それはここでは……。しかし、魔王討伐のための重要任務なのです」

毎度このウソをつくのは面倒だが、商人ギルド本部を目指す理由を正直に言うほうがもっと面倒だ。そもそも言えるはずがない。商人ギルドが定める推奨アイテム制度をぶっ壊して、全世界、どこの店でも強い装備が手に入るようにしたいだなんて。

「……それで、わたくしはどうすれば」

「商人ギルド本部の場所を教えてください」

まずは本命のほうを狙ってみる。すると細目男は心苦しそうな表情をつくった。

「本部ですか……なるほど本部。申し訳ありませんが、実はわたくしも、それは……」

「ええ、そうなんでしょう。これまでも誰も本部の場所は知りませんでしたし、本部からの指示は他のギルド経由で受けているとか。では、ここのギルドはどの町のギルドから指示を受けているのでしょう？」

「なるほど、そうやって商人ギルドを遡っていけば、最終的にはギルド本部に着くと」

細目男はやはり優秀な商人のようだ。今まで会ったどの商人よりも頭の回転が速く、打てば響くような答えが返ってくる。

「……非効率だとは思いますが、それしか方法が思いつかなくて」

悲しげに目を伏せた俺に、男は迷わず頷いた。

「その情報を教えるなという規則もありませんし、出資と引き換えならお教えします」

話が早い。こちらが礼を言う隙も与えない素早さで立ちあがった男は、傍らの事務机から規約書と契約書を取って戻ってきた。

「では具体的なお話になりますが、まず――」

その言葉を遮るように、建物の外から大きな声がした。

「奴隷を、解放しろ――!!」

複数の人の声だ。それを聞いた細目のギルド員は、チッと舌打ちをした。

「また、あの連中……！」

思わず口にした言葉をごまかすように、男はこちらを見て愛想笑いをした。

「あっいや、えーっとですね……いつの時代も面倒な連中というのはいるものでして」

俺は応接セットから腰を浮かせた。

「ちょっと外を見ても？」

「あまり顔を出さないほうがいいと思いますよ」

不安げな男をよそに、カーテンの隙間から外を見る。すると大勢の人が商人ギルドの前に陣取って声をあげている。数十……いや、百人以上いるだろうか。

「魔物を奴隷にするな――！」

「商人ギルドの横暴を許すな――！」

――なるほど、魔物の奴隷化に反対する住民がいたのか。

俺が育った城下町パラグラにも、魔物の権利を叫ぶ団体がいた。これは思ったよりも面倒な話になりそうだ。

「マ、マルさん、大丈夫ですよ！　うるさい連中はいますが、町全体の人口からすれば彼らはごく少数派。権力者の後ろ盾だってありません。ああやって商人ギルドの建物の前で大声をあげて、気がすんだら帰るだけです。恐れる必要はないですよ！」

細目男は、未来の出資者である俺を逃すまいと、慌てて言い訳をしている。

「ええ、よくわかります。ただ今日は、いろいろ貴重なお話を聞きましたので、少し頭を整理したいのです。契約はまた後日ということで、この件は一度持ち帰っても？」

「……もちろんです。マルさんはきっと出資してくださる。信じておりますよ、わたくしは。ただ、今一度、魔物奴隷の素晴らしさを説明させてください。お見せしていない資料もあるんです。……ほら、外には活動家がたむろしていますし、連中が帰るまでゆっくりされていっては……」

「お気遣いありがとうございます。でも大丈夫ですよ。──それでは」

必死に引き留めるギルド員に微笑《ほほえ》んで、俺は戸口に向かうべく立ち上がる。

「えっ、建物から出るんですか？　本当に危ないですよ⁉」

背後から、細目男の悲鳴のような声が飛んできた。


「おい！　商人ギルドから誰か出てきたぞ！」

「商人か？　また奴隷商売に出資しやがったんだな⁉」

「おいあんた！　恥ずかしくないのか！」

ギルドの建物から出ると、一瞬で活動家たちに取り囲まれた。

手こそ出してこないが、すごい剣幕だ。俺は暗い表情で応じた。

「私、商人をやっておりますマルと申しますが……たった今、この建物の中で悪魔のごとき奴隷商売の提案をされ、きっぱりお断りしたところなのです。まさかこの町で、このような悪行が──もう、信じられません！　私は……深く傷ついています！　許せない！　奴隷反対！　奴隷を解放しろー!!」

俺は目から塩水を流してそう言った。こいつを自由自在に流せるのも才能だと思う。

「お、おう……」

予想外の反応に、摑みかかる勢いで詰め寄っていた数人の活動家の動きが止まる。

幹部格とおぼしき女性活動家のひとりが、おそるおそるといった風情で訊いてくる。

「あんた、商人のくせに奴隷商売に反対なの？」

「当然ではありませんか！　魔物とはいえ、生きる権利を踏みにじってはいけません！」

……みたいなことを、城下町の魔物保護団体は言ってたっけな。

「な、なかなか話のわかる商人じゃないか！　なぁみんな？」

「そうだな、商人にしてはな」

「うむ。仲間に入れてやってもいいぞ」

商人ギルドに出資する前に、この活動団体をよく調べようと思う。

情報のための出資はかまわないが、出すなら損はしたくないし、きっとこの魔物奴隷商売には、俺が把握していないリスクが隠れているはずだ。

──そのためには、対抗勢力に潜入するのが一番だろう？

7　誰かのために踊る人たち

「魔物にも権利が認められるべきだ。人間の都合で一方的に踏みにじってはいけない！」

「はい、ええ、そのとおりです。おっしゃるとおり！」

俺は高速で頭を前後させた。できるだけ大きいリアクションで、全面肯定が大事だ。

「商人ギルドは正気じゃない！　それを知りながら受け入れる住民にも問題がある！」

「そうですね、町の人たちもね、うんうん……」

わかるわかるーと同調する。できるだけ切ない表情で頷くのが肝要だ。

……まずい。俺の相づちのボキャブラリーもそろそろ尽きてきたぞ。

「劣悪な環境で働かされているモグラたちのことを思うと、もう、悲しくて……」

「ですよね。いやーわかるなあ、共感するなあ」

なにも泣くことはなかろうに。いや、たしかに俺もさっき連中の前で泣いてみせたけどさぁ……。

奴隷解放運動の本部に来て、かれこれずっとこの調子だ。正直、俺は先刻の自分の決断を後悔しつつあった。なぜ彼らはここまで感情移入できるんだ？　魔物は人類の敵だし、勇者はその魔物の親分を命がけで討伐しに行ってるんだぞ？　親兄弟を魔物に殺された者も珍しくない。なにをどうしたら魔物奴隷のことを可哀想《かわいそう》だなんて思えるんだ。ここまで感受性が豊かだと、実生活に支障をきたすのではないだろうか。

　こういう活動家たちは常日頃から、道を歩くときも蟻《あり》や草花を踏まないように気をつけたり、道具屋に並ぶキメーラの翼の元の持ち主――ちなみに巨大がらすの場合が多い――に、心を痛めて祈りを捧《ささ》げたりしているのか？

　周囲との感情の温度差に、俺がひたすら疎外感を覚えて途方に暮れ始めたころ、ようやく活動家たちの総括の時間が終了した。

「よし、明日も商人ギルド前で、抗議と勧誘活動をするぞ！」

　サブリーダーの男が檄《げき》を飛ばすと、おお――――、といっせいに拳があがる。

　ここに潜入して、彼らの豊かすぎる感受性以外にわかったことといえば、まず、この暑苦しいサブリーダーの隣にいる男――団体の真のリーダーである男の名前が、シカクだということだ。彼は炭鉱の元奴隷監督で、魔物奴隷の強制労働を目《ま》の当たりにし、奴隷監督を辞めてこの団体を立ちあげたのだという。

　シカクは弁の立つ男で、低く響く声でわかりやすく話をする。背が高く体軀《たいく》にも厚みがあり、鋭い眼光も相まって、いかにも活動家のリーダーといった風格の持ち主だ。

　次にわかったのは、彼らなりの計画がしっかりあるということ。

　すでに炭鉱や農園には団体のスパイが紛れこみ、情報収集を行っているらしい。もし商人ギルドの連中がこれに気づいていなければ、将来大きなリスクになりうる。

そして、彼らのスタンスはそれなりに一貫しているということもわかった。

服は町で売っているデザイン性の高いものは避け、国から配給されたものを着る。また砂糖を使った食品も口にせず、石炭燃料も使用しない。いずれも原料が農園や炭鉱から供給されているからだ。魔物奴隷が関わる製品は使わないと決めているらしい。

まあ、それだけなら個人の勝手なのだが、話はそこで終わらない。彼らはそういった商品を取り扱う店の前で抗議活動をしたり、過激な連中は破壊行動も起こすのだという。

しかし、おかしな話だ。彼らは魔物奴隷に頼らない生活をしている気になっているが、実は間接的にその恩恵を受けているのだ。

俺もさっき知ったことだが、この町で排泄物のにおいがしないのは、地下に汚水専用の水路があるからだ。各家庭には排泄物を地下へ流す装置がついている。清潔かつ合理的なシステムで、実物を見て俺も驚いた。

では地下の汚水路はどうやって作られたのかといえば、その資金の多くは商人ギルドのメンバーが納めた税金から出ているのだ。もし商人ギルドが魔物奴隷商売で儲けていなければ、住民は排泄物を窓の外に投げ捨てなくてはならない。そう、他の町と同様に。

つまりこの町に住んでいる時点で、人々は半ば強制的に魔物奴隷の恩恵を受けていることになるのだ。それどころか商人ギルドの細目男は、世界各国に砂糖や綿、石炭などを輸出していると言っていた。つまり、世捨て人にでもならない限り、俺たち人間は魔物奴隷の恩恵を受けてしまうということだ。

考えてもみろ。この世界で流通するゴールドがそもそも、魔物の体内から取り出されたものだ。つまり人間は、魔物を殺して金を得て、それを決済手段として活用している。この団体の連中だってゴールドを使うだろう。それについて、彼らはどう考えているのか。奴隷はダメで、殺しはアリなのか。それとも特別なルールや判断基準があるのか。

さすがにもう、俺だってわかってしまう。もし彼らに言い分があるとしても、それはきっと筋の通ったものではないだろう、そもそも自らを取り巻く社会のことに考えが至らないから、こういう根本的に矛盾を抱えた活動に傾倒してしまうのだ。

しかし……ほかの感情的な連中はともかく、そういう自己矛盾に考えが至らないほど、リーダーのシカクの頭が悪いとも思えない。独自の論説でこれだけの人を集め、計画を実行している男だぞ？　無能であるはずがない。謎だ。

俺がこれからやるべきは、ここで得た情報を商人ギルドに提供し、炭鉱や農園に紛れたスパイを炙《あぶ》りだし、商売の邪魔になるものを排除することだ。また、そのうちの一部を買収して逆スパイ化し、この活動団体の情報を長期的に得られるようにすることだろう。

さて、先ほどもうサブリーダーによって解散の指示が出たというのに、人々はまだ名残《なごり》惜しそうに会場に居座っている。

するとリーダーのシカクが立ちあがり、会場全体を見回して言った。

「議論が長くなりましたが、今日はこのへんにしておきましょう。お疲れ様でした」

事実上の散会宣言だが、俺はその内容にびっくりしていた。

どうやらこれまでの時間は、感情の吐露ではなく議論だったらしい。まったく気づかなかった。なにかひとつでも冷静で建設的な話があっただろうか。とても思い出せない。

一方で、やはりこの会で攻略すべきなのはシカクなのだ、という思いが強くなる。

俺は早速、しおらしい態度でシカクに近づいた。

「シカクさん、貴重なお話をありがとうございました。唐突なお願いで恐縮なのですが、可能ならば一度、魔物奴隷の労働をこの目で見ることはできないでしょうか。実際の姿を見ないことには信じられないような、残酷で悲惨なお話ばかりでしたから……」

すると、シカクは精悍《せいかん》そうな顔をさわやかにほころばせた。

「マルさん、その言葉を待っていました。炭鉱であれば、我々の仲間が奴隷監督の採用を担当しています。彼にお願いして現場見学をしてもらうことは可能ですよ」

なんと、採用にまで団体が絡んでいたのか。商人ギルドの連中も存外脇が甘いな。

「ありがとうございます。それでは日程が決まり次第、教えてください」

気のせいでなければ、立ち去る俺の姿をシカクはずっと目で追っていた、と思う。


次は炭鉱に潜りこんで、スパイの顔と名前を覚えておかないと。

とりあえず、採用担当者はクロ……と。

酒場で腹ごしらえをしながら、俺はこれまでに得た情報を紙片に書き留めていた。

「う。煮込み料理ウマッ！　この甘みも砂糖か……ハイフの料理ってマジ素晴らしいな」

テーブルの上には鞄の陰に隠すようにして、スライム入りの瓶が置いてある。

俺は皿の上でホロホロにほぐれた肉のかけらをつまんで、グラースの瓶に近づけた。

「ほら、スライム。お前にはもったいないようなご馳走だ。食べな」

すると、瓶の口からせりあがってきたスライムが、俺の指から煮込まれた肉を舐《な》めとるように奪った。ぶよぶよの体内に取りこまれた肉片が、蠕動《ぜんどう》とともに小さくなっていく。

「……ウマシ！　ニク　ウマシ！」

「ウマシじゃなくて、おいしい、な？　丁寧な言葉を覚えてくれよ、喋る内容が粗雑じゃ価値が落ちる。ちゃんと勉強して、もっと綺麗な言葉を覚えるんだ」

するとスライムは動きを止めて、こちらを見た。

「ベン……キョー？」

こいつが気になる言葉に反応するたび、俺はその言葉の意味を教えてやるのだ。

「こうやって、おまえに言葉を教えるのも勉強のひとつ。あとは本を読んだり、文字を書いたり。そうすれば、いずれは自学自習できるようになる。いいだろう？　自らの意思で、自らが知りたいことを学習できるんだ。見えるものやわかることが増えて、世界が広がっていく。おまえもきっと、勉強の素晴らしさに気づいて――」

「ヤ！　ベンキョー　ヤ！」

いきなり否定されてしまった。

「ヤ！　って、おまえなぁ……勉強、いやなの？」

「ヤ！」

スライムはだだをこねるように、ふるふると震えている。こいつ、案外強情だ。

しかし、理由はどうあれ言葉は覚えてもらわないと困る。でないと百万ゴールドで売れないじゃないか。……あ、そうだ。

「おいスライム。勉強しないと、奴隷になっちゃうぞ？」

「ドレー……？」

目玉をきょろりと動かしたスライムに、俺はうんうんと頷いた。

「今朝、商人ギルドで話を聞いただろ？　奴隷はつらい環境で無理やり働かされるんだ。きっと、こんなおいしい料理だって食べられない。毎日毎日、なんのために生きているのかわからないような生活をすることになるんだ」

スライムは俺の言葉をゆっくり吟味したあと、いきなり悲鳴をあげた。

「ヤ――――！　ドレー　ダメ！　ハンターイ！　ドレー　ハンターイ！」

「うわ！　まーた変な言葉を覚えて……おまえ団体の本部で話を聞いてたな」

「マモノドレー　カイホーシロー！」

カタカタと動く瓶を両手でおさえて、俺はスライムを睨んだ。

「いいか？　今おまえが食べたおいしい肉料理だって、魔物奴隷がいるから成立するんだ。もし、あの活動団体の要求どおりに解放したら、この町はどうなる？」

「ワカンナイ！」

　スライムの返事は簡潔だ。

「とっても不便になるんだよ」

　自分自身に言いきかせるように、俺は言葉を継いだ。

「今さら砂糖を捨てられるか？　燃料を捨てられるか？　国が配給する無個性な服を着られるか？　魔物奴隷が安価で労働してくれるから、自分たちも安くて豊かな生活を送れるわけだろう。その豊かさを捨てるなんて、人間には不可能だ。だからこの町には奴隷みたいな存在が必要なんだ。でも人間の奴隷じゃダメだから魔物に、ってことさ」

「ヤ――――!!」

「それがいやなら勉強するんだ、努力するんだ」

　カタカタと動く瓶を撫《な》でながら、俺は今度こそ自分に向けてつぶやいていた。

「どんなに厳しい環境に身を置いていても、努力だけは希望を与えてくれる。努力はきっと報われる。現に俺はそうやって、ここまで生きてきたんだから……」

「ウソ！　ムリ！　ドレー　ヤ！　ベンキョー　ヤ！　ドリョク　ヤ――――！」

　あれもいやだ、これもいやだ。スライムは完全にだだっ子だ。俺は呆れ返った。

「おまえには、向上心ってものがないの？」

「コージョーシン？」

スライムの目玉がくるりと動いた。

「今よりもっと成長しようとか、上を目指そうとかって思わないの？」

「ワナイ！　ゴハン　クレル　ソレデイイ！　アトハ　ヤ‼」

結局、食欲が最優先か。そしてスライムと本気で喧嘩《けんか》するなんて、俺は下等魔物と同レベルか……なんだか頭痛がしてきた。

「じゃあ奴隷だ！」

「ドレー　ハンターイ！」

とはいえ、奴隷商売で潤うハイフの町はどこまでも高級志向で、居心地がいいのは否定できない。ここみたいな大衆酒場でも設備が立派で気が利いている。通常なら中央広場にしか掲示しない壁新聞も、こんな酒場の壁にまで貼られているのだ。

「ほらスライム、そっち見て。壁新聞、挿絵くらいはわかるだろ？　読んでやるから」

「シンブン　キライ！　モジ　キライ！」

呆れた奴だ。俺の言うことにことごとく反論してくる。もしかして反抗期だろうか。

「いいよ、じゃあ俺だけ読むから。……えーっと、なになに……」

——勇者バツ　北の砦《とりで》を制圧　魔物は砦から撤退——

その見出しに、俺は少なからず驚いた。北の砦だって？　もうそんなに遠くまで行ったのか……そろそろ魔物も強くなって、大変だろうに。

怪我なんかしていないだろうな。武器は大丈夫か。まさかまだ俺があげた鋼の剣を使ってるんじゃないだろうな。ちゃんと各地で売っている最強装備を買わないとダメだぞ。

バツに伝えたいことなら、山ほどある。

俺にできることは、商人ギルドの本部に行って、推奨アイテム制度をぶっ壊すことなのに。このままじゃ俺が最強武器を開放する前に、バツが魔王にたどり着いてしまう。

どうしようもない気持ちになって、俺は爪を噛んだ。

凝視した壁新聞の記事には、まだ続きがある。

——勇者バツ　砦に巣くうコンドルの魔物を幼獣ともども見逃す——

——有識者からは批判の声——

苦い笑いがこみあげてくる。俺には弟の心理が手に取るようにわかった。どうせ魔物の親子を憐れんで、とどめを刺さなかったんだろう。……でも馬鹿だ、バツ。

おまえは魔物の親玉を倒すために旅しているのに、魔物を助けるなんてどうにも矛盾してるじゃないか。魔物は人間の敵だ。有害なものを排除しないでどうする。殺すか殺されるか、売り物にするか奴隷にするか、しかないんだ。

そう思う反面、バツの行動を心の底からは軽蔑できないでいる自分がいる。

我が弟、勇者バツよ。こんなに遠くにいても、おまえは俺に倫理を説くのか？　いつもそうだ。弟のくせに変なところで説教臭くて……俺にどうしろっていうんだ！

そもそも俺は商人だ。商人は利益に依《よ》るものだ。その俺が利益を抜きにしても奴隷商売に出資しないと、商人ギルド本部に繋がる情報を得られないんだぞ。

ああもう！

「……とりあえず明日、炭鉱の魔物奴隷を見てから考えるか」

「マモノドレー　ハンターイ！」

騒ぐスライムの瓶に栓をして、俺は酒場の席を立った。


翌日、俺は疲れ果てていた。

奴隷解放運動団体のスパイを通じ、「奴隷監督のお仕事一日見学」という表向きの理由で、炭鉱の労働現場に来てみたわけだが……。

「マルくん、そろそろ着くよ。奴隷監督になりたいなら、もっと体力が欲しいとこだな」

「は……はい……」

俺に話しかけてくるガイド役の大男は、炭鉱の奴隷監督長だ。こいつはスパイじゃないらしいので、俺も言動には気をつけないといけない。

炭鉱の中腹、足場の悪い岩道を登りきると、ぽっかり開けた場所に出た。

奴隷監督長が、すかさず解説をしてくれる。

「モグラどもの生活スペースだ。労働時間外はここで生活することになっている。ここだとだいたい百匹くらいだな」

「ひゃ、百匹？　こんな狭い空間に？　うわ獣くさい……」

地面を少し掘り下げて、かろうじて雨をしのぐだけのみすぼらしい柱と屋根がある。

換気はできているはずなのに、近づくと染みついた独特のにおいが鼻先に立ちのぼってきた。今は勤務時間だからモグラたちがおらず広く見えるが、ここにみっしりと詰まったところを想像するだけで、息が止まりそうだ。

「ヨキ　ニオイ」

瓶の中でスライムが楽しそうに言う。いいにおいって……魔物の感性は計り知れない。

スライムと目が合ったらしい奴隷監督長が、わずかに動揺した声で訊いてきた。

「その瓶の中の液体、喋るのか……」

「ええ、喋るスライムなので。一応、売り物なんですが買います？」

「いや……遠慮しておく」

さすがに百万ゴールドを期待できない相手には、俺も売り込みがおざなりになる。奴隷監督長のほうもスライムはお気に召さない様子だったし、結果オーライだ。

監督長はがっしりした腕を伸ばして、前方の暗がりを指さした。

「あの先のトンネルがいわゆる炭坑だ。俺が統括するこのエリアだと、炭坑は全部で六ヵ所ある。先日落盤があって、そのうちひとつは現在停止中だがね」

「落盤ですか。そういう事故がよく起きるらしいですね、炭坑作業って」

俺のコメントに奴隷監督長は頷いた。

「ほかにも有毒ガスや熱湯が出たりするから、マルくんもここで働くなら気をつけろよ。奴隷監督も危険と隣り合わせだ」

「それは大変ですね……」

この大男の説明で、現場のことはおおよそ理解した。

シカクたちが言っていたとおり、魔物奴隷は不衛生かつ危険な環境で長時間、奴隷監督の虐待を受けながら働いている。奴隷解放を叫ぶ連中は、これをやめさせたいらしい。

もうひとつわかったのは、モグラたちの寿命だ。

奴らの寿命はそんなに長くないらしく、炭坑内で事故に遭わなくても、三年生きるのがせいぜいだという。実際にはそんなに長生きするモグラは少なく、有毒ガスや落盤による事故、過労による衰弱で二年も経たずに死に至る。ただし、繁殖だけは許されていて、中には炭鉱育ちの二代目や三代目のモグラもいるとか。つまりそいつらは、生まれたときからここでの労働があたりまえで、故郷の島のことなんて、自分の親か新たに島で捕らえられたモグラたちからの情報以外では知り得ないのだ。

それはある意味、幸せなのではないか。二代目や三代目のモグラは、生まれたときから炭坑でスコップやツルハシを握り、奴隷監督に殴られ蹴られるのが〝あたりまえ〟。環境の過酷さは、比較するものがあって初めて気づくことで、奴らにはそれがない。

「ピギ――！」

「ピギィ！」

甲高い鳴き声が、炭坑内から響いてきた。

スライムがそれに反応して、瓶の中でぐにゅりと動いた。

「アレ　ドレー？」

そうだよ、と俺はスライムに小声で返事をする。

「ああ、もうそんな時間か。ほら、出てきたぞ」

奴隷監督長に促されて炭坑の出入り口を見ていると、モグラの魔物がぞくぞく現れた。

真っ黒に汚れたモグラたちは、風呂がわりの水溜めへ飛び込み、体を洗っている。黒く染まった水溜めから、今度は灰色のモグラたちが出てきて、ペタペタと水をしたたらせてこちらへ向かってきた。

「休憩時間だ。と言っても、エサを与えたらすぐに労働再開だけどな」

奴隷監督長は笑いながら説明した。モグラの魔物に微塵《みじん》も感情移入していない顔だ。

食事休憩に入ったモグラたちに向き直ると、彼は大声で告げた。

「おうモグラども！　さっさとエサ食って、とっとと働きに出ろよ！」

そこへ、一匹のモグラが近づいてきた。小さく真っ黒い瞳で監督長を見る。

「メシ、ゼンインブン、ナイ」

「あ？」

監督長は残酷な笑みを浮かべ、モグラを見下ろしている。

「サイキン、メシ、ヘッテル。ウエテ、シヌ」

「おいおいおい、ちゃんとおまえらのエサは用意してるはずだぜ？　それとも俺が、なんかチョロまかしてるって言いたいのか？　おまえらは、いつからぁ――」

次に起こることを予感して、俺はモグラと大男から視線を外すことにした。

「監督様より偉くなったんだああああああああ⁉」

外した目の端で、監督長に殴られてボロ布のように吹っ飛んでいくモグラの姿を捉えてしまった。あまり強い魔物じゃないというのは事実らしい。

思った以上にモグラは言葉を知っているし、喋る。なんならうちのスライムよりも達者に人語を操るようだ。となれば、知能もそれなりにあるだろう。

「おまえらはただ働いて、ただ死ねばいいんだよ！　目標や目的も持ってはいけないし、自由を求めることも許さない！　ただ俺に言われたとおり働いて、死ね‼」

意思の疎通ができる生き物を相手に、この大男はどこまで残酷になれるのか。仕事のせいで歪んでいるのか、歪んだ性格だから嬉々《きき》としてこの仕事に就いているのか。……おそらくは、後者なんだろうな。

自らの残虐性を満足させるかのように、執拗《しつよう》にモグラを折檻《せっかん》する。その頬には醜悪な笑みが貼りついたままだ。殴りつけ、蹴りこむたびに、いやな音があたりに響いた。

ほかのモグラたちは、それをただ遠巻きにすることしかできない。

「ヒドス……」

「違うぞ。ヒドスじゃなくて〝ひどい〟だ。言葉は正しく。勉強しないとああなるぞ」

俺の指摘に、スライムは絶望の奇声をあげた。

「いいか！　二度と俺に口ごたえするんじゃねえぞ！」

監督長が吐き捨てるように告げた。ようやくお仕置きタイムが終わったようだ。

ぴくりとも動かないモグラを、ほかのモグラたちはただ見つめている。

「おら、もう行け！　働けぇ！」

大男の怒号に、モグラたちどころか、部下の奴隷監督までもが反応し、慌てて坑内へ入っていく。これは部下たちも苦労をしていそうだ。

奴隷監督の中にはきっと、この大男より頭がよく思慮深い人物もいるだろう。

それでもこの男が奴隷監督長という地位にいるのは、強引さや自己中心性に裏打ちされた行動力と、極端に共感性の欠如したご立派な人格があるからだ。下手《へた》したら使役されているモグラたちよりも頭が悪いかもしれない大男が、この環境下では最も優れた個体で、ヒエラルキーの頂点なのだ。適材適所の例と言えるだろう。

しかし……奴隷魔物の数は、想像よりもずっと多い。大男によれば、モグラはここだけで千匹くらいという話だった。では炭鉱全体だと何千匹だ？　まさか何万といるのか？

それに対して、思った以上に奴隷監督の数は少ない。少しでも人件費を削減したい商人ギルドの思惑が透けて見える。

俺は不思議に思った。こんな状況で、なぜクーデターが起きない？

モグラたちは思ったよりも賢そうだし、数は奴隷監督よりも圧倒的に多い。体力はなくても、ツルハシやスコップといった武器も扱える。一匹一匹は弱くても、数の優位を活《い》かせば、この場を制圧することも可能だろう。

もし俺が奴隷解放の活動家なら、モグラたちを扇動し、武器を持たせて奴隷監督をやっつけさせるだろう。すでに炭鉱にもスパイが潜り込んでいるのだから、容易なはずだ。

今すぐ実行できるはずのクーデターを起こさない理由が、奴隷解放運動をしている連中の側にあるのか？　なんだか違和感が拭えない……この件、裏がありそうだ。

とりあえず一度、解放運動の活動拠点に戻るしかなさそうだ。

「スライム、いい社会勉強になったな」

「ベンキョー　ヤ……」

スライムが小さな声で返事をした。


人ごみの中央にいるのは、あれはシカクだ。

彼は台の上に乗り、真剣なまなざしで遠くを見ている。

その傍らには、奴隷解放団体のメンバー、さらにその周りを、数百人はいるであろう町の人々が取り囲む。……これはもしかして、演説でも始めるつもりだろうか。

炭鉱見学からの帰り道、俺は街頭に立つシカクたちを見つけた。

モグラの魔物の様子をじかに見て、強烈な違和感を覚えた俺は、急いでシカクたちのもとへ戻ろうとした。だが、それと入れ違いにシカクは町の中央に立ったのだ。

静寂を保つには、長い時間が過ぎた。

台上のシカクが口を開くのを待ち続けた聴衆が、かすかにざわめき始める。

そのとき、シカクがやっと、短く、低く、声を発した。

「……皆さん」

そして、また間を置く。聴衆の視線がシカクに集まり、次第に緊張感を増してゆく。

やはりこの男、間の使い方が非常にうまい。

これがただの演説家なら、立て板に水のごとく流暢《りゅうちょう》に話すことを目指すものだが、よどみない演説というのは、実は耳にも心にもあまり残らない。ところがシカクは、意図的に間を長く取り、聴衆の集中と緊張がピークに達したと見るや、強く、低く、短く、一対一で語りかけるように喋るのだ。演説がうまいとは、こういうことだと俺は思う。

「皆さん。私、奴隷解放運動のリーダーを務めております、シカクと申します。いつもいつも町をお騒がせして申し訳ありません」

ここで、聴衆からは猛烈な拍手が巻き起こった。今いる人々は基本的にシカクのシンパだ。彼らが熱気を振りまくことで、通りかかった一般人の足も止まる。

いくぶん長めの拍手を台上から手で制したシカクは、ここで語りのペースを上げた。

「奴隷解放運動を行っている私たちに対して、皆さんは『面倒くさい連中だな』とお思いでしょう。それもそのはずです。皆さんは満たされている。綺麗な街道、おいしそうなお菓子の匂い、色とりどりの個性的な服を着る若者、そして住民の笑顔……その裏で弱い魔物たちがどのように扱われているかなんて、関心の外でしょう」

ここで、シカクは声のトーンに優しさをにじませた。

「この町の豊かさを支えている魔物たちは、ただ皆さんと同じように働いているのではありません。実態はもっと過酷なのです。南西の小島で捕獲され、不潔な奴隷船に押し込められて三週間……。ろくな食べ物も清潔な水も与えられず、排泄物は垂れ流し、ハイフの港に着く前に三割が死んで、海にただ捨てられる。残り七割も危険で過酷な労働に従事させられ、事故と病気と過労と衰弱で、寿命を待たずにあっさり死ぬ。彼らにも、家族はいるだろうに……」

あちこちからすすり泣きが聞こえてくる。シカクの弁舌はたいしたものだ。驚くべきは泣き声が解放団体のメンバーだけでなく、一般客の中からも上がっていることだ。

「この実態を皆さんがご存じないのは、奴隷商売で大儲けしている商人ギルドが、情報を秘匿しているからに他なりません。……だから皆さん、もうやめませんか。解放しましょうよ、奴隷を！　そして彼らを我々と対等の存在と認め、権利を保障しましょうよ！」

……不思議だ。こうやって聴いていると、奴隷魔物の解放なんて必要ないと考えている俺ですら、ちょっと解放してもいいかな、という気になってくる。

聴衆の心を摑みきった台上のシカクは、ここで一気に商人ギルド批判へと転調した。

「私どもの試算によれば、この町の商人ギルドは、奴隷商売で巨額の富を貯めこんでいます！　言わばこれは使うあてすらない埋蔵金。その埋蔵金を用いれば、奴隷を解放しても皆さんの豊かさが損なわれることはないのです！　さあ、今こそ悪逆な商人ギルドに奴隷解放を要求し、このハイフの住民が、世界でもっとも気高く清廉な人間であることを、証明しようではありませんか！」

その力強い言葉に、わあああっと聴衆が沸き立った。

シカクが握った拳を空へ突きあげると、歓声は最高潮に達した。

今日の彼の演説はいずれ、歴史に残る名スピーチと呼ばれるようになるのだろうか。

そのとき、鞄の端からスライムが瓶ごと顔を出した。

「アレ　ナニ？」

「……見ちゃいけません。馬鹿になるから」

体がかゆくなるようなクサい言葉の羅列も、酔いたい人たちには刺さるものらしい。

きっと、この場にいる何割かは新たにシカクの支持者になるのだろう。奴隷反対派を少数派と言えなくなる日が来るのは、意外と近いのかもしれない。

でも、俺はわかってしまった。きっと、これで得をするのは……。

街頭演説のあと、俺はしばらく時間を潰してから、シカクたちの活動拠点へ戻った。

「……ねえ、シカクさん」

ひとりで椅子に腰かけていたシカクに、俺はそっと声をかけた。

「ああ、マルさん！　炭鉱見学はどうだった？　ひどいところだったろう？　モグラたちはあんな過酷な環境で――」

「そうじゃなくてですね。シカクさん。ちょうど今、周囲に人もいないことですし、この機会に訊いておきたいことがあるんですよ」

「……なにかな？」

俺が言葉を遮ったのが不愉快だったのか、シカクは片眉をきゅっと上げてみせた。

「船……それも大量のモグラを運べるくらいの大型船って、一隻いくらか知ってます？」

「え、大型船の価格？　知らないなぁ……きっと相当な額だろうね」

首をひねるシカクに、俺は「そうなんですよ」と、にこやかに応じた。

「商人ギルドの連中ですら、今は五隻しか所有していないくらい」

「……なにが言いたいんだ？」

シカクは苛立っている。俺はことさらゆっくり質問を返した。

「どうするつもりなんですか？　モグラたちを奴隷から解放したとして、その後は」

「…………」

「大型船や航海図、経験のある船乗りがいなければ、あれだけの数のモグラを島に帰すことはできません。この団体にそんな財力やノウハウはないでしょう？　もしかして、商人ギルドが協力してくれるとでも？　かといって、モグラたちを周辺の野に放すことはできませんよね。ここらへんの魔物は強いし、モグラは弱い。全滅なんて事態もあり得る」

シカクは急に落ち着きを取り戻し、ただ黙ってこちらの言葉に耳を傾けている。

俺はこの男相手に、謎ときの答え合わせを始めることにした。

「あなたは頭のいい人だ、シカクさん。今私が言ったことくらい、わかっていたんじゃないんですか？　わかった上で奴隷解放運動を始めて、集まった連中を扇動している。でもそれは、奴隷の解放を目的にしているのではない。きっと別の狙いがあるんでしょう？」

シカクは微動だにしなかった。ただじっとこちらを見ている。

「なんとか言ってくれますかね？　なにが狙いなんですか？」

俺の問いかけは、しばらくの間、宙ぶらりんになった。

どれくらい待っただろうか。シカクがふっと、笑いを含んだつぶやきを落とした。

「……ずるいと思わないか？」

「え？」

「商人ギルドの連中だよ。あれだけ奴隷で儲けてるくせによ、奴隷監督の給料は全然上げやがらねぇ。それで考えたんだよ。じゃあモグラたちを利用して、商人ギルドから金を巻き上げてやればいいって」

露悪的というのは、こういうのを言うんだろう。善人の仮面を脱ぎ捨てたシカクは、急に饒舌《じょうぜつ》になった。これがこの男の本性なのか。

「……どうやって？」

俺の問いにも、シカクはよどみなく答えた。

「だから権利だよ〝権利〟。うちに集まってきた博愛主義の知恵足らずどもを扇動して、奴隷解放活動に従事させる。モグラの権利を商人ギルドに認めさせるんだ。そうしたら、奴らはモグラたちを奴隷扱いできなくなる」

思わず喉が鳴った。俺はシカクという男を見くびっていた。こいつは慈善活動家でもなんでもない、立派な〝商人〟だったのだ。

「……あなたの狙いは、商人ギルドにモグラを労働者として認めさせ、適正な労働対価を支払わせること。そして、この奴隷解放活動団体は、労働者の権利を守る団体に姿を変えて、あなたはモグラと商人ギルドとの仲介役として利益を得る」

俺の回答に、シカクは満足げに頷いた。

「そのとおり。もちろんモグラの労働条件は改善してやるよ。衛生面や安全面だって解決策は考えている。なんたって、モグラたちは太くて甘い金づるだからな。大事にする。そりゃあ大事にするさ」

──落としどころはそのあたりか。

大量のモグラをただ解放したところで、事態は好転しない。それなら人間に守られながら労働に従事していたほうが遥かに安全だ。待遇が改善されるなら、モグラたちにとっても都合がいいだろう。

もしかしたら、あの炭鉱のモグラたちも気づいていたのかもしれない。故郷の島に帰れる可能性がないことに。かといって、野生で生き抜けるほど自分たちが強くないことに。だからクーデターを起こして外に出ることなど諦め、奴隷生活を受け入れていた……というのは、俺の考えすぎだろうか。

「あなたって人は……ずいぶんな男ですね」

「マルくんにだけは、そんなことを言われてたくないね」

それに……と、シカクは悪びれもせずに言った。

「はなからモグラの解放なんて現実的じゃないんだよ。だってある日、急に石炭や砂糖、綿の供給がなくなったらどうなるよ？　この町はとっくに、安価なぜいたくを前提で成り立ってたんだ。大量供給の道が断たれれば大混乱だろ。結局、モグラたちに低賃金の重労働を押しつけないことには、この社会は回らなくなってるんだよ」

善人ぶった街頭演説の百倍は説得力のある話だ。そして悔しいことに俺の見解とも一致する。奴隷解放を本気で信じていた連中も、シカクがこの調子で丸め込むんだろうな。

果たして、商人ギルドはシカクの話を受け入れるだろうか？

……自問してみて、俺はその可能性は高いと踏んだ。

だってシカクさえその気になれば、モグラのクーデターはいつでも可能なのだ。そしてシカクはその話術とカリスマ性で、世間の支持をも集めつつある。これらの交渉カードを作るために、シカクは仲間を集め、奴隷の労働現場にスパイを潜りこませ、時機が来るのを待ったのだ。

結果、農園や炭鉱経営のコスト増加は避けられないが、商人ギルドは妥協点を探っていくしかないだろう。

「さて、俺の当初の計画とはやや違ってきたが、マルくんにはこれから、商人ギルドとの交渉役として活躍してもらうぞ！」

「……え？　交渉役？」

素早くかぶり直した善人の仮面で、シカクはなれなれしく俺の肩を抱いてきた。それから顔を近づけて、意地悪くささやく。

「そういう利用法でもなけりゃ、きみなんか団体に受け入れるわけがないだろう？　きみが商人ギルドの建物から出てきたとき、ウソ泣きをしながら心にもない言葉を堂々と吐いているのを見て、『この商人になら交渉を任せられる』と確信したんだ」

「はは……」

あの時点ですでに、いろいろ見破られていたのか……。

俺の複雑な心中など気にもせず、シカクは朗らかに笑った。

「俺はね、そういう人材が現れるのを、ずっと待っていたんだよ。もちろん、相応の報酬を支払おうじゃないか！」

「ははは……」

俺は、この男を見くびっていたみたいだ。


――我が弟バツよ。

俺はやっぱり、おまえとは違う。そしてたぶん、この道が一番マシだと思うんだ。

綺麗だからいいとも限らないし、汚いから悪いとも限らない。

それは、おまえもわかってくれるよな？


交渉役をおおせつかった俺は、奴隷解放活動の拠点をあとにして、商人ギルドへと向かうこととなった。

道すがら、スライムが俺に訊いてきた。

「ドレー　ドウナル？」

「ん？　なくなるさ。〝奴隷〟は消えて〝低賃金な労働者〟に生まれ変わる」

俺の言葉に、スライムは瓶の中でちゃぽりと跳ねた。

「ソレ　イミナイ！」

「あるよ。野生に戻っても死ぬだけのモグラたちが、労働者として人間の保護を受けながら生きていけるじゃないか。最低限の権利だって、シカクが自己利益のために守ってくれるだろう。そもそも〝奴隷〟って言葉がよくないよ。悪いイメージが定着してるだろ？　だから、商品名を変えてやったほうが消費者も受け入れやすい。『奴隷が作った砂糖』より『モグラさんの手づくり砂糖』さ」

「シカク　ウソツイタ　イケナイ！」

「それは、そうかもしれないけど……」

今日のスライムは強情だ。やはりモグラが被害者の話だから、同じ魔物として思うところがあるのだろうか。

「自分に利益のない扇動を行う物好きなんて、そう多くないんだよ。シカクは自己利益のために人を集める必要があって、その建前としての〝奴隷解放〟だったわけ」

「ダマス　ワルイ！　ワルイワルイ！」

わめくスライムに、俺は言い返した。

「そうだよ。人を騙すのは悪いことだ。だけど騙される連中だって別の意味で悪い」

シカクの号令に従って、感情のままに声をあげた奴隷解放活動家たち。彼らが悪人だったとは言わないが、本気で自分の願いを叶《かな》えたいと願う人間は、そんな受動的な態度で他者に便乗したりはしない。

「つまり、連中は真に奴隷を解放したかったんじゃなく、巨大なものに対抗し、抗議することでインスタントな青春を謳歌《おうか》したかったんだよ。そして、そのニーズに気づいたシカクに利用された。……ある意味、シカク以外の連中にとっても〝奴隷解放〟は建前だったのかもしれないね」

「ヒトデナシ！」

「いや、スライムのおまえが言うなよ……」

俺にしてみれば、利用された活動家たちより、シカクや商人ギルドの連中のほうがまだマシだ。少なくとも彼らは、自らの願いを叶えるため、勤勉に努力していたんだから。

「ところでさ、おまえ、もしかして少し賢くなった？」

「ワカンナイ！」

かなりちゃんと会話できている気がするのだが、やはり気のせいだろうか。

商人ギルドの建物に着いた俺は、数日ぶりに細目男と対面していた。

「では、概《おおむ》ねこれでよろしいでしょうか？」

俺が見せていたのは、シカクが作成した条件交渉の書類だ。

奴隷船や労働現場の環境改善、労働時間や休日に関する規定、魔物への虐待禁止、各種権利の付与、第三者監督機関の設立……理想の労働力だった魔物奴隷は、これらの締結によって立派な〝労働者〟となるだろう。

「……ええ。致し方ありません」

内容を吟味し、商人ギルドの総意を得るのが、交渉窓口となった細目のギルド員の仕事だが、こちらにはシカクが温存する〝奴隷魔物のクーデター〟と〝民衆煽動〟の切り札がある。これらの発動の可能性を示唆しながら着地点を探る俺の前では、いかに口が達者な細目男といえども、あまり強いことは言えないようだった。

こうして、ようやく交渉がひと区切りついたのだが……。

「まさかマルさんが、活動団体の交渉役としていらっしゃるとは思いませんでした。いやはや見事な転身です。同じ商人として尊敬いたします」

細目男の皮肉が先ほどから止まらないのだ。俺は苦笑した。

「そうイジメないでくださいよ。私だって事情があって、この場に来てるんですから」

「ええ、ええ。そうなんでしょうね。きっと親でも人質に取られていらっしゃるのでしょう！　そうでなければ、いくら商人とはいえ、ここまで厚顔無恥で不義理な真似などなさらないでしょうよ！　まさかあのクソ活動団体から報酬なんて、もらってるわけもないでしょうしねえ！」

今はなにを言っても皮肉が返ってくるだけのようだ。どうにか話題を変えたい。

俺は、ギルド側からの提出書類に改めて目を通した。

「ところで、この生産品リストの一番下にある〝ポピィ〟という植物は、どんな用途で使用されるものなんですか？　今年は相当な数量を生産されているようですが」

すると、細目のギルド員は急に視線をそらし、明らかに気まずいといった表情をした。

「……ポピィですか……ポピィはですね……えーっと……そ、その植物は……東の国リーダの城下町に納入していてですねぇ……」

「輸出品目でしたか。しかしリーダの城下町のみとは、ずいぶん偏っているのですね」

「ええ……実は、み、密輸でして……」

歯切れが悪い。しかも密輸？　周知されては都合が悪い品目ということだろうか。

「ますます気になりますねえ。それで、用途は？」

「それは……植物の果実から採れる物質が、その、快楽効果とでもいいましょうか、ね」

快楽効果のある植物を他国の城下町に密輸しているだと？

「それだけ聞くと、相当いかがわしい話に聞こえますが？」

「あ、いや……いかがわしいというかですね……まぁ正直、いかがわしいですね……」

「ちょっとちょっと、ちゃんと具体的に話してくださいよ」

「い、いや……最初はね、そんなことになるとは思わなかったんですよ……」

話題転換のために引っぱりだしたネタだったのに、妙な雲ゆきになってきた。

要領を得ない細目男の言い分をとりまとめると、つまりこういうことらしい。

以前から農園の片隅で栽培されていたポピィは、その一部をひそかにリーダに横流ししていた。しかし一年前、急に先方が輸入量の拡大を申し出てきたので、儲かるということもあり生産量を増やして対応を続けてしまった。今年は特に見過ごせないほどの物量になり、とても〝密輸〟などという規模ではなくなったのだが、大口顧客からの要請のため、細目男らの一存でどうこうできるような話ではない……。

「マルさんは、商人ギルド本部を目指していらっしゃるのでしたね？　ではちょうどいい、次に向かうべきは東の国リーダの城下町にある商人ギルドです！　わたくしどもはいつも、あちらから指示を受けているのです。ポピィの密輸もリーダの商人ギルドで行われていることですから、とにかくリーダへ行けばよろしい！」

図らずも、目的の情報を獲得できてしまった。よし、次はリーダの城下町か。

「わかりました。私の目的は最初からそれですし、情報を得た以上、ここに長居する理由はありません」

はぁ……と細目男が気の抜けたような返事をした。

出資者として引き留めておきたかった俺が、解放活動団体の手先になり、今や彼らの収益基盤である奴隷魔物商売は崩壊し、値崩れしつつある。ギルドとしてもそろそろ、俺の扱いに困っていたことだろう。俺のほうもすでにシカクから前金で報酬を得ているし、お互いのためにも、このあたりが潮どきだ。

「では、くれぐれもモグラを大切に。私が言うのもなんですが、監督機関のトップに就くシカクは、商人顔負けの狡猾《こうかつ》な男です。隙あらばギルド側から金を吸いあげようとするでしょう。モグラたちを粗雑に扱ったら、自分たちの首を絞めることになると思いますよ」

「はいはい……お気遣いありがとうございます……」

そう言いながら、細目のギルド員は力なく手を振った。


さて、次に向かうは東の国リーダか。

快楽物質の原料を密輸入なんかして、いったいなにを作っているのやら。

少なくとも倫理や道徳とは縁遠いものだろうな。


「おい、あんた！」

商人ギルドの建物を出たとこで、背後から大声で呼び止められた。

俺はゆっくり振り返る。……ああ、この人のこと忘れてた。

「手紙の返事は近日中に頼むって言っただろ！　何日待たせる気だ！」

パラグラの店主に手紙を預けられた男だ。当然のことながら、かなりお怒りのご様子。

「す、すみません……」

男は無言で、紙と羽ペンとインク壺を出してきた。おまけに下敷き用の板も。どれだけ用意周到なのか。

「さ、ここで返事を書いてくれ。見てるから」

「はーい……」

俺はもう、よい子の返事をするほかなかった。

『店主へ
今からハイフの町を出て、東の国リーダの城下町に向かうところです。

ここハイフは、魔物を奴隷として働かせることで大変栄えています。さまざまな国や地域と貿易をしているらしいので、おそらくパラグラの町との取引もあるのでしょう。

僕はずっと、そんなことも知らず日々を過ごしていましたが、これまでの人生は、奴隷の一助もあって生活できていたようです。勉強になりました。

店主は僕が貧民に厳しいとおっしゃいますが、それは少し違います。

僕は、なにかを変えるために行動も努力もしない者たちが嫌いなのです。

ですから、商人ギルドに言われるがまま過酷な労働環境で働き続けるモグラの奴隷たちも嫌いですし、奴隷解放運動の指導者に言われるがまま抗議活動をしている怠惰な能なしどもも嫌いです。

人生は自らの行動と努力によって切り拓《ひら》けるのですから、彼らもそうすればいいと思うのです。

今、パラグラに帰ることは考えられません。バツは北の砦を越えたと聞きました。

僕も、商人ギルド本部を目指して急ぎます。

追伸：ところで、努力を嫌う怠惰な者に教育を施すには、どうしたらよいのでしょうか。

どうも、脅しても効果が薄いのです。

いや、別になにかを飼っているわけではありませんが、参考までにお伺いしたいです。

マル』

書きあげた手紙を、俺は男に預けた。

「確かに受け取った。それでは」

一礼して、男はすぐに立ち去った。

やれやれ……俺から返事を受け取るためだけに、あの男は何日もこの町に滞在していたのか。ということは、彼の宿泊費も伝書便の経費なのだろうか。

店主……この文通、費用対効果悪くないですか？

「ツギ　ドコイク？」

鞄からはみ出したグラース製の瓶の中から、スライムが訊いてくる。

「東の国リーダのギルドだ。快楽物質の原料を輸入して、なんかしてるんだって」

「イミ　ワカンナイ」

黄緑色の液体の中で、丸い目玉がぐにゃりと動いた。

「じゃあ、いい社会勉強になるかもしれないね」

「ベンキョー　ヤ！　シャカイ　キライ！」

勉強すれば好きになるさ。

8　善悪の境界線

「おし、リーダの城下町に到着。これで依頼達成だな」

傭兵のひとりが、町の入り口で立ち止まった。彼の背後には相棒の傭兵がいるが、こちらはめったに喋らない。無口な男なのだ。

今回はこれまでで一番長い旅になったが、ふたりの傭兵は優秀で、俺はなんの心配もなく国境をまたぐことができた。

「ありがとう。これ後金ね」

取り分けてあったゴールドの小袋を渡すと、陽気な傭兵は「まいど！」と破顔した。

「俺たちはしばらくここに滞在するつもりだから、もしまた傭兵が必要になったら声をかけてくれよ。宿はあそこにするつもりだから」

彼が指さしたのは目抜き通りの宿屋だ。隣に酒場があるようだから、今夜は依頼達成の祝杯でもあげるのだろう。

「考えておくよ。それじゃ」

旅の仲間の傭兵たちに別れを告げ、俺はリーダの町の目抜き通りを進んだ。

旅が進むにつれ、街道や野山に出現する魔物はどんどん強くなっていく。傭兵を護衛につけても、これからはもっと危険な旅になるだろう。

カンマとハイフの町で稼いだ金がまだあるとはいえ、頭脳派の俺には致命的に体力がない。それを補うために護衛として質の高い傭兵を雇うには相応の金が必要だし、ここらでもうひと稼ぎしておきたいところだ。

――さて、この町の商人ギルドの場所は、いつもの店で訊くか。

俺は早速、武器屋へ向かった。

「ねぇ、武器を見てもいい？」

「いらっしゃい。勝手にどうぞ」

ここの店主は脂の抜けたじいさんだ。俺は店の棚を物色した。

「《鋼のムチ》に《大金槌》に《モーニングスター》ね……さすがにいい品揃えだ」

じいさんは鼻からずれた眼鏡を戻して、俺をまじまじと見た。

「よく見たら、あんた商人か。商人が扱えそうな武器は、うちには置いてないな」

「そうなんだね、残念。ところで、この城下町の商人ギルドってどこにあるのかな」

すると店主は、にわかに警戒の色を強めた。

「……あんた、商人ギルドになんの用だ？」

「え？　ちょっと野暮用だよ」

「……頼むから、争いの種づくりに加担せんでくれよ」

「争いの種？」

苦い顔で告げられて、俺は思わず訊き返した。しかし店主はそれには答えず、手短かに道順だけを教えてくれる。

「商人ギルドはここからまっすぐ行って、城の手前の建物だ。行けばすぐにわかる」

「ありがとう。じゃあ、このリンゴちょうだい」

カウンター横の木箱からひとつ選んで、金を手渡す。

「まいど」

武器屋を出ると、俺はリンゴをかじりながら、まっすぐ城の方角へと向かった。

争いの種って、やっぱりハイフから密輸されているポピィ関係の話だろうか。しかし、この城下町を見渡してみても、争いの空気は読み取れない。笑顔の住民と、裏路地に座り込む貧民。どこにでもある光景だ。

――じゃあ争いの予兆を感じているのは、商人たちだけ？

それも、商人ギルドに行ってみればわかることか。いや、そもそも仮に争いがあったとしても、この町が抱える問題を解決する気など俺にはない。ここには商人ギルド本部の場所を知るために来ているだけなのだし。

「クサイ！」

すると突然、瓶詰めのスライムが叫んだ。

「ヤ！　クサイ！　クサイクサイ！」

そこまで言われて、俺はクンクンと鼻から息を吸ってみた。

「……いや、別に変なにおいなんてしないぞ？」

「クサ――！」

「なんなんだ、おまえは……」

しばらく歩くと城の正面広場に着いた。目の前に堅固な城門がそびえている。そして、その手前には――ああ、武器屋のじいさんが言っていたとおり、すぐにわかった。

鞄から瓶ごと顔を出したスライムも、目玉をきょろりと動かして叫ぶ。

「デカ――！」

巨大だ。これまでで一番大きな商人ギルド。いや、事務所らしき建物のほうはごく一般的なサイズだが、同じ敷地に隣接する施設が大きすぎるのだ。遠目からずっと見えていた謎の巨大施設は、商人ギルドの一部だったのか。

「これ……もしかして、工場？」

ハイフの細目男は、ポピィから快楽物質が採れると言っていた。そのポピィを大量密輸したのがリーダの城下町のギルドだとも。そのための工場か倉庫……といったところか。

「クサ――――!!」

「だから、くさくないって……」

持論を曲げないスライムに呆れていると、背後から声がかかった。

「おい、アンタ。商人のマルだな？」

いやな予感がして振り返ると、そこに冒険者装束の男が立っていた。

「パラグラの店主から手紙を預かっている」

「あーはいはい……」

この男もパラグラの住人なのだろうか。もちろん初対面だが、もう驚かないぞ。

『マルへ
お返事ありがとうございます。

しかし、手紙を読んでいて、あなたの悪いところがありありと伝わってきました。

マルは若いから仕方ないのかもしれませんが、全ての者が自分ほど強くなれると思ってはいけません。

悪い状況を脱するのではなく、受け入れ、耐えるという選択も尊重されるべきです。

自分で何かを興すのではなく、誰かの興したものに協力するという選択も尊重されるべきなのです。

私は、怠惰ですら許容されるべきだと考えています。

それらは確かに、あなたの目から見れば醜いのでしょう。軽蔑の対象なのでしょう。

しかし、〝そうはなれない者たち〟の存在を許せないというのは、あまりにも傲慢で、潔癖すぎませんか。

マルのように強い者と、彼らのように弱い者で、この社会は成り立っているのです。

強者の理屈を、安易に振りかざしてはいけません。

魔物奴隷……ひどい商売です。読んでいて胸が痛みました。

しかし、それによって現在の社会が成立しているのも事実でしょう。

奴隷に限らず、この社会は誰かの犠牲によってギリギリで成立しているのです。

それも、忘れないでください。

もはや商人ギルド本部へ行くことを止めはしません。私も覚悟を決めました。

しかし、そのためにはあなたの力を見せる必要があるでしょう。

店主　』

「えぇぇ～⁉　なんだよこの内容！」

思わず声に出してしまった。うすうす気づいてはいたが、店主と俺はびっくりするほど考えが合わない。よって手紙も毎回、ほぼ説教だ。

それに最後の……これはなんだ。

「力を見せる必要がある……？」

誰に、なんの力を？　唐突すぎて、店主がなにを言っているのかわからない。

「さ、返事を書いてくれ」

伝書係の冒険者が詰め寄るのを、俺は笑顔でかわした。

「ああ、それは後でね。先にこの商人ギルドで用をすませたいんだ」

すると男は少し考えて、広場の端の宿屋を指さした。

「俺はあそこの宿に泊まる。返事は早めに頼む」

「はいはーい」

慣れたくはなかったが、だんだんこの会話にも慣れてきたぞ。


リーダの商人ギルドに着いた俺は、まずは向かって右側の事務所らしき建物を訪れることにした。

だが、重厚なつくりの扉に手をかけた途端、それがいきなり中から開く。

とっさに後ずさったら背後の石段を転げ落ちてしまい、俺は広場の石畳に倒れこんだ。

「いってー……」

「あ！　これはこれは、申し訳ございません。お怪我はないですか？」

「う、はい。大丈夫です」

慌てて駆け寄ってきたのは、神経質そうな眼鏡の男だった。

「あなたは……商人ですね？　こちらのギルドになにかご用ですか？」

「ク、クサ――――!!　オマエ！　クサ――――!!」

男の言葉にかぶせるように、俺の鞄からはみ出した瓶詰めスライムが絶叫した。

「お、おい！　静かにしてなさい！　なんのにおいもしないだろ！」

突然の奇声に眼鏡男は硬直し、俺は瓶を鞄の奥へ押しこんだ。それから男に質問する。

「あ、あのー、もしかして、あなたはこちらのギルド員の方ですか？」

「ええ、そうですが」

男の表情が硬い。スライムのせいで警戒されてしまっただろうか。

俺は声をひそめて、例のフレーズを使ってみた。

「実は……ちょっと勇者の使いで〝極秘の任務〟を」

「勇者？　極秘？」

男はますます不審そうに俺の言葉を繰り返した。

「私、現在売り出し中の勇者バツの、実の兄なんです。はい、証拠の首飾り！」

襟もとから鎖を引っぱりだして見せると、ようやく眼鏡男の顔つきが変わった。

「おお、これは……本物！　なんと、勇者バツ様のお兄様でしたか。先日は魔王側近四天王の一匹を討伐されたとかで、おめでとうございます。今朝の壁新聞一面でしたよ」

「へ、へぇ……さっきこの町に着いたばかりなので、それは知りませんでした」

俺は内心の動揺を押し隠した。

バツ、もう四天王の一匹を討伐したって？　ちょっと早すぎやしないか。

その間にも俺を助け起こした眼鏡男は、服についた土ぼこりをささっと払うと、そのままギルドの建物のほうへ連れていく。

「今をときめく勇者様のご親族とあれば、はい……どうぞこちらへ」

最初の警戒はどこへやら、歓迎ムードであっさり中へ通されてしまった。

弟が活躍するほど、兄である俺への扱いも変わるものらしい。複雑な気分だ……。


「……それでマルさんは、商人ギルドの本部を目指していると」

眼鏡男は、なるほど、と何度も頷いた。

「ええ。ご存じではないでしょうか」

「あいにく、本部の場所までは……」

あくまで勇者がらみの極秘任務である旨を強調しているため、眼鏡男は親切だった。

「ただ、次の……我々が指示を受けている商人ギルドならばお教えできますよ。コロンという町のギルドでして、そこへは東の港から船で行けます」

「え？　あ、ありがとうございます！」

こんなにすんなり教えてもらったのは初めてだ。いつもこうだと助かるんだけど。

ただ、また〝次〟か……。いつまでこれを繰り返せば本部にたどり着くのやら。

「ご用件はおすみですか？　では、私はこれで」

「あ、はい。……あ、いや」

やめろ。やめておけ。――心の中の自分が警鐘を鳴らす。

「はい？　なんですか？」

「いや……えっとぉ……」

言うな。面倒事になる。早く次の町へ行け！

両手の指を組み直し、乾いた唇を舌で舐めてから、俺は眼鏡男を見た。

「そのぉ……隣接しているあの大きな施設って、なにをしている所なんですか？」

……言ってしまった。

商人に好奇心は必要だが、ときには状況を読んで控えることも必要……うちの店主からもよく言われた。しかしどうも、俺はこれまで自分の好奇心に勝てたためしがない。

だが、この意を決した問いにも、眼鏡男の回答はあっさりとしたものだった。

「ああ、あの施設ですか。ただの工場と倉庫ですよ。オピンを作っていましてね」

「オピン？」

「ええ。癒し効果のある商品ですね。ポピィという植物の果実から作っていまして」

「癒し効果、ですか……」

ハイフのギルドでは、快楽効果と言っていたぞ。

「これが大変需要がありまして。昨年、工場を新設したのです。今となってはこの町の貴重な産業です。なにしろ町の労働人口の約二割が、オピン生産に関わっていますからね」

「はー、そんなにですか」

しかし、あの新工場の大きさなら頷ける。

眼鏡男はさらに得意げに話を掘りさげてくる。こちらが知りたいことを自発的に話してくれるのはありがたいが、俺ごときにこんなにあけすけに喋ってしまって、大丈夫なのだろうか。それともこれも〝勇者の兄〟効果なのか？

「とにかく人手のかかる作業なのですよ。ポピィの果実の表面を切ると白っぽい汁が出ます。それを集めて乾燥させ、飴《あめ》状になったものがオピンですが、採れる量が少なくて少なくて……人手をかけないと生産が間に合わないのです」

「なるほど、リーダで大流行というわけですね」

すると眼鏡男はまたしても、あっさりと首を横に振った。

「いえ、この国では使用を禁じられています。実はオピンには中毒性がありまして、過剰に摂取すると死に至るからです」

おいおい……ちょっと待てよ。笑顔でなに言ってんだこいつ……。

「ですから、ここで作ったオピンを隣国のダッシに輸出しているのです。もちろん、商人たちを通じた密輸ですがね。――あ、これは他言無用でお願いしますよ？　ま、この町では周知の事実ですが」

真顔になった俺を見て、眼鏡男は言い訳のように補足説明を始めた。

「あ、いやいや！　中毒と言ってもですね、少量ならたいしたことないんですよ。ただ、なんでも使いすぎれば毒となるでしょ？　過剰摂取で最悪死んでしまうというだけです」

男は笑みを貼りつかせたまま、努めて明るく話を続ける。

「少量ならば、本当に癒し効果があるらしいんです。オピンをね、こう、キセルに入れて熱し、煙を吸うと、えもいわれぬ心地になるらしいんですよ。痩せるとか、集中力が増すという者もいます。まぁ私は使ったことがないので、すべて聞いた話ですが」

「工場の従業員は、オピンに中毒性があることを知っているんですか？」

俺の問いかけの意図も汲《く》めずに、男は何度も頷いた。

「それはもう。ですから業務中に誤って摂取しないよう、気をつけさせています」

「いやいや、そうじゃなくてですね……自分たちが作っているものが、隣国の人々の命を奪っているかもしれないと、わかっているのかって話です」

すると眼鏡男は、思わせぶりに顔をこちらへ寄せてきた。

「大丈夫です。その点も抜かりはありません。リーダの民は隣国ダッシのことが大嫌いなのです。ですから、別にダッシの民が苦しんでいようが関係ないのです」

それのどこが大丈夫だというのか。さっきからどうも話が嚙み合わない。

「ダッシを嫌うのは、どうして？」

「それは、我が国の報道の成果です。我々が隣国からどれだけ嫌われ、攻撃され、虐げられているか、壁新聞や公演などで積極的に住民に伝えているので」

「その報道は……事実？」

問われた眼鏡男はやや思案して、それから楽しげに言ってのけた。

「一部の事実を誇張、というのが正確なところですね。ま、産業を守るための方便です。これは国家事業なのですよ。それほどにオピンは儲かります。オピンの最も素晴らしい点は依存性があるということです。一度摂取したら次もまた摂取したくなる。そうなれば死ぬまでずっと消費してくれるのです。これほど理想の商品がありますか？　いやない！」

間違いない。こいつは今まで出会った商人の中でも、ダントツで頭がぶっ飛んでる。倫理からの逸脱に躊躇《ちゅうちょ》がない。国まで一枚噛んでいるなら、裁かれもしないだろう。

――バツ、お前なら絶対やめさせようとするんだろうな。でも、俺は違う。

「そうですか。いやぁ勉強になりました。お忙しいところ長々とすみませんでした。私はこれにて失礼します。急ぎ旅なものでね」

「ああ、そうですか。さよならマルさん。無事に商人ギルド本部へたどり着けるといいですね。あ、勇者バツ様にもぜひよろしくお伝えください。なんならうちの広告に――」

「さようなら」

きっぱり別れを告げ、俺は商人ギルドを出た。

商人というのも、こじらせるとまるで病気だな。

あれは眼鏡男だけが罹《かか》っている病なのか、それともこのリーダという国全体を覆う病なのか。集団罹患《りかん》なら根深い上に、たちが悪いぞ。

気をつけよう。とても他人《ひと》事じゃない。


宿屋の一階にある食堂で、野菜と腸詰のスープをすすりながら、俺はスライムの瓶をつついていた。

「……おい、いいかげん喋れよ。勉強にならないだろ？」

ご機嫌ななめのスライムは、瓶底に縮こまって顔を出そうともしない。

「ヤ！　コノマチ　クサイ！　シャベリタク　ナイ！」

発声といえばこればっかりだ。リーダの城下町に来てからというもの、こいつの「クサイ！」を何度聞いたことだろう。

「だからくさくないって。それともスライムだけにわかるにおいがあるのか？」

「オピン　ドク！　クサイ！　クサイクサイ！」

毒……と言われれば、そうかもしれない。毒の友達か親戚くらいだろうけど。

なるほど、スライムはオピンに反応していたのか。でも、オピンってどんな匂いだ？

「ニンゲン　ナゼ　ドク　ウルカ!?」

ようやく意味のある会話ができそうだ。俺はスライムに語りかけた。

「そりゃ儲かるからだろうね。それに、どうやら心理的に敵対している隣国の人々に売っているわけだから、罪悪感もないんじゃない？」

「ヒトデナシー！」

「だから、おまえが言うなって」

スライムにツッコミを入れながら、俺は考えを巡らせた。

そこまで大量のオピンが出回っていたら、隣国のダッシだって、さすがにその存在には気づいているはずだ。

「それで自国の中毒者に、なんの対策も講じないはずがないよな……？」

「タイサク？」

スライムが瓶の中でちゃぽりと揺れた。

「たとえば……国内でのオピン使用禁止、所有禁止、輸入禁止……とか」

「メデタシ　メデタシ」

こいつ、強引にまとめてきたぞ。

「いや、めでたくはないよ。ここリーダは、オピンの生産販売で潤ってる。ダッシ側の規制なんて受け入れるはずがない」

「ジャ　ドウナル？」

そうか。武器屋のじいさんが危惧していた〝争いの種〟というのは、たぶんコレのことだったんだ。

「……最終的には戦争かな」

俺のつぶやきを、スライムが拾った。

「センソー？」

「人々が殺し合うってこと」

すると一瞬固まってから、スライムは沸騰したグリュエルみたいに波打った。

「ピギェ――――!?　ドクウル!?　コロシアウ!?　ニンゲン　オカシイ！　ヒクワー！」

今回ばかりは、俺もスライムに同意だ。

「俺たちも明日にはこの宿を出るぞ。厄介ごとに巻きこまれるのは御免だからな」

「ゴメンダー！」

四天王の一匹を討伐したという勇者バツの旅は、これからさらに過酷になるだろう。

俺も寄り道してる暇なんてない。旅の目的は、推奨アイテム制度の廃止なんだから。

皿のスープを飲み干し、食後に出されたお茶を半分まで飲んでから、俺は荷物をまとめて席を立とうとした。

するとそこへ、ひとりの男がふらふらと近づいてきた。

「ナ、ナァ、あんた……あるか？　売ってルか？」

「……はい？」

男の顔は涙と鼻水でぐちゃぐちゃだ。声も震えて目が血走っている。

「オ、オ、オピン……」

酔客にしてはおかしいと思ったら、この男、オピン中毒者だ。

　そうか、当然いるのだろう。中毒性のある魅力的な商品なのだから……。国が禁じたところで、オピンの生産地で使用者が現れないはずがない。

「オピンは取り扱ってない。ほかをあたってくれ」

「オ、オピン……」

「いや、俺は持ってないって！」

　ガタガタ震える中毒男にしがみつかれ、俺はその腕を振りほどこうとした。

　だが、男の力が存外強く、うまく外すことができない。

　鞄に入れた瓶の中で「クサイ　クサイ」とつぶやいていたスライムは「……コワイ」とひと声鳴いて、ぱたりと声を出さなくなった。

　それと同時に、俺にしがみついていた中毒男の腕がほどかれる。

　外してくれたのはローブ姿の男だ。いつ近づいてきたのか、足音もしなかった。

「おやおや気の毒に。ほら、オピンだよ。五十ゴールドだ」

　ローブの男は、蠟引きの紙に包まれた小さな塊を、中毒者の手に握らせる。

「ア、あ……ありガとう……」

　震える指でそれを握りしめ、中毒者は涙と鼻水を流しながら去っていった。

「オピンが切れるとああなるんだよ。涙とか鼻水とかがダラダラ～って。あそこまでいくと、もう長くないね」

そう語る男の外見は、やや人間離れしていた。

頭からかぶったローブではっきりとは見えないが、頬はげっそりとこけ、目元はえぐれたように黒く落ち窪《くぼ》んで、青白い顔色はまったく精気を感じさせない。ローブから伸びる腕にはほとんど肉がついておらず、おそらくそれは全身が同様なのだろうと容易に想像させた。まるで生きた骸骨のようだ。

いったい何者なのだろう。オピンを持っていたということは、売人だろうか。

「きみ、町の外から来た交易商だろう？」

「……ええ、まぁそんなところですけど」

だと思った、と男は笑った。いや、笑ったかどうかは表情ではわからない。ただ、そんな気配がしただけだ。

「町の商人はこの宿の食堂を利用しないんだ。ここは僕たちオピン商人が取引に使う場所だと知ってるからね。ここに商人が座るってことは、オピンを売ってるって意味なんだ」

だからあの中毒者は、俺を目がけて近づいてきたのか。

骸骨のような男は、俺の鞄から少しはみ出していたグラースの瓶を取りあげた。

「これ、スライムかい？　かわいいね。瓶もしゃれてる」

蠟燭《ろうそく》の灯《あか》りにかざして、男は楽しそうに訊いてきた。

「ええ。世にも珍しい、喋るスライムなんです」

「え、喋る？　冗談だろ」

案の定、信じてもらえない。だが、相手はオピン商人だ。百万ゴールドの可能性がある以上、営業トークはしておこうと思った。

「本当ですよ。ほら、ご挨拶」

爪でトントンと瓶の側面を叩いてみる。だが、スライムは瓶底に貼りついたまま、うんともすんとも言わない。今日はずっとそんな調子だったとはいえ、バッドタイミングだ。

「ちょっと緊張してるみたい。急に喋らなくなっちゃった」

いつもはよく喋るんですよ、と言外に匂わせてみたが、骸骨男はそれを鼻で笑った。

「スライムはスライム。喋るはずがないさ。喋る必要性もない」

「いやいや、本当に喋るんだって！」

「……きみはユニークな人だね」

力説する俺にスライムの瓶を戻して、骸骨男は軽く首をかしげた。

「なにか、言いたいことが？」

「……長くない、って」

ん？　と気配で先を促される。

「さっきの、あのオピン中毒のおっさん。長くないって、死ぬってことですよね」

「ああ。死ぬね」

「そういう商品を売って、なにか思うことは？」

俺も馬鹿だな。こんな得体のしれない奴に絡んでないで、部屋に戻ればいいのに。

「馬鹿だと思うかい？」

「はい？」

さっきの中毒者のこと、と骸骨男が言う。——驚いた。心を読まれたのかと思った。

「まぁ、私……俺は、はオピンなんて必要としませんしね」

「そうだよね。みんな最初はそう思う。オピン中毒者は〝あっち側〟で、〝こっち側〟の自分には無関係だって。中毒者になるのは、オピンの危険性を知らないか、知っていたとしても自制できないか、危険性を否定する馬鹿。知性に欠けていて、欲望のままにオピンに手を出す愚か者」

それはすべて、一字一句間違いなく、俺が思っていることだ。

また、ローブの下で男が笑う気配がした。

「でもね、意外と〝あっち側〟と〝こっち側〟の境界は曖昧なんだよ」

言葉の意味を量りかねていると、骸骨男は俺のテーブルに置かれたままのカップを指さした。そこにはぬるくなった食後のお茶が、まだ半分くらい残っている。

「たとえば、きみが飲んでいたお茶にオピンの成分が入ってないと、どうして思う？」

「え……？」

「無味無臭で、一度摂取したら依存してしまう成分を、きみが知らずに口にしているとしたら？　いいかい、ここはオピン中毒者と、オピンの商人が集う宿だ」

「ちょ、ちょっと……なに言って……」

顔から血の気が引いた。いや、飲んだときに変な味はしなかった。でもオピンは無味無臭で……さっきお茶を出してくれたのは、厨房《ちゅうぼう》の誰だった？

男は骨のような指先を、俺に向けた。

「その時点で、きみはもう〝あっち側〟の人間になってしまう。オピンなしでは生きられない体になってしまうんだ。簡単なことだよ」

「ま、まさかこのお茶……」

「いや、たとえばの話ね」

俺はドッと脱力した。このクソ骸骨。あせらせやがって……！

「まぁ仮にだ、きみがオピンを摂取してしまったとして。オピンが切れたらつらい、つらくてたまらない人間になってしまったとして。その症状を治せるのが唯一オピンだったとして。そんなきみにとって、オピンを売る僕は悪魔かい？　天使かい？」

「悪魔でしょ」

即答すると、骸骨はまた全身に笑いの気配をみなぎらせた。

「そう思うだろうね。オピン中毒者ではない今のきみは、そう思う」

「はぁ……そうやって、自分のやってる商売を一生懸命肯定しているわけだ？」

でも、中毒者に最期のお花畑を見せてやるのは、天使じゃなくて死神の仕事だろう。

「そういう考え方もできる、こういう考え方もできる、ということさ」

骸骨は歌うように続けた。

「僕を軽蔑してもらってもかまわないよ。でも、もしかしたら……きみのやっている商売だって、遠い所にいる誰かを害しているかもしれない。そんなことは一切していないと、きみは断言できるのかい？」

「…………」

そんなこと、言えるわけがない。俺は勝ち抜くためなら、自分より弱く愚かな人間を地の底に叩き落としても平気な奴なんだから。

唇を噛んだ俺に、骸骨がなぐさめるように言った。

「きみは聡明だね。商人が商人である以上、それは否定しきれないとわかっている。直接的か、間接的かの違いはあってもね。しかし人間は罪の意識に耐えられない。だから、自分が害しているかもしれない人たちのことを頭から切り離すか、気づかないふりをして生きるしかないんだ」

骸骨は、俺の飲み残しのカップに視線を落としながら言った。

「オピン工場で働く人々もそうだ。隣国に住んでいるのは〝悪い奴ら〟だからと、そう自分を納得させながら仕事をしている。国の報道を信じているのではなく、信じたがっているんだ。僕はそれを責めないよ。心を守って生きるためには、汚れた自分の手に気づかないよう努めることも大事だからね」

この骸骨、見た目はキモいが言っていることはマトモだ。くやしいけれど。

テーブルに置きっぱなしだった俺の食器を、骸骨は厨房へ持って行った。すぐにフードの裾をはためかせて戻ってくると、「つまりさ」と話を再開する。変なところで律儀だ。

「いわゆる健全な商売をする商人と、僕のようなオピン商人の境界も曖昧なんだ。たとえば武器屋はどうだい。彼らは冒険者に武器を売るね。冒険者はそれを使って何をする？　魔物を殺すだろう？　だったら魔物からしたら武器屋なんてのは、死の商人じゃないか」

「いや、それは、魔物だから……」

骸骨は我が意を得たりと、俺の言葉を繰り返した。

「そう〝魔物だから〟。魔物だから殺していいんだ。殺すための武器を売る武器屋は人間にとって必要な存在だし、殺した魔物からはゴールドも採れる。ほら、悪くない。そうやって魔物という存在を〝切り離して〟しまわないと、人は正気を保って生きられない」

それは寸分たがわぬ真実だが、俺にはずいぶんなイヤミに聞こえた。

「あんたは、自分の汚れを自覚しながら生きてるって言いたいの？」

「そのとおり。だから気を病むことにもなるし、見た目はこのように骨と筋だけに」

骸骨のような男は、自嘲めいた言い回しをした。どこまでが本気で、どこからが持ちネタなのか判別しにくい自己分析だ。

こいつの話はおもしろいが、寝る前なのに脳が活性化して、ひどく疲れる。

俺はスライムの瓶を鞄にしまうと二歩進んで、背の高い男の顔を、フードのすぐ下から覗きこんだ。……ほんとに骸骨みたいだ、こいつ。

「あのね、そうやってものごとを多角的に見て、賢人ぶってるのかもしれないけど、そんなのは暇人のやることだよ。思考ってやつは、娯楽にもなり得るからね。よく考える人間も、手足が伴わなければ遊んでるのと変わらない」

「……あるいは、そういう考え方もあるかもね」

俺は全身を使ってため息をついた。開き直った悪党には、なにを言っても無駄だ。

「俺、もう寝るから。じゃあね骸骨クン」

きびすを返すと、なぜかすぐに骸骨が追ってきた。

「待ってよ。さっきギルドに行ってたろ。見てたし聞いてたよ。商人ギルドの本部に行きたいんだってね。僕は、その場所を知っているよ」

「……ウソだね」

「本当さ」

心から欲しいと思うものは、アイテムであれ情報であれ、自分から欲しがってはいけない。相手に悟られてもいけない。商人の鉄則だ。だから俺はそっけなく言った。

「ウソばっかり。なにが目的？」

「お察しのとおり、教える代わりに僕のお願いをきいてもらうことになるけど」

俺の本心なんて、とうにバレバレだ。骸骨はこちらの返事も待たずに話しだした。

「戦争が始まるんだ。こちらもお察しのとおり、このリーダと隣国のダッシが争う」

「……いつ？」

「今日明日ではないけど、じきに」

「まさかとは思うけど、その戦争の阻止でもしたいの？」

「そうなんだ」

どこからツッコミを入れたらいいかわからない。オピン商人が戦争を阻止したい？

人口が減ると食い扶持《ぶち》が減るから？　オピン工場を攻撃されたくないから？

なるほど、それなら納得できる。しかし……。

「阻止って。戦争は国家規模の話だろ？　一介の商人がどうこうできる話じゃない」

「不可能なことは依頼しない。それに戦争を起こそうとしているのは、一介の商人だよ」

「原因はこの国のオピン輸出だろう？　加担する商人たちの自業自得だ」

「……いや。オピンはこの計画の第一段階にすぎない。次は武器だ」

計画……武器……。急にこちらの想像を超えた単語が並び始めた。

骸骨は立ち話でするには重い話題を、逃がさないとばかりに投げつけてくる。

「オピンで戦争の火種をつくって、オピン中毒にあえぐ隣国ダッシに武器を売り込み、このリーダを攻め落とすよう仕向ける。そこで武器を量産するのに必要な金を、国に貸し付ける。最終的な目的は、国を経済的に支配すること」

「いや、ちょっと……なんだよそのスケール。誰がそんな計画を……」

無意識に声がうわずる。すると、骸骨はなんの溜めもなく衝撃的な情報を口にした。

「サンカク、という名の金貸し商人だ。実行者は彼だが、正確には個人ではない。彼はマイアー家のひとりで、一族の融資事業を担当している」

「マイアー家って、あの大貴族のマイアー？　商人から貴族階級にのし上がって、今でも一族総出で全世界を股にかけて商売をしているっていう……」

「そう」

骸骨の返事は簡潔だった。

俺は、呆れながらも感嘆した。戦争の火種を作り、国家の資金需要を創出し、そこに金を貸し付けるなんて、普通は思いついても妄想で終わらせる。実行になんか移せない。

しかし、それを本気でやるのがマイアー家だ。ゆえに一介の商人が大貴族にまでのし上がった。言うまでもなく非人道的な行為だが、倫理の逸脱もここまでくればあっぱれ、同じ商人として歪んだ憧れを抱かずにはいられない。

――知りたい。戦争を止める止めないではなく、巨大な商売をもっと間近で見たい。

俺は、黒く窪んだ骸骨男の目もとを見た。

「一応、確認するけど。商人ギルド本部の場所を知っているのは本当だね？」

「本当だよ」

口調が軽いので信じがたいが、なんとなくこの男、ウソはつかないような気がする。

俺は数拍おいて、男に問いかけた。

「まだ訊きたいことがある。そもそも、あんたはなんなの？　オピンを売っているくせに戦争は止めたい？　自分だって戦争の火種づくりに加担してるじゃないか」

「僕についてはあまり質問しないでほしい。ただ、僕がオピンを売っているのは金のためじゃない。情報を集めるためだ。商人ギルドのオピン密輸に関われば、両国を行き来することができるからね。それに僕個人が売っている相手は、もう助かりようがない重度の中毒者だけだよ。売値も仕入値さ」

どうしても倫理観に疑問を感じるが、本人は終末医療のつもりのようだ。

そのあたりは一時的に棚上げして、俺は矢継ぎ早に質問を続ける。

「戦争を止めようとしている理由は？」

「答えられない。ある人から命じられたとだけ」

「ある人って？」

「答えられない」

「あんたの出身地は？　この国？　それとも隣国？」

「それも答えられない」

ノーコメントばかりじゃないか！

「じゃあ最後に、もうひとつだけ訊きたい」

「きみは質問が好きだね。なんだい？」

「あんたをなんて呼べば？」

すると男は少し考えて、

「さっきのでいいよ」

「……さっき？」

俺が訊き返すと、彼は言った。

「骸骨クンって。気に入ったよ。よく僕を表している」

「……センス悪いよ」

9　右の頬を叩かれたら、相手の鼻を潰せ

骸骨は戦争を止めたい、俺は商人ギルドの本部の位置を知りたい。互いの利益が一致して、俺たちは共闘することになった。

戦争阻止に俺がどう役に立つのか皆目見当がつかないが、骸骨に協力すれば本部の位置情報が得られる。最終目的に王手がかかったのだから、ここはやるしかないのだ。

骸骨に連れられて、俺はリーダの城下町から、オピンの輸出先である隣国ダッシの城下町へと移動した。骸骨がオピン商人としてリーダとダッシを行き来していたことで、キメーラの翼が使えたのは、俺にとってはラッキーだった。

初めて足を踏み入れたダッシの城下町は、首都とは思えないほどすさんでいた。ひと目見れば、誰でもこの町の異常性に気づくだろう。

痩せ細り、涙や鼻水を垂れ流しながら、虚空を見つめてブツブツと話す住民。彼らはオピン中毒者だ。そんな連中が道端にゴロゴロいるのだ。

「ダッシの城下町では、すでにオピンが使用禁止になっている。そのせいで、中毒者たち

は禁断症状であのザマさ。今さら使用をやめても苦しむだけなのにね」

自分もオピンを売っているくせに、骸骨は相変わらず達観したような口ぶりだ。

「おーいスライム。ダッシの城下町だぞ。あれがオピン中毒者だ。よく見て勉強しろ」

これも社会勉強の一環だ。俺はスライムの瓶を両手で抱えた。

「ヤ！　キモイ！」

やっと喋った。昨日はきっと、骸骨のことを警戒して喋らなかったんだろう。

骸骨が驚きのまなざしで瓶詰めのスライムを覗きこんだ。

「まさか本当に喋るとは……気の毒に。下手に人語が操れるせいで、きみはマルに捕まってしまったんだ。スライムらしくしていれば、こんなことにはならなかったろうに」

また余計なことを言う……。

だが、骸骨の言葉にスライムは反応しない。そこで俺が代わりに言い返した。

「こいつは野生のスライムよりも、よっぽどいい思いをしているさ。冒険者に殺される心配がないし、エサだって上等なものを与えられてるし、教育も受けてるんだ」

これには骸骨も唖然《あぜん》としたようだった。

「教育だって？　スライムに？　馬鹿げてる……」

「だって、そのほうが高く売れるだろ？」

俺が胸を張ると、骸骨は呆れ果てたように肩をすくめた。

「その種族らしくあることが、魔物にとって一番の幸せだというのに」

「そうかなあ。努力は素晴らしいじゃないか」

骸骨は柔軟な思考の持ち主だが、こと魔物の話となると急に頭が固くなる。

そこだけは、どうも俺とは真逆の考えを持っているようだ。

「もしかしたらこいつ、スライムという種族を超越するかもしれないんだぞ」

「スライムを超越してなにがあるのやら。空《むな》しいだけさ……」

俺はため息をついた。こいつと喋っているほうが、よっぽど空しくなりそうだ。

先ほどの骸骨の持論に傷つきでもしたのか、スライムも瓶底に引きこもってしまった。

道を歩けば歩くほど、城下町の荒廃ぶりは目に余った。

武器屋も道具屋も店を閉ざし、中毒者の行き倒れや徘徊《はいかい》以外は人の姿もない。

道具屋が閉店していたことで、キメーラの翼の在庫が心配になったが、そこはダッシ慣れしている骸骨にぬかりはなかった。彼はしっかり往復の枚数を用意していたのである。

「で、俺に見せたいものってのは？　まさかこの中毒者たち……じゃないよな」

「あっちに僕の拠点がある。そこで」

そう言うと、骸骨は中毒者をうまく避けながら歩いていく。

骸骨について歩きながら、俺は気になっていたことを質問することにした。

「オピンの次は、武器って言ってたよね？」

「そうだよ。サンカクはダッシの王に強力な武器を売り込んでいる」

「俺、思うんだけど……強い武器を量産したから『戦争するぞ』ってなるのかな」

どこから説明したらいいのかわからず、俺はぽつりとつぶやいた。

質問ですらなく、まだ意見とも感想ともつかないひとりごとに、骸骨は興味をひかれたようだった。

「マルの考えを聞こうか」

俺は促されるままに喋りだす。昨夜、サンカクというマイアー家の男の企《たくら》みを骸骨から聞いて、それからずっと考えていたことだ。

「ダッシとリーダは地続きだし直線距離なら近いけど、国境を覆うように巨大な森があるだろ？　あの森に凶暴な魔物が多数生息しているって話は有名だよな。だから商人たちも森を避けて貿易している。主に海運でね。ダッシは一軍を運べるほどの船を持ってる？」

「ないね。海軍もない」

……やっぱり。

「じゃあ陸路で進軍するしかないわけだ。でもちょっと強い剣や槍を持たせたからって、兵士があの森を抜けるには、相当の被害を覚悟しないといけない。リーダに到着する頃にはボロボロだよ。それに補給線はどうするの？　補給部隊に森を抜けさせようとしたらかなり強力な護衛に人員を割かないといけない。でもそれは兵力分散ってやつだ。両国の軍の規模には大差ないんだから、兵力を分散させるのは愚策だ」

そうだね、と穏やかに骸骨は応じた。

「キメーラの翼を使って直接攻め込むって手も考えたけど、キメーラの翼の到着点は街や村の入り口付近と決まってるから、最初から到着点を兵で囲んでおくか、極端な話、落とし穴でも掘っておけば対策可能だ。開戦前には宣戦布告が不可欠だし、よっぽど国防担当がボンクラじゃない限り、そういう対策はするだろ？　それにキメーラの翼の供給も一軍を全て運ぶには足りないしね。やっぱり、この戦争計画には無理があるんじゃないかな」

「普通に考えればそのとおりだね。変な言い方になるけど、あの森のおかげで、両国はこれまで戦争しようにもできなかったんだ」

普通に考えれば……。その表現が気になった。

後ろをついて歩く俺を振り返って、骸骨は思わせぶりに言った。

「サンカクがこの国に売り込んでいる武器っていうのは、鋼の剣や鉄の槍なんてたぐいのものじゃないんだよ」

「じゃあ、ドラゴン殺しとか、バスタードブレードとか？」

「……ある意味では、それより強力かもね」

そんな武器があるだろうか。たとえば、使う者を自ら選ぶという特別な武器……とか？　いや、そんなものがあっても使いこなせなければ、戦争には勝てないだろう。

「元武器屋の見習いとして言わせてもらうと、どれだけ強い武器があっても、問題は練度だよ。武器の熟練には長い時間がかかるんだ」

俺が持論を述べると、そのとおりだ、と骸骨が相づちを打つ。

「ねえ骸骨。推奨アイテム制度、って知ってる？　武器や防具の流通は、世界中の商人ギルドが見張ってるんだ」

ああ、と骸骨が応じた。そういえばこの男も商人だった。

「だからどっちにしろ、この町に〝推奨アイテム外〟の強力な剣や槍を流通させることはできないよね。商人ギルドを敵に回すことになるから。世界中の流通に影響を与えている商人ギルドをだよ？」

「うん。だから武器の実物を見てもらおうと思って、マルをここに呼んだんだよ」

気づけば、人影もない町はずれに来ていた。

骸骨は、今にも崩れそうな古い建物の前で立ち止まる。廃墟というわけではなく、ここが彼の拠点らしい。俺は少しばかりイヤミをこめて言った。

「……立派な家だね」

「だろ。さ、中に入って」


骸骨の拠点は、まるで生活感のない空間だった。

簡単に表現するなら、真ん中に質素なテーブルと椅子があるだけの大きな倉庫。掃除をされた形跡のない部屋は、ほこりとカビの臭いがした。

「ごめんね、お茶とかはないんだけど」

「いいよ。オピンでも混ぜられたら、たまらないし」

昨夜の食堂での、冷や汗への意趣返しだ。

骸骨は肩で笑って、足もとの木箱から、なにかを摑みあげた。

「これがその〝武器〟だ」

クロスもかかっていない木製のテーブルに、おそらくは鉄製であろう物体が置かれる。

「ん……？　これが……武器？」

「パンケーキにでも見えるかい？」

「ケ――――キ⁉」

食べ物の名前を聞きつけて、スライムが瓶の中で踊った。さっきまでだんまりだったくせに、現金な奴だ。

「スライム、これ人殺しの武器らしいよ」

「ピギェ――――⁉」

俺は改めて、じっくり目の前の〝武器〟を観察した。

これは……なんだろう。形容がむずかしい。剣でも槍でもムチでも弓でもない。複雑な部品で組み立てられた黒い鉄の塊だ。どのように使うのかも想像がつかない。まぁ、これで殴りつければ、それなりの威力はあるのだろうが……。

「これ、なんて言うの？」

「コレ　ナニカ⁉」

「……おまえはちょっと黙ってて」

「ヤ！　オシエテ！」

俺はテーブルの黒い物体の隣に、スライムの瓶を並べて置いた。

ぐにゅりとうごめく液体が、灯火に照らされてテーブルの上に黄緑の影をつくる。

骸骨は細い指先で、黒い金属塊に触れた。

「銃」

その短い言葉が武器の名前だと気づくのに、少しだけ時間がかかった。

「……じゅう？」

たどたどしく復唱した俺に、骸骨は頷いてみせる。

「火薬を爆発させて、鉄の弾を先端の穴から前方に飛ばす武器。マイアー家の発明品だ」

「火薬で、鉄の弾を……？」

説明されても、ピンとこない。

「威力と距離は……」

「そうだね、並みの弓使いが放つ矢よりは遥かに強いだろう。中距離で使用するが、命中精度と連射に難があるから、集団で一斉に撃つという運用になるだろう。勿論、そういった運用や戦術も、すでにサンカクが国に売り込んでいる」

俺はただ、黙って息を呑んだ。

骸骨は、道すがら俺が話したことへの回答を始めた。

「きみがさっき懸念したことについて答えるよ。まず練度についてだけど、この武器は熟練が不要……とまでは言わないけど、剣や弓に比べれば遥かに簡単だし、正しく使用すれば威力や射程は筋力にも依存しない」

使用者の能力に左右されない武器なんて、それが量産されるなんて大変なことだ。戦いの方法自体が変わってしまうかもしれない。

「次に、商人ギルドの推奨アイテム制度についてだけど、アレは各国が取り決めた《冒険者用アイテム》にだけ適用されている。つまり《銃》なんてジャンルの武器は各国の想定外だから、冒険者用アイテムには含まれていない。したがってこの銃は、推奨アイテム制度にも抵触しない」

「国も商人ギルドもトップダウン体制だから、新たな開発に対して後手に回るんだよ」

俺は吐き捨てるように言った。戦争に見知らぬ武器が大量投入されて、戦局に大きな変化をもたらさない限り、ルール変更など起きないのだろう。

「あと、武器はもうひとつある。……これだ」

そう言って、骸骨がテーブルに置いたのは〝筒〟だった。

すかさずスライムが絶叫する。

「ク、クサ――――‼」

「本当だ。この臭いは……火薬？」

筒に鼻を近づけた俺に、骸骨が説明を加えた。

「火薬も含まれているけど、主材となっているのは爆発性の物質なんだ」

「火薬以外で、爆発性のある物質なんてある？」

「それこそが、マイアー家が発見した物質でね。確か《ニトロ》とか言ってた。そのニトロから作った爆弾を、彼らは《ダイナマイト》と呼んでいる」

「ダイナマ――イト！」

「スライム、うるさいって。……これ、爆発したら威力は？」

「中威力の爆発系呪文に匹敵する。城門や城壁は二、三発あれば破壊できる。こういう武器を量産して、一般兵士が使うのさ」

「コワスギ！」

「……ごめんちょっと、頭を整理させて」

俺は今、自分の発想の貧困さに打ちひしがれていた。

銃とダイナマイト……骸骨の説明が真実なら、これらの脅威はその強さではない。正しく使用すれば誰でも同じ威力を発揮できるという点だ。

これが剣や弓ならそうはいかない。どれだけ強い剣や弓でも、使い手の腕が悪ければ本来の威力は発揮できない。練度を高めるには長い時間がかかるし、個人差も大きい。

「そうか……この武器があれば国境の森の魔物を倒せるし、リーダも滅ぼせる」

「と、この国の王は思っているんだ」

　また含みのある言い方だ。骸骨は当然のように続けた。

「実は、リーダのほうも秘密裏に、これとまったく同じ武器を量産しようとしている。そしてダッシが攻めてきたとき、返り討ちにしようと企んでいる」

「え……？」

　まったく同じ、ということは。

「サンカクは両方の国に武器を売り込み、どちらにも金を貸し付けたがっている。バレたらマズイから、ダッシの担当はサンカクが、リーダの担当は商人ギルドの眼鏡男が」

「リーダのギルドで会った、あのイカレた眼鏡男か！」

　眼鏡男を泳がせていたから、骸骨はあの男と会った俺のことも知っていたのか。

「あれはもともと、ただの貿易商だったんだけどね。それがマイアー家に雇われて、現在はサンカクの部下としてリーダの商人ギルドに所属している。サンカクとの関係を隠しながら、今はリーダの王と商談しているってわけ」

　オピンも武器も、ただの手段だ。マイアー家が――いや、サンカクという男が狙うのは、戦争の泥沼化ってとこだろうか。長く争って消耗し、ふたつの国が常に金を必要とする状況を、意図的につくりたいのだ。

「……商魂たくましいことで」

「これが僕の持ちネタ全部。で、どうかな？　マルはこの戦争、止められそうかい？」

　あっけらかんと言ってのけた骸骨に、俺は恨みがましい視線を向けた。

「それ、いま訊く……？」


ジャリ……ザリ……ズリリ……。

重い革靴が砂と小石まみれの石畳にこすられて、不快な音を立てている。

「あの、サンカクさん。さっきから足を地面にこするような歩き方されてますけど、気になるんでやめてもらえませんか？」

サンカクと呼ばれた男は、その場でぴたりと歩みを止めた。視線を右斜め下に向け、そこに優秀な女性秘書の姿をみとめると、おもむろに口を開く。

「オウギよ……俺はさっき、左足の靴のかかとを地面に少しこすってしまっただろう？」

「いや知りませんけど……」

「だから釣り合いを取るために、右足の靴のかかとを少し地面にこすらないといけない。……わかるな？」

「いやぜんぜん意味わかりませんけど」

オウギのツッコミは早い。しかもリアクションは薄い。

ツッコミどころが多すぎる上司に仕え続けた結果、的確にボケを潰しながらもローカロリーという、現在の彼女のスタイルが確立されたのだ。

「しかしだ。釣り合いを取ろうとして右の靴のかかとを地面にこすったのだが強すぎた！　少しこするだけでよかったのに！　ということは、左右の釣り合いを取るために、左足の靴のかかとをもう一度、少しだけこすらないといけない！」

「動機がまったく不明ですけど、それで、今度は左足のかかとを強くこすりすぎたもんだから、また右足を、いやまた左足を……って、ずっとやってたんですか？」

「そうだ！」

「……長い付き合いですが、サンカクさんのそういう妙なこだわり、病的だと思います」

「オウギよ！　そんなにハッキリ言わないでくれ！」

リアクションの暑苦しい上司に従って道具屋の扉の前に立ったオウギは、手元の書類を数枚めくって内容を確認した。

「さ、着きましたよ。とっとと取り立てましょう」


サンカクの声が大きいのは威嚇しているのではない。生まれつきだ。

「道具屋さん！　こんにちは！　先日貸し付けた金ですがね、私の勘違いじゃなければ、期日を過ぎているのにまだ返ってきてないんですよ！　連絡もくれないし、そういうのは良くないんじゃないですかね⁉」

名門マイアー家の一員として生まれ、貴族のたしなみと商人の魂を叩きこまれた。世界の均衡を尊《たっと》び、物事には釣り合いが重要と信じて疑わない。仕事熱心ゆえにヒートアップしすぎる傾向があるが、ストッパー役の秘書オウギが付き従うようになってからというもの、一族を代表するほどの優れた商才を発揮し続けている。

「道具屋さん。善意で言いますけど、おとなしく金返した方がいいです」

音量を下げられないサンカクの隣で、淡々とオウギが諭す。

道具屋の店主は拝むような仕草で、取り立て人ふたりの前に膝をついた。

「サ、サンカクさん、オウギさん、返済はもう少し待っていただきたいんです。オピン販売に手を出したものの、先日、国が城下町での使用を禁じたでしょう？　それでオピンの在庫がさばけなくなりまして。今ほかの町を回って売っているところなんです。どうかあと十五……いや十日お待ちください！　あ、そうだ。これ今日の売上です！　これでとりあえずは……！」

渡された布の袋を覗きこんで、サンカクは鼻を鳴らした。

「なんだコレは。ぜんっぜん足りないじゃないか」

「足りないですね」

冷たい反応に涙目になりながら、店主は再びふたりを拝んだ。

「の、残り八千五百ゴールドは、数日中に必ず……！」

その言葉を聞いて、サンカクの形相が変わった。

「はっせんごひゃくぅう……？　それじゃ釣り合いが取れないでしょう」

「え……？」

サンカクに腹の底から低い声を出されて、道具屋の店主は青ざめた。

間髪いれずにサンカクが店主の胸ぐらを摑みあげた。

「道具屋さん！　私、オピンで商売したいと言うあなたに九千ゴールド貸しました！　それを一万ゴールドにして返してもらう約束で！　そして今まで、あなたは千五百ゴールドを返済しました！　しかし返済期限は過ぎている！　それで残額が八千五百ゴールドのままなわけがないでしょう⁉　それじゃあ釣り合いが取れない！」

ずんぐりと小柄な店主は、半泣きで宙吊りになる。

「へ、返済期限を過ぎたことは謝ります。しかしまさか、この国でオピンが禁じられるとは思わなくて……」

「それは、潮目を読みきれなかったあなたの自己責任！　私の関知するところではない！　それより、金！　金返せ！」

顔が触れるくらいの距離でサンカクにすごまれて、店主は恐怖で震えあがった。

「で、でも……いまは手持ちが」

「じゃあ物でもいいですよ！　そうですね、うん！　この店をいただきましょうか！」

「そ、そんな馬鹿な！」

「あー……はい。馬鹿ですね」と、こちらは冷静なオウギ。

実際のところ、たかだか一万ゴールドで城下町の店舗を取られたのではたまらない。

「それこそ、釣り合ってないじゃないですかぁ！」

店主が叫び、お株を奪われた形のサンカクの頭のネジが飛ぶ。

「サンカクさん、暴力はダメですよ。って、あ……」

オウギの制止も空しく、サンカクは店主をテーブルに叩きつけた。

ガツン、と鈍い音がして、天板に肘を打ち付けた店主は痛みに低く唸った。

「おい、クソオピン商人。金返せよ！　釣り合ってない？　釣り合ってないだと⁉　釣り合ってないのはおまえなんだよ！」

「サンカクさん、落ち着いて」

こうなると、オウギの制止などただの無意味な合いの手だ。

「今の状況をわかりやすく教えてやろう！　おまえは今、右肘をテーブルに置こうとしたら誤って強く叩きつけてしまった！　ということは左肘もテーブルに強く叩きつけないと左右で釣り合いが取れない！　それなのに左肘をコツンとテーブルに置いただけ！　それじゃ全然釣り合いが取れてないんだよ！」

「サンカクさん、そのたとえはサンカクさんにしかわからないと思いますよ」

「な、なにを言ってるですか？　あんたの言ってることはいつもよくわかりませんよ！」

店主の抗議に頷いて、オウギが揉《も》み合うふたりの間に立った。

「私が翻訳します。つまり、利息込みで一万ゴールドを返済していただく約束だったわけですけど、返済期限を過ぎたのですから、追加の利息が発生するってことです」

「はぁ⁉　追加で利息ぅ⁉」

不満げな声をあげる店主に、オウギが冷静に説明を加える。

「現在のゴールドの価値と、将来のゴールドの価値は異なります。返済期限を少しでも過ぎれば、その過ぎた時間分は利息をいただかないといけません」

「そうだ！　釣り合わないだろうがぁ！　おまえは右肘をテーブルに強く叩きつけたんだ、こうやってぇ!!」

ゴツン！

「ってことは左肘の強さはこれくらいだ！　よく覚えとけ!!」

ゴツ……。

「こうだ！」

ゴリ……。

「サンカクさん、やりすぎですよ。気絶させたら話ができなくなるでしょう」

「……それもそうだな」

ちなみに〝テーブルに肘叩きつけの刑〟は、胸ぐらを掴まれたときの圧迫で相手が落ちてしまうという〝サンカク絞め〟とセットになっている。

息も絶えだえの店主を解放し、サンカクは捨て台詞を吐いた。

「いいか借金野郎。今の痛み、ちゃんと覚えたな？　それがおまえの罪の重さだ。また十日後に来る。そのとき〝釣り合い〟の取れる額を用意できなかったら、その罪はこれの比じゃないからな!?」

「は、はい……」

恐怖に目を血走らせた店主を残し、サンカクは満足そうに店をあとにした。

「では行くか。オウギよ」

「はいはい」


ダッシの城下町は、今やオピン中毒者の溜まり場だ。

マイアー家の男女の主従はそんな町の中を、次の仕事先へと急いでいた。ときどき路上に転がっている末期中毒者の体は踏まぬよう、うまくまたいで進むのにも慣れた。

「サンカクさん、私たちって今、国相手に商売してますよね。戦争までけしかけて」

「そうだ！」

大股で進んでいくサンカクの背後を、数歩遅れてオウギが小走りについていく。

「いつまでこんな小口の金貸しをするんですか？　さっきみたいに返済を渋る商人もいるし、サンカクさんの取り立てはいつも血なまぐさいし」

「オウギよ！　国相手の商売は決まれば大きいが、まだ成立はしていない！　成立していない商いに目をくらまされてはならないぞ！　油断せず、今はいつもどおりに金を貸すのだ！　取り立てるのだ！」

オウギはため息をついた。言動は粗く理不尽でしかないが、商売人としてのサンカクの心根は案外まっとうだ。だからこそ、かれこれ十年も秘書をやっていられるのだが……。

「私は一刻も早く、返り血を浴びない商売がしたいですよ。一応女なのに」

するとサンカクは豪快に笑った。

「女はいい！　いざとなれば自分の体を売り物にできるからな！　生まれたときから男よりも価値がある！」

「サンカクさんって、平気でそういうこと言いますよね……」

秘書の冷ややかな視線など気にもとめず、サンカクは自らの拳を握りこんだ。

「商売の前では皆平等だ！　男も女もない！　あるのは価値の有無だけだ！」

「一周まわって清々《すがすが》しいですよそれ……って、あれ？」

道路の突き当たりにある教会の敷地に、なぜか人だかりができている。


「僧侶様……夫の毒をどうか」

涙と鼻水にまみれた中年男が、妻らしき女性に伴われて僧侶の前に立った。

「わかりました。……この者に神のご加護を……。はい、これで次第によくなるでしょう。しばらくは安静に」

「ああ……ありがとうございます」

老齢の僧侶が祈りを捧げると、妻は深々と頭を下げ、布に包んだ金を手渡している。

「これはお布施《ふせ》でございます」

「汝《なんじ》に祝福あれ。では次の方……」


オウギは人だかりを分析をして、こう結論づけた。

「やれやれ、神職もこの機に便乗して、お布施集めですか」

あれはオピン中毒者だ。家族は藁《わら》にもすがる思いで、教会に解毒を頼みにきているのだろうが、オピンは僧侶の解毒呪文では治すことはできない。それはオピンの精製に深く関わるマイアー家の者でなくても知っていることだ。つまりは周知の事実。

それでも情報に疎い者たちなら、騙すのは簡単だろう。たとえば地域のコミュニティに深く根ざす教会が、重症の中毒者を祈りの力で治す僧侶の噂を流す……であるとか。

「どの業界にも〝商人〟はいるものですね」

オウギのコメントに、サンカクは鷹揚《おうよう》に頷いた。

「神職の金儲けなんて、今に始まった話じゃない。そのくせ奴らは利益追求者――つまり商人に対して批判的だし、中でも金貸しは最悪と見なしている。それだけならまだいいが、奴らの教えを真に受けた馬鹿信者どもまで金貸しを嫌悪するじゃないか。商人ってのは基本的に嫌われ者だが、金貸しが特別嫌われるのはあのクソ宗教のせいだ！　迷惑な！」

「そもそも利子って概念が、教会の教えに反していますからね」

オウギがそう言うと、サンカクは舌打ちした。

「現在のゴールドの価値と、将来のゴールドの価値が同じであるという、イカれた発想を持っているのか連中は！」

「というより、ゴールドの価値とかゴールドを借りる必要性とか、そんなことを考えて生きてないんじゃないですかね。彼らの勤勉さは信仰に向けられるものですから」

「のんびり農業や職人業をこなす時代ではなくなるんだぞ！　いずれ大資本を投下し、巨大な生産設備を作り、労働者を大勢雇い、製品を大量生産する時代になる！　そんな時代においては、金を払ってでも金は借りなければならない！　でなければ他国との釣り合いが取れなくなり、いずれなんらかの形で支配されるに決まっている！　それなのに〝利子は悪〟だと？　馬鹿馬鹿馬鹿！　馬鹿ばっかりだ！」

「まあ『右の頬を叩かれたら左の頬を差しだせ』なんて教わっている方々ですから」

「馬鹿げている！　俺なら『右の頬を叩かれたら相手の鼻が折れるまで殴る』だ！　それでやっと釣り合う！」

「それはやりすぎでしょ……」

「俺の頬と愚民どもの頬は等価値ではないからな！」

ボスの思想の揺らぎのなさに、オウギは諦めにも似た吐息をもらす。

この人はこれでいいのだ。誰よりも強いから。

「でも、私は必要だと思いますけどね。教会も、あの宗教も」

「なにぃ？」

まなじりを吊りあげたサンカクに、オウギは説明する。

「世の中、サンカクさんみたいな人ばかりじゃないですからね。生まれたときから未来に希望のない人だって珍しくないでしょう？　この世の中の仕組みそのものが、不平等で不公平なんですよ。でも人間は下手に知能や欲があるものですから、未来に希望がないことを認めながら生きてはいけません。大なり小なり、未来への一縷《いちる》の望みが必要なんです。それがなければ彼らの不満は、すぐに為政者や成功者への攻撃に変わってしまう。しかし、彼らひとりひとりに物質的豊かさを与えるのは非現実的です。そこで精神的な〝救い〟として、教会の教えが必要なんだと思いますよ」

ふん、とサンカクは鼻を鳴らした。

「怠惰な連中の考えそうなことだ！　死後の世界だの、信じる者は救われるだの」

「今は窮していても、善行を積めば死後の世界で救われるという思想ですね」

それだ、とサンカクが食いつく。

「その思想だって、神職者によって言ってることがバラバラじゃないか！　善行を積んでいるから救われるとは限らないと主張する者もいるぞ！　死後救われる者は、行為ではなく、最初から神の意志で決まっていると！　そうやって人の都合で解釈が異なるあたり、神なんてものが存在しないといういい証拠だな！」

「もしその宗教観が主流になれば、勤勉に労働し、富を蓄えることが善とされる時代に変わるかもしれませんね。サンカクさんのような人にとって理想的な時代に」

するとサンカクは、少しだけ考えるようなそぶりを見せた。

「ふむ……。オウギの言い分はよくわからんが、とりあえず勤勉であることは善だ。自分を助ける方法は勤勉以外にない。怠惰を肯定する思想など、消えてなくなるべきなのだ」

「ま、努力がすべて報われるなら、そうかもしれませんけどね。……あ、着きましたよ。次はここです」

オウギは手持ちの書類を数枚、素早く確認した。

こっちは、オピン投資で首が回らなくなった武器屋だ。休業日でもないのに店を閉めているところを見ると、さっきの道具屋と同じように、取り立て人の襲来を予感して籠城しているのかもしれない。

「よし、くだらない神の話よりも、目の前の金だ！　行くぞオウギ！　取り立てだ！」

「あ、ちょっと待ってくださいよ。今度は暴力なしでお願いしますよ、って、あ……」

オウギが止める間もなく、彼女のボスは駆けこんだ扉の奥で叫び始めている。

「釣り合わないだろうが――――!!」

10　負け犬ってなんで負け犬なの？

「つまり、こんな武器さえなければ、戦争を起こしようにも起こせないわけ」

テーブルの上に載った銃とダイナマイトを示して、俺はそう主張した。

ダッシの城下町はずれ、外から見たら廃墟のような建物の一室で、俺と骸骨は〝第一回オピン戦争阻止会議〟を絶賛続行中だった。

たったふたりで二国間の戦争を止めようというのも正気を疑うが、どうやらこの骸骨男は、俺のことを作戦参謀として本気で頼っているようなのだ。

「それは……マルの言うとおりだけど、具体的には？　武器職人を皆殺しにするとか、今後新設される武器工場を破壊するとか？」

骸骨は発想が物騒だ。こいつはときどき、軽やかに常識を逸脱するところがある。

俺は苦い顔でかぶりを振った。

「それは商人のやり方じゃない。俺としては、大きくふたつの方法を考えた」

「暴力ではないというだけで商人のやり方もたいがいな気がするけど、聞こうか」

骸骨が余計な合いの手を入れてくる。おれは構わず話を進めた。

「ひとつめは、武器の材料や人件費を高騰させるという方法。具体的には、材料の買い占めや、職人団体の立ち上げによる給与交渉が挙げられる」

「それは難しいだろうね。何度も言うけど、サンカクはマイアー家の資金を扱っている。材料費や人件費が何倍になろうが問題なく貸し付けするだろうし、国を煽るだろう。それに、僕たちには材料を買い占められるほどの資金がない」

そのへんは予想済みだ。俺は骸骨の顔の前へ指を二本立ててみせた。

「じゃあ本命のふたつめ。戦争資金の供給を断つ。つまり、サンカクに手を引かせる」

この提案に、骸骨は低く唸った。

「それ、ひとつめの方法よりもっと現実味がないね。サンカクはこの計画に少なからず時間と金を投じている。商売の規模からしても、そう簡単に手を引くとは思えない」

「骸骨、金貸しが恐れていることなんてひとつだ。貸した金が返ってこないことさ」

これはシンプルな真実だ。貸し付け金額が多ければ多いほど、回収できなかったときのダメージは金貸しの側を直撃する。

「サンカクの狙いは、ダッシとリーダを勝ち負けのつかない泥沼戦争状態にすることだ。正確には、泥沼化させてズルズルと長期間金を貸し続け、同時に分割返済してもらいながら、ふたつの国における自分の経済的支配力を高めることだろ？」

「そうだね」

「それをやるためには、ふたつの国の力の均衡を保たなければいけない。だからサンカクはどちらの国にも同じ高性能の武器を売り込んでいる。おそらく今後もダッシとリーダのうち、負けそうなほうに肩入れするか、勝ちそうなほうの邪魔をして、均衡を維持しようとするだろう。可能な限り長期間ね」

「なるほど、話が見えてきた。マルは賢いな」

もっと褒めていいぞ。そういう骸骨も察しがいいから、話が早くて助かる。

俺は乾いた唇を舐めて、言葉を継いだ。

「サンカクの立場も意外と不安定なんだよ。戦争状態が持続すれば、資金の供給源は重用される。でも戦争が終われば金貸しなんて目障りな存在だよ。だって金って、借りるときはいいけど返すときはムカつくもんだからね。つまり二国が戦争状態にあり、かつ国力が拮抗《きっこう》しているからこそ、サンカクの立場は磐石なんだ」

「ワカンナイ！　オシエテ！　ワカリヤスク！」

それまでおとなしくしていたスライムが突然、テーブル上の瓶の中から文句を言った。

つい最近まで勉強がいやだとか言ってたくせに、どういう風の吹き回しだ？

「つまり、サンカクはふたつの国にずーっとケンカしててほしいわけ。ケンカしている間はずーっと金を借りてくれるから」

「フム！」

理解したのか、スライムは瓶の中でぐにゅりと動いた。骸骨が続ける。

「では、ダッシとリーダの均衡を崩す手があれば、サンカクはこの計画を中止せざるを得ないと」

そのとおり、と俺は頷いた。骸骨が前のめりに訊いてくる。

「具体的には？　サンカクにとって致命的で、かつ、こちらの実行力を証明できて、さらにそれをサンカクに伝えても対策困難な方法でなければならないけど」

それには答えず、俺は骸骨に提案した。

「……一度リーダに戻ろうか」

理由を問うように、骸骨が小さく首をかしげる。俺はにやりと笑った。

「だってこの国の道具屋、閉まってただろ。薬草が必要だ――大量に」


王宮では、午後になっても御前会議が続いていた。

ダッシ王は穏やかで真面目な君主だが、悪くいえばのんびり傍観して決断を先延ばしする性分でもあった。ゆえに、王のお膝元である城下町にオピンという名の新しい薬物商品が出回ったときも、市民の多くが深刻な中毒症状で潰れていくまで、なんら対策を講じることをしなかった。

サンカクは、秘書のオウギが作成した見積書を、うやうやしくダッシ王に手渡した。

「陛下！　銃器、ダイナマイトの材料及び武器職人、戦術師の派遣並びに武器製造施設の建設に必要な費用の概算が、こちらになります！」

サンカクから書類を受け取ったダッシ王は、ぱらぱらと紙片をめくった。

「ふむ……まぁ、やはり、といった金額だな。財務大臣、どうか」

サンカクが王に渡したのと同じ書類を、傍らにひざまずいたオウギにそっと手渡された財務大臣は、厳しい表情で内容を吟味する。

「その後の戦争費用を考えると、我が国の国庫で賄うのは厳しい額ですなー」

すかさずサンカクが挙手する。

「陛下！　マイアー家は陛下にお味方させていただきますので、これら全ての資金をご融資可能です！　ささ！　ご英断を！」

「サンカクよ、お主はせっかちだな。……えー、国防大臣、どうか」

王に意見を求められた髭面《ひげづら》の国防大臣は、困惑の表情を浮かべた。

「新武器は非常に魅力的ですが、運用には兵の訓練が必要でしょう。それが、どれほどかかりますやら……」

これにはオウギが、控えめに補足した。

「おそれながら閣下。こちらが派遣する戦術師は、兵の訓練にも参加します。年を跨《また》がず武器の運用が可能になるでしょう」

「そう！　オウギの言うとおり！　そうなのです！　優ッ秀な戦術師を派遣いたしますので！　ささ！　ご英断を！」

鬼気迫る表情のサンカクに迫られても、ダッシ王は動じなかった。

「まぁ待て。本当にお主はせっかちだな。一国と事を構えるのだぞ。そう軽々に決められることではなかろう」

王の不機嫌を見てとって、サンカクは自分に与えられた席に座り直し、頭を下げた。

「申し訳ございません！　せっかちなのは職業病でして！　ですが陛下、時間はゴールドと同じです。考える時間も有料であることはお忘れなく！」

「承知しておる。しかしサンカクよ、貴族の地位を与えられながらも平民のように労働に勤《いそ》しむとは、マイアー家とは奇特な一族よの」

「は……」

これにはサンカクの顔がこわばった。

異変を察したオウギがサンカクの背後に立ち戻り、ほかの会議メンバーには見えないように黙って背中を拳で突く。

「あ、いや、そ、そうなのです！　私どもマイアー家はしょせん成りあがり者！　もとは一介の商人でありますので、こうして今も、卑しくも労働に励んでいるのであります！」

サンカクの言葉に、ダッシ王はおおらかに笑った。

「そう卑下せずともよい。――わかった。近いうちに結論を出そうではないか」

「よろしくお願いいたします！」

世界に冠たるマイアー家の辣腕商人とその秘書は、深く頭を下げたのだった。

「クソったれどもが！　慎重ぶりやがって！　あいつらは腹の底では戦争と略奪をしたくてたまらないのだ！　オピンのおかげでその大義名分が出来たもんだから、小躍りしているに違いないのだ！　ああやって渋っているのは、思ったよりも戦争資金が高額で怖気《おじけ》づいているだけなのだ!!」

御前会議からの帰路、サンカクはいつも以上に吠《ほ》えていた。

オウギはそんなボスを見て、率直な感想を述べる。

「サンカクさんって、あの王様のこと嫌いですよね」

上衣の釦《ボタン》を乱暴にはずしながら、サンカクは首を横に振った。

「王が嫌いなのではない、ボンクラが嫌いなのだ！　だからあの大臣連中も大嫌いだ！　商談相手に無能はいらん！　この我慢だけでも多大な出費だぞ！」

「あの人たちの地位は世襲で得たものですしね。能力は関係ないのでしょう」

オウギの返答にサンカクはいよいよ吠える。

「王族や貴族に生まれただけの人間が民衆を支配する、という構造の合理性はどこにあるのだ！　少数の無能に権力を与えると、こうして他者に容易《たやす》く操作されてしまうのだぞ！　それならば多数の無能に権力を分散付与したほうがまだマシだろうが！」

「よかったですね。王も大臣も無能の欲張りで」

「ああ！　それは重畳《ちょうじょう》だ！」

あっけらかんとサンカクは首肯した。自分こそがその〝容易く操作する他者〟だというのに、彼の視点はなぜか善《よ》き為政者のそれなのだ。基本的に人として破綻しているが、こういうどこか憎めない性格だから、オウギも長く部下をやっていられる。もちろん、ここぞというときに有能なのも、いい上司の条件だが。

死の商人と呼ぶべき仕事ぶりなのに、思考だけはやや異常なほど公明正大。これを自己矛盾なく内面に両立してしまうので、この男は一族の重鎮にまで「メンタル強《つえ》ぇ……」とおののかれているのだ。なお重鎮とは、現当主であるサンカクの実父だ。

「しかしあいつ、マイアー家を奇特な一族だと？　ふん！　確かに俺たちは貴族だが、貴族程度と釣り合う存在じゃない！　俺たちは商人だ！　初代が貴族の地位を獲得したのも、商売上合理性があったからだ！　家督を継ぐのも世襲ではない！　最も一族に利益をもたらす者が家督を継ぐ。なんなら一族の血が入っていなくとも問題ない。当然、男も女もない。優秀でありさえすれば、魔物ですら問題ないに違いない！　だからこうして一族も、一族に仕える者も、毎日商売に勤しんでいるのだ！」

「あっはい、そうですね」

一国の王をあいつ呼ばわりしたことについては、オウギも特に触れないでおく。

「オウギよ。一族ではなく女であるおまえでも、マイアー家でならば、のし上がっていくことは可能なのだ。これぞ平等！　勤勉なる者が報われる構造だ！」

「いや、そういう大変そうなのは勘弁なので、矢面にはサンカクさんが立ってください。下働きもべつに好きじゃないですけど、責任の重い立場もいやですから。私、将来の夢は不労所得生活なので」

オウギの主張は常に淡々としている。ポジティブシンキングの権化であるサンカクは、オウギの言葉を無欲と捉えて大きな手のひらでバンバンと背中を叩いてくる。

「おまえは勤勉だが、もっと欲を持て！　欲こそ活力だぞ！　そういう意味では、あちらの国を担当している眼鏡男もやや物足りないがな！」

ほんとそういうのいいんで……と言いそうになるのをぐっとこらえて、オウギは努めて冷静に言った。ここからは秘書の仕事だ。

「商人としてのゴールは人それぞれってことですよ。あの眼鏡男だって、私利私欲のためにマイアー家に仕えたわけじゃないでしょう。……あ、そういえばその彼から、最新の報告がありましたが、リーダ王との融資交渉は着実に進んでいるようです」

それを聞いて、サンカクの瞳がらんらんと輝く。

「そうか！　部下に先を越されるわけにもいかん！　こちらも負けてはいられんな！」

どこまでも前向きに暑苦しい男なのである。

テーブルや椅子をどかし、床に広げたシーツの上に、買ってきた薬草を山と積む。

「で、こんなに大量の薬草をどうするの？」

骸骨の問いに、俺は持論を展開した。

「薬草って、摂取すると痛みが和らいでいくだろ？　それって多分、あんまりよくない成分が含まれてると思うんだよね。……というのもさ、子どもの頃、戦士の冒険者に聞いたんだよ。大怪我して薬草を大量に使うと変な気持ちになるときがあるって。ほら、彼らってパーティーの前衛だろ？　職業柄、薬草を大量摂取することがあるからさ」

ふんふん、と骸骨が興味深げに頷く。

「それで、俺も試しに大量の薬草を食ってみたんだよ。そしたらだんだん気分がよくなってきて、普段見えないようなものが見えるようになってきて……。一般人は薬草を大量に食べたりしないから、そんな副作用があることはあまり知られてないが、これはオピンと同じなんじゃないかと思ってね」

だから、と俺は前置きする。

「大量の薬草を煮詰めて、幻覚作用のある液体を作ろうと思う」

つい先刻、リーダの道具屋にあるだけの薬草を買い占めに行った俺たちは、すぐにこの骸骨の隠れ家へ戻ってきた。リーダで買い足したキメーラの翼のおかげで、所要時間はわずかなものですんだ。

俺の目的は、薬草からの濃厚な液体の抽出だ。

まず、薬草を包んだシーツごと抱えて厨房へ降り、水を大鍋で沸騰させる。あとはシーツごと薬草を鍋で煮て、何度も絞り、煮詰めていく。

幻覚物質をあまり吸い込まないようにと、鼻と口を布で幾重にも覆っての厨房作業は、熱いし苦しいしで予想以上の重労働だった。俺たちのやることを瓶の中で興味深げに眺めていたスライムも「クサー！」と叫んだきり静かになっている。ちなみに骸骨は俺がいくら注意しても大丈夫だからと顔を覆わなかったのに、作業後もぴんぴんしている。思わず仕上がった液体の効果を疑いたくなる元気さだったが、あれだけ防護した俺のほうはいい具合に頭がぐらぐらしていたので、おそらく骸骨が特殊体質なのだろう。

完成した濃縮液体は、少しだけ植物臭のする半透明のものだった。骸骨が骨ばった指先で少しだけ味見をしていたが、ほんのり甘く、わずかにとろみが舌に残る感じだという。総量は小型の薬瓶に換算しておよそ十五本分。

一部を瓶詰めして上階へ戻ってきた俺たちは、木製のテーブルと椅子を定位置に戻して、作戦会議に入った。

「まさかきみ、こんなものをダッシで流行らせて、しらふの兵隊たちまでボロボロにしようという気かい？　オピンほどじゃないがほぼ無味無臭、しかも液体だからどんな飲食品にも混入させられるだろうし……これを防ぐのは難しいよね。オピンに加えてこんなものまで出回ったら、確かにこの国は戦いどころじゃないだろうが……」

それまで厨房でさんざん作業を手伝っていたくせに、話し合いの態勢に入ったら、骸骨はのっけから苦言を呈してくる。俺はその言葉を片手で制した。

「あー、骸骨が言いたいことはわかってる！　第二のオピンを流行らせるなんてとんでもないってことだろ？　でも、この薬草の毒性はオピンに比べて圧倒的に少ない。それに肉体的な依存もないよ。それは俺の体で実証済みだ」

実際、体の小さい子どものときですら大丈夫だったのだ。

しかし俺の相方は、疑いの空気を全身にみなぎらせて俺を見ている。

「ほ、本当だって！　だいたい骸骨だってオピン商人じゃないか。今さらなにを……」

ただ、ここだけの話、精神的な依存だけは否定できない。なにを隠そうこの俺も昔、ドハマりしたクチだ。でもそんなのは、酒でもほかの嗜好品でも同じだろう。

しばらく冷ややかに俺を見ていた骸骨は、おもむろに口を開いた。わだかまりは横に置いておいて、議論を再開させようという意思表示だ。

「……仮に毒性も依存性も少ないとして、だ。そんなものが流行っても、オピン同様、また国が販売を規制するのでは？」

「その問題は、製品と一緒にレシピを出回らせることで解決できるだろ。薬草を煮詰めるだけだから誰にでも簡単に作れるし、材料も合法的に購入できる」

「では、材料である薬草の販売を禁じられたら？」

骸骨の仮定を俺は一蹴した。

「それは難しいんじゃないかな。薬草は推奨アイテムだから」

指摘されて、骸骨も思い至ったようだ。

「……そうか。冒険者用の推奨アイテムは商人ギルドの取り決めだ。その販売を禁じれば商人ギルド本部が黙っていない。国も、その背後にいるサンカクやマイアー家も、商人ギルドは敵に回したくないと考えるか」

「どう？　実行するかどうかはともかく、サンカクに脅しをかけるネタとしては。まぁ、穴がないとは言わないよ」

アリかナシかで言えば、と骸骨は前置きした。

「アリだと思う。だけど、相手はマイアー家の一員だからね……」

「ところで、そのサンカクって奴はどこにいるんだ？　どこに行けば会える？」

俺の問いに、骸骨はあっさり答えた。

「彼は今、この城下町で金貸しと取り立てをして回っているよ。どこがサンカクから金を借りたのか知っているから、張っていればいずれ会えるだろう」

自分で振っておいて、俺はびっくりした。

「……へ？　国に商売仕掛けてるくせに、町の住民相手にセコセコ金を貸してんの？」

「そうだよ。彼はとても勤勉なんだ」

地に足のついた金貸しなんていやすぎる。

俺はテーブルの上の小瓶をひとつ、指先でつまんだ。

「じゃあ、その勤勉な悪党を打倒するために、俺たちも勤勉に働きますかね。まずは……そうだな、こいつを〝脱法オピン〟と名づけよう。オピンを禁じられて苦しんでる中毒者にバカ売れだ」

俺がそう言うと、骸骨は肩をすくめてみせた。

「なるほど。悪党を打倒する者が、悪党じゃないとは限らないって話か」

「いやいやいや、本当にこの脱法オピンは大丈夫なんだって！　ちょっといい気分になるだけだから、酒みたいなもんだよ。酒もこいつもよく寝て排泄すれば、翌日には抜けるんだから。そう考えると、体内に残るオピンはアウト、脱法オピンはセーフだろ」

なるほど、とまた骸骨は繰り返した。

「ものは言いようだね。口のうまさは商人の武器だ。……しかしきみ、そんな代物を子どもの頃に？　昔からロクでもないことばかりしてきたんだね」

「……実は当時、この脱法オピンを商品として店に置いてはどうかと、勤め先の店主に提案したことがある」

「そしたら？」

「死ぬほど怒られたよ」

骸骨は俺の顔を見て、薄く笑った。

「だろうねえ。当然だよ。そんな提案されたら、彼でなくてもきみの将来を悲観する」

「ふん。まるで店主のことを知っているような口ぶりだけど、あんたが思う何十倍も、うちの店主は頭が固いんだ」


ダッシの町は本日も快晴だ。サンカクは、住民の自宅の扉を蹴り開けた。

「さあ、約束の日ですよ！　金を返してください！　もしくはこの家をよこしなさい！」

「善意で言いますが、大人しく金返した方がいいですよ」とオウギ。

最近、債務者の家に押し入るときの第一声は、だいたいこれがセットだ。

しかし、返事がない。サンカクが足もとに視線を落とすと、ほこりの溜まった床板の上に、この家のあるじが転がっていた。薄目を開け、口だけがブツブツと動いている。

サンカクは大股で男に近づくと、その胸ぐらを摑みあげた。

「……おいおい。この借金野郎、ラリっちまってるじゃないか」

「サンカクさん、だから言ったんですよ、オピン中毒者に金を貸すのは危険だって」

横から覗きこんだオウギに、サンカクは空いた片手の親指を立ててみせた。

「大丈夫だ、問題ない。この男に返済能力がなければ家族に当たる。妻と娘がいたな？」

「あ、そこは手堅く現金化できますね」

サンカクは男を摑んだまま、閉ざされたままの奥の部屋に向かって叫んだ。

「おーい奥さーん？　いるんでしょー？　隠れてないで出てきてくださいよー！」

そう言いながら、サンカクは容赦なく男を床に叩きつけた。

ゴスッ、と鈍い音がして、さすがの中毒者も痛みにうめく。

「おーくさーん、出てきてくださいよぉー！　じゃないと！　ほら！　旦那さんがボコボコになっちゃいますよぉ！　おら！」

「サンカクさん、血が飛ぶんでもっと静かにやってくださいよ」

オウギの注意を無視して、サンカクは何度も鈍い音をさせた。

「奥さ――――ん!?」

もう一度、男を床に叩きつけようとした、そのときだ。

奥の部屋の扉が開いて、エプロンドレス姿の少女が飛びだしてきた。

「パパー！　パパをいじめないで！」

「行っちゃダメよ！」

その後ろから転がるように出てきたのは、母親らしき女性だ。

サンカクは失神した男の胸ぐらを摑んだまま、もう片方の手で女の二の腕も摑んだ。

娘を腕の中に抱きこんで、母親が悲鳴を上げる。

「奥さぁん！　旦那さんはもう働けないようですし、これは奥さんに返済してもらうしかないようですねぇ？　しかし返済期限は今日なんです！　今日返せないなら、利息を上乗せして返済してもらわないといけません！　すぐに返したいですよね？　ご安心くださ い！　私のツテで安心安全、短期間でガッポリ稼げる〝ぱむぱむ屋〟をご紹介いたします！　そこでまぁ、殿方相手にマッサージを頑張っていただいて……ね？」

「む、娘だけはどうか……」

必死で我が子をかばおうとする母親に、サンカクは笑った。

「奥さん、考え方を変えてみてはどうですか！　娘さんに社会勉強をさせると思って！」

そのとき、男が小さくうめいて薄目を開けた。そして、サンカクが自分の妻子を捕獲しているのを見ると、彼はいっぺんに覚醒した。

「サンカクさん、すごく睨まれてますよ」

オウギに耳打ちされて、サンカクは男の顔を覗きこんだ。

「……なんだその目は。まさか俺を憎んでいるのではなかろうな？　おまえら愚民はいつもそうだ！　借りるときだけニコニコして、返済を迫ればこちらを悪者扱い！　どう考えても悪いのは、金を返さないおまえらだろうが！」

「確かに」とオウギ。

「だから俺は、返済方法の提案までしているのだぞ？　おまえの妻や娘でも稼げる方法をわざわざ教えてやっているのだぞ？　それを感謝されこそすれ恨まれる筋合いはない！　断じてない！　どう考えてもこれは釣り合わない！　オウギ！　そうだろ!?」

「おっしゃるとおりで」

「あ、悪魔め……」

男が絞りだすような声で言う。するとサンカクは失意の表情で天をあおいだ。

「おお、神よ！　この借金野郎は言うに事欠いて私を悪魔呼ばわりです！」

「サンカクさん、神なんて信じてないでしょ」とオウギ。

男は怒りに唇を震わせ、必死の形相で言葉を紡いだ。

「あんたら商人はいつもそうだ……言うことに隙がなくて、全部こちらの先回りをして」

「そう！　俺は正しいことしか言わない！　真面目で勤勉でよく働く！」

胸を張るサンカクに、男はさらに続けた。

「ど、道徳や人格の価値なんて無に等しいんじゃないかと思わされるくらい、俺たちはめちゃくちゃに打ちのめされて、おまえら商人が利益を得る……そ、そうして、圧倒的に強い立場から、悪魔のように残酷なことをするんだ……！」

笑顔のまま固まったサンカクは、一瞬あとに大音量でキレた。

「なにを言っているんだこの借金野郎は！　借りた金も返せないオピン中毒者のおまえに悪魔だなどと言われたくはないぞぉ!?　道徳や人格の価値ぃ？　そもそも俺は、生きていく上でそんなものに重きを置いたことはない！　もしそんなものが人間にとって大事で価値があって正しいのだとしたら、今のこの状況はなんだ！　おまえは正しく生きた結果、こうして他者から害され、家族すら売られるハメになっているのかぁ!?　気づけ負け犬！

人間にとって大事なのは、そんなクソゴミではなく、勤勉であることだろうが！　努力をしろ努力をぉ！　おまえは怠惰で快楽的で、思慮が浅く教養もないから、こうして一方的に害されているんだよ！」

ゴスッと鈍い音をさせて、サンカクは男を床へ叩きつけた。妻と娘の悲鳴が響く。

「サンカクさん、また意識飛んじゃいますよこの人」

オウギの指摘で男の服から手を放したサンカクは、倒れた男の首もとを大きな手のひらで押さえつけた。

「いいか負け犬！　負け犬は思考が負け犬だから負け犬なのだ！　教会なんぞは〝金は汚い〟だの〝善行〟だのと教えるようだが……金に振り回されるおまえらを、善行がただの一度でも救ったか？　そんなのは負け犬へのせめてもの救済であって世の真理ではない！　わかるだろう、見てみろこの現実を！　勤勉を放棄し怠惰に流れたおまえは貧し、他者から害され、それに抗うこともできずにいるではないか！　つまり、おまえは間違っていたんだ！　まずその現実を認めろ！」

「サンカクさん」

「おまえらは成功した商人を〝金の亡者〟だなどと冷笑し、自分は勝っているかのような気になっているがそれは違う！　おまえらはそれしかできないんだ！　そうやって実益を追求せず、誰がどんな都合で定義したかもわからない曖昧な人間性とやらで勝ったような気になっている怠惰な馬鹿がおまえたちだ！」

うう……と男がうめく。サンカクはわずかに声のトーンを落とした。

「圧倒的に強い立場だと？　言っとくがな、俺が今の地位を得たのはマイアー家のおかげじゃない。うちは無能に対して冷淡だ。出世の道から外れ、追い出された者も多い。そうならないために、俺が幼少の頃からどれだけ勤勉に努力し現在に至ったか、負け犬には想像もつかないだろうよ。どうだ、俺をずるいと思うなら代わってやろうか？　無能で怠惰でなにも積み重ねてこなかったおまえなど一日で潰れるだろうがな！　いいか負け犬、何度でも言う！　人間性など無意味！　勤勉さこそが正義だ！　俺にあっておまえにないのはそれだ！　それこそが、俺とおまえが一生釣り合わない理由なんだよ！」

サンカクの言葉が終わると同時に、開け放たれたままの扉から拍手が聞こえてきた。

「む……？」

マイアー家の主従が振り返ると、そこにひとりの年若い男が立っている。

「ご高説が外まで響き渡っていましたよ。サンカクさん」

「お前はなんだ？」

サンカクが問うと、若い男は優雅に一礼した。

「しがない脱法オピン商人の、マルと申します」

俺は目の前の男をまじまじと観察した。

暑苦しい、覇気の塊のような男だ。骸骨から聞いていたとおり、言動は常軌を逸しているが、こいつの演説にはある種の説得力があった。

それこそが、このサンカクという男が、マイアー一族の中で一定の地位以上の場所にいる所以《ゆえん》なのだろう。努力と才能を混ぜ合わせて仕上げた、商人としての能力の高さ。

そして——。

脱法オピン商人だと名乗った俺に、案の定、サンカクは喰いついてきた。

「脱法オピン？　なんだそれは」

訊かれて俺は、あらかじめ用意していた茶色の小瓶を掲げてみせる。

「オピンの使用を禁じられて苦しむ中毒者のために作られた、新商品のこの液体ですよ。摂取すると気持ちがよくなって、あっというまに幻覚や幻聴が。もちろん依存性もバッチリです！　オピンの代替品として、このダッシで流行らせようと思っているんですよ」

依存性は嘘だけど。このハッタリは必要だ。

「なんだと!?　どれ！　貸してみなさい！」

「あっ、ちょっと！」

サンカクはなんの予備動作もなく俺の手から薬瓶を奪い、栓を抜くとためらいもせず飲み干した。ごくん、と喉仏が鳴る。

——……え!?

「サンカクさん、またそういうことして……」

部下と思われる若い女が、サンカクの行動に呆れたような視線を向ける。

「ん────!!　確かにこれは、キマるな!!」

つか──、と勢いよく息を吐いて、サンカクは手の甲で口をぬぐった。

──なんだこの男。こわすぎるんですけど。

我に返った俺は、相手がマイアー家の重鎮だということも忘れて、素でツッコんだ。

「いやいやいや、あんたなにやってんの！　怖くないの？」

「なぜだ？　商品の良《よ》し悪《あ》しは自らの身をもって検証するのが一番だ。俺はオピンも自らの身で試したぞ？」

「い、いやいや……だってそんなことしたら依存症に……」

するとサンカクは、ハハハハと豪快に笑った。

「俺は愚民どもとは精神力が違うからな。依存などしない！」

「そんなわけないので、たぶん体質が特異なんだと思います」

横から部下の女が淡々と補足してくる。

「イカレてるね……」

「そうなんです。ところでサンカクさん、今、債務者たちが逃げてしまいましたが」

女が示した扉の先に、妻と娘に支えられるようにして逃げる男の背中が見えた。

「なんだと！　あ、本当だ！　オウギよ、そういうことはもう少し早く言ってくれ！」

どうやらこの部下は、オウギという名前らしい。

「というか黙って見逃していないで、そういうときはおまえがだなぁ……」

「いやですよ。手が汚れそうですし」

「……そうか」

このふたり、一応は上司と部下なのだろうが、ずいぶんと砕けた関係のようだ。

「で、マルよ。おまえはなにが目的でここに来たのだ？」

あれほど激しく追い詰めていた債権者に逃げられたというダメージは引きずらず、サンカクはすぐに俺のほうへ意識を向けた。

「目的、ですか」

「その脱法オピンとやらを流行らせたいなら、黙ってやればいい。わざわざここで情報を漏らす必要もなかったはずだ。ということは、おそらく俺になにか用があるのだろう？」

俺は思わず目をみはった。……これは話が早くていい。

頭のいい人間は嫌いじゃない。たとえそれが敵であってもだ。それに、この男にはウソが通用しそうにない。正面突破でいくしかなさそうだ。

「リーダとダッシの戦争を止めたいって人がいてね。依頼されてるんだよ」

ほう……と今度はサンカクが目をみはった。

「この戦争を察知している者がいたか！　しかしな、すでに計画は始まっている。金や時間も大量に投じているし、今さら『はいそうですか』と手を引くわけにもいかないな！」

「サンカクさん、だから脱法オピンなんてもんを持参してきたんじゃないですかね」

オウギという部下が、上司の耳もとでささやく。

む、とサンカクが眉間にしわを寄せる。オウギは小さく頷いた。

「つまり彼は、それで両国の均衡を崩せるぞと言いたいんじゃないですか？　今ダッシは一定数のオピン中毒者を抱えていますが、早期の禁止令により軍への影響は軽微です。しかし戦争開始後に擬似的なオピンを流行させられたら、国力に影響が出るでしょう。仮に兵は律せても、武器製造に携わる労働者たちは怪しいものですね」

驚いた。たったあれだけの情報で、こうも瞬時に読み切ってくるものか。こっちも相当頭の回転が速いタイプだ。

するとサンカクは、からになった茶色い小瓶を振った。

「ならばまた国内での使用を禁じればよかろう！　この脱法オピンとやらを！」

「そうですね。それである程度は対策可能です」

オウギの言葉を受けて、サンカクは俺に向き直る。

「というわけだ、マルよ。脱法オピンで国力の均衡を崩すことはできない！　この戦争は止まらない。しかしこれはなかなかの品だな。レシピを教えてくれ。共同出資で工場を作り、量産しようじゃないか」

「レシピ？　材料は薬草だけ。製造方法は大量の薬草を煮詰めるだけだよ」

そこで初めて、サンカクの表情が変わった。

「薬草を煮詰めるだけで、こんなものが？」

俺は黙って頷いた。

「……それは、あまりよくないな」

「かなりよくないですね」

この主従は本当に話が早い。渡した素材で何手も先を読んでくる。

「そう、製法は簡単で、薬草さえあれば誰でも作れる。脱法オピンを禁じたところで、材料と製法が出回るんじゃ意味がない。じゃ、今度は薬草の販売を禁じるかい？」

俺の挑発に、サンカクが鷹《たか》のような鋭い目になった。

「……馬鹿を言え。薬草は商人ギルドが定める推奨アイテムだろうが。その販売中止を先導するということは、商人ギルドに逆らうこと。その危険性と今回の計画による利益は釣り合わない」

「へぇ……マイアー家でも商人ギルドは怖いんだ」

「当たり前だ。奴らがこの世界の流通にどれほどの影響力を持っていると思う。忌々しい存在だが、逆らう商人は賢明ではない」

このすべてが規格外の破天荒な男でも、こういう認識なわけか……。だとしたら、推奨アイテム制度を止めさせようとしている俺は大馬鹿かもしれないな。

「サンカクさん、リーダでもその脱法オピンを流行らせたらどうです？　両方の国で流行らせてしまえば、それで均衡を維持できるのでは？」

オウギという部下の立案はためらいがない。俺は肩をすくめた。

「別にそれでもいいけど、そしたら俺も、また別の方法で均衡を崩そうと画策するよ」

それを聞いて、マイアー家の主従は顔を見合わせた。

「困りましたねぇ」

「うむ。困る。なにかを成そうとするよりも、成そうとする者の足を引っ張るほうが遥かに容易だ。だから俺は、優秀な者との争いを好まない。愚民ならいくら害しても怖くないがなぁ……。この若い商人はなかなか優秀そうだぞ？」

「ご明察。自分で言うのもなんですけど」

よし、ハッタリが効いている。上手《うま》くいきそうだ。

すると、サンカクはいきなりぐっと顔を寄せ、俺の目を間近で覗きこんだ。

「んー……？　いや、しかしなぁマルよ……。おまえは、人間を破壊するような毒を売れる商人に見えない。そういうタイプの商人の目ではないな」

「はい……？」

背筋がゾクリとした。サンカクはまばたきもせずに俺を見ている。猛禽《もうきん》類の目だ。

「優秀な商人は邪道を見つけるものだし、時にはそこを歩きもするが、最後の一線を越えられる者はそう多くない。……マルよ。お前もそうなんじゃないか。お前を愛し、律し、たしなめようとする大切な人がいるんじゃないか？　家族とか、友人とか、恋人とか」

サンカクはさらに身を乗りだし、額がつきそうなほど顔を寄せてきた。近い近い！

「そういう人間は道をはずれない。そういう人間は目でわかる」

オウギが隣で頷いた。

「サンカクさんは、人でなしを見抜く天才なので、この直感は信用できます」

「は、はぁ……？」

サンカクは、ゆっくりまばたきをした。瞳が猛禽類のそれから人間のものへと戻る。

「ということは、マルよ。実はおまえ、この脱法オピンとやらを売るつもりはないのではないか？　あくまで俺に対する脅し、そう考えているのではないか？　またはその脱法オピンには大した毒性がないのではないか？　あるいはオピンほど強い依存性などないのではないか？　つまり……その脱法オピンに、国力の均衡を崩すほどの効力はないのではないか……？」

俺は生唾を呑みこんだ。

道をはずれない？　目を見りゃわかるだって？　なに言ってんだこいつ。

しかし現に、ハッタリが通じていない。……どうしたもんかね。

サンカクはもう一度、手にした小瓶を振ってみせた。

「俺は愚民どもと違って中毒や依存とは無縁だから、脱法オピンの効能については断じかねるが……あ、よしオウギよ、おまえも脱法オピンをキメて検証を」

「しませんよ。恐ろしいこと言いますね」

即座に断られて、サンカクは思案顔になる。

「うーむ……では他人で検証してみるとするか」

「そうですね。債務者はまだたくさんいますし」

なんだか雲ゆきが怪しくなってきたぞ。

「製法は薬草を煮詰めるだけだったな。自作して試してみるか」

「時間がかかりそうですが、仕方ありませんね」

最後の一線くらいやすやすと飛び越える連中は、どんなことにもためらいがないのだ。

もしかすると、いや、もしかしなくても、俺は余計なことをしたのかもしれない。

「ではマルよ、さらばだ！　願わくば同じ優秀な商人同士、争わず利益を分かち合いたいものだな！」

先導するオウギに促され、サンカクは片手を挙げて、颯爽《さっそう》ときびすを返した。

「あ！　ちょっ、待てよ！」

と言って、待ってくれる相手ではない。俺はたったひとり部屋に残された。

「行っちゃったよ……骸骨への言い訳を考えないと」

11　おまえ死ぬときまで他人任せなの？

「脱法オピンじゃ、サンカクたちとは交渉にならなかったってことだね」

「甘かったと反省してまーす」

骸骨の拠点であるボロ家に戻ってきた俺は、この家のあるじに先ほどの顛末《てんまつ》を話して聞かせた。どれほど呆れられるかと覚悟していたが、予想に反して骸骨の反応はあっさりしたものだった。

「マイアー家がそう簡単に商売を手放したりしないとは思ってたよ。で、次の案は？」

「……募集中。骸骨からは？　なにかある？」

「僕も考えてはいるんだけどね。思うに、もう少し御しやすいのを攻めては？」

つまり、リーダ側に潜入している眼鏡男のほうを狙えということか。

眼鏡男はマイヤー家配下の商人で、現在はサンカク直属の部下だ。リーダの商人ギルドで話したときはイカレた男だと思ったが、親玉のサンカクに会ったあとの今なら、あちらのほうがよほど人間らしいということがわかる。そう、メンタルもフィジカルもだ。

「この計画は、双方の国で商談がまとまらないと成功しない。サンカクがダッシの王との商談をまとめても、リーダを担当する眼鏡男はどうだろうね。彼を切り崩す具体的な方法は今のところ思いつかないけど……」

骸骨の提案に、俺は素直に頷いた。

「ちょっと町を歩きながら考えてみるよ。じゃ、いい案が浮かんだらまたこのボロ家に集合ってことで」

すると骸骨は、腕組みをしてふてくされた。

「マルはわかってないな。うちはボロいんじゃない。いいかい、遥か東にあるジャポンという国では、こういうのを〝ワビサビ〟って言うんだよ」

「……骸骨、じいさんくさいよ」

俺は顔をしかめた。ジャポンの話は鬼門だ。

ダッシの城下町を歩きながら、俺はサンカクの言葉を思い出していた。

最後の一線を越えられない商人は目を見ればわかる？　俺にも大切な人がいるんじゃないかだって？

そりゃいるさ。店主や、今も命がけで戦っている弟のバツが。

誰だっているだろ。大切な人のひとりやふたり。

「おい、知ってるか？　勇者バツの話！」

「ああ！　大丈夫かなぁ……」

人通りが少なく、中毒者ばかりが目立つこの城下町では、他人の会話がよく聞こえてくる。その内容が、たった今考えていた相手のことなら、なおさらだ。俺は内心穏やかでなく、男ふたりの話に聞き耳をたてた。

「第二の四天王の砦から帰ってこないって……」

「おいおい、久々に強い勇者が現れたと思ったのに、期待外れだったなー」

バツが……？　そんな馬鹿な……そんなことがあるか！

「仮に生きていたとしても、四天王に手こずるようじゃ魔王なんて無理だろ」

「早いとこ平和な世の中にしてくれないもんかねー。そのための勇者様なんだろ？」

「ほんと、軟弱な勇者が増えて困るよ」

男たちにとっては、今年の勇者の生死なんて無責任に消費するだけの話題だ。

そんなことはわかっていたが、俺はたまらず男たちを睨んだ。

「ん？　なんだおまえ……商人か？」

片方の男と目が合う。俺は声を圧し殺してつぶやいた。

「……勇者に対する厳しさと同じくらいの厳しさで、自分の人生、省《かえり》みてみろよ」

余計なことを言った。いぶかしげにこちらを見る男たちを振り切り、俺は駆けだした。

人間は、偉くなったり有名になったりするほど人間扱いされなくなるらしい。

勇者も例外ではないのだろう。勝手に期待され、勝手に失望されて。迷惑な話だ。

バツ、俺はおまえが死んだなんて思わない。

きっとパーティーの誰かが大怪我をして、治療も困難で、キメーラの翼を切らしてて、魔力切れで転送呪文も使えず、町に帰れない状況なんだろう。

バツ、おまえは死んでない。だから、俺は商人ギルド本部を目指す。それでいいよな？

俺はあくまでも商人。商人として、おまえを補佐することに集中するさ。

そうだ。大怪我をしているのがおまえなら、再起不能ってことで帰ってくればいい。それなら戦線離脱の言い訳も立つだろうに。

「……でも、そういうことをやるような奴じゃないんだよな」

そんな弟がいるから、俺もこうして最後の一線を越えられない商人をやってるわけだ。

俺はようやく走るのをやめた。気づけばもう、町はずれまで戻ってきていた。

そして、あの眼鏡男のことを考えた。

オピンを生産販売して隣国の人々を壊している。それについて彼はなにも思うところはないのか。大切な人はいないのか。それともすでに、最後の一線の彼方にいるのか。

「調べてみるか……」

眼鏡男の家は、思ったよりもずっと小さい借家だった。リーダの商人ギルドから距離のある、城下町に隣接する小さな村の片隅にあった。

キメーラの翼でリーダに飛んだ俺がまず手をつけたのは、眼鏡男の自宅の特定だ。

帰宅する男を尾行し、それはすぐに判明した。また家には奴の家族がいることも。

ひと晩おいて今朝、俺は眼鏡男が出勤するのを確認した。

戸口まで見送りに出た女は彼の妻だろうか。そのスカートの裾には、幼い少女がまとわりついている。

「それじゃ行ってきます。今日もこの子をお願いします」

一礼し、少しかがんで幼女の頭を撫でてから、眼鏡男は出勤していった。

……意外だった。あれだけの規模でオピンを作っているのだから金などあり余っているだろうに、眼鏡男の生活はひどく質素だ。娘に対する姿は子煩悩な父親そのもののように見える。妻相手に「お願いします」と頭を下げるのはいささか奇妙だった。

やはり、すべての違和感を解決するには、この方法しかないのだろう。

俺は身を隠していた木陰から離れ、眼鏡男の家の前に立った。そして木製の扉を叩く。

中から「はーい」と、女の高い声がした。


村で用をすませてから、俺はリーダの商人ギルドを訪問した。

「おやおや、これはマルさん。どうされましたか？」

眼鏡男は相変わらず貼りついたような笑顔だ。今朝自宅を出るときは、もう少し自然な顔をしていたぞ。

「ああ！　そういえば……勇者様のご一行は大変なことになったようで。ご令兄の心痛、お察しいたします」

わざとらしく表情を曇らせた眼鏡男に、俺は真顔で切り込んだ。

「心にもないことは言わなくて結構。それより教えてくださいよ。あんたらが密輸したオピンが隣国の人々をどれだけ苦しめたか、お嬢さんはまだ小さくて理解できないんですよね？　中毒者にも家族はいるでしょうに、あなたは、自分と娘だけが幸せに暮らせればそれでいいと？　素晴らしい人間性をされてますね」

俺の訪問の意図を察したらしい眼鏡男は、それでもまだ貼りつけた笑顔のまま答えた。

「いやはや……参りましたね。マルさん、あなたも商人ならおわかりでしょう。それはそれ、これはこれ。公私を分けるのは商人の基本です。それに……以前にもお伝えしたと思いますが、オピンの生産はもはやリーダの国家事業で、必要不可欠な産業なのです。これを止めたらどれだけの国民が職を失うか……」

俺は骸骨の言葉を思い出した。

商人である以上、俺たちは常に誰かを利し、誰かを害している。だが人間は誰かを害しているという実感に耐えられるほど強くはない。だからこの男も、オピンに苦しむ人々を自分の頭から切り離し、現実を直視しないことでどうにか正気を保っているのだろう。

しかし……それはすでに正気とは言えないんじゃないか？

俺は冷ややかなまなざしを眼鏡男に向けた。

「こちらが問題にしているのは、あんたの考え方ではなく、物心ついたときにお嬢さんがどう思うかですよ。数年も経《た》てば感じることはあるでしょうし、周囲の人間だって黙ってはいないでしょう。『おまえの父親は毒物を売り歩く死の商人だ』と、誰かから言われてもおかしくはない」

男は眼鏡ごしの目をすがめた。

「……私だって、いつまでもこの商売をするつもりはありません。そうですね、その頃には後任に引き継いで、私はどこか遠い村で、しがない道具屋でも開こうと思っているのです。娘にはこんな都会ではなく、大自然の中でのびのび育ってほしいですしね」

「なるほど。そしてお嬢さんは、優しい道具屋さんであるお父さんの顔しか知らないと」

「マルさん、オピン事業には、社会貢献の側面もあるのです。死の商人は言いすぎでは」

よほどそのフレーズが気に入らなかったのか、男は俺を非難するように言った。

——それこそが、あんたの弱点なんだよ、眼鏡男。

「それほどご立派な仕事だとお思いなら、誰になにを言われようが堂々としていればいいじゃないですか。必死に自己肯定する必要もないし、遠くの村まで逃げることもない」

「……はは、手厳しいですなあ」

面倒な奴に絡まれて困っているとでも言いたげな表情で、眼鏡男は肩をすくめる。

自分の仕事の社会的意義を声高に叫べば叫ぶほど、あんたの弱さが透けて見えるぜ。

まばたきもせず眼鏡男をじっと見つめる。今の俺は、猛禽の目をしているだろうか。

「公私を分けるとおっしゃったが、そんなこと私がさせません。いずれあんたがこの町を離れ、遠い村で善良な商売とやらを始めたとしても、私はそこまで追いかけて、成長したあんたの娘に教えてやります。『おまえの父親は、昔オピンという毒で山ほど人間を殺していたぞ』って。『おまえはそんな父親が稼いだゴールドで育てられたんだ』って」

我ながらひどい脅し文句だ。初めて、眼鏡男の顔に動揺が走った。

「マ、マルさん。冗談はよしましょうよ。同じ商人同士、そんな」

こいつが一線を越えきっていないなら、きっと……。期待をこめて俺は続ける。

「商人は皆、清濁を併せ呑んでいます。完全に正の立場をとることもできないし、その逆もしかりです。……でもね、程度ってものがあるでしょう？　あんたの仕事は、明らかにやりすぎだ。さらにあんたはマイアー家に指示されて、戦争を起こすことにも加担している。オピンでは飽き足らず、その罪まで背負いますか？　そこまでのことをして、我が子に毎日、どんな顔をして接しているんですか！　今後あんたはどんな顔で――」

「じゃあどうしろってんだ！　借金があんだよ借金が！　サンカクってクソ野郎に！」

こちらの言葉を遮って、眼鏡男は激昂《げっこう》した。

……ああ、貼りついた仮面が壊れて、いくらか人間らしい表情が出てきたじゃないか。

「オレは事業に失敗し、妻は過労と心労で死んだ！　残ったのは多額の借金と娘だけ！　その娘の幸福だけは、なにをしてでも守りたいと思うのが、人の親ってもんだろうが!!」

こいつの妻が亡くなっていることは、あの家にいた家政婦から俺も聞いていた。

そうか。事業の借金を抱えたところへ、サンカクが近づいてきたのか。金に困った人間を金で縛るのは簡単だからな。

「サンカクがオレの娘を見て、なんて言ったか教えてやろうか⁉　『あと数年もすれば売り物になる』だとよ‼　あいつこそ人間じゃねぇ！　娘を売るか、オピンを売るか、そんな選択を迫られたら、オピンを売るに決まってんだろうが‼」

大切な人がいるから最後の一線を越えられない商人もいれば、大切な人のために最後の一線を越える商人もいるらしい。

眼鏡男は血のような涙を流し、それをぬぐおうとして眼鏡をかなぐり捨てた。

「オレは悪か？　誰だってそうだろ！　他人のために自分や家族を犠牲にできるわけがない、そんな人間がいるはずない！　他人を害しても自分を利する道を選ぶはずだ、そのはずなんだ！　あと二年もいらない。あと少しこの仕事をこなせば借金は完済！　俺も娘も自由の身なんだ！」

愚かで憐れだ。でも同じ商人として、いや同じ人間として、俺はそれを笑えない。

もしバツが死にかけていて、弟を救う代わりにオピンを売ってこいと、神か悪魔が俺に持ちかけてきたとしたら……俺はそれを選択せずにいられるだろうか。

そんな人間に目をつけ、取引を持ちかけたサンカクには恐れ入る。それはある意味、神がかった商才といえるだろう。あいつはいつだったか債権者に悪魔呼ばわりされて激怒していたが、人間の弱みにつけこむ仕事ぶりは、まさに悪魔の所行だ。

まいったな……この眼鏡男を一方的には憎めなくなってきたぞ。

「あんたさ。その借金って、いくらほど？」

「あ……？」

涙で濡《ぬ》れた顔をあげて、男は眼鏡をかけ直した。

「その、相談には乗るというか……金で解決するなら一番話が早いからね」

眼鏡男は憑《つ》きものが落ちたような目をして、自嘲気味に笑った。

「あんたみたいな若造が、どうこうできるような額じゃない」

「いや、俺だけでなくスポンサーもいるからさ。とりあえず借用書、見せてよ」

こちらの提案に、眼鏡男はまだ半信半疑の様子だ。……まあ、当然か。

俺は男に笑いかけた。やっと商談の席につける。

「その代わり、俺に約束してくれ。もしその借金を完済したら、リーダとダッシの王に、この戦争はマイアー家が仕組んだものだと、経緯や狙いをすべて手紙で伝えるんだ。あんたがこれまでサンカクたちから受け取った指示書を証拠として添えてね」

俺の商人としての目が正しければ、あのサンカクという男、借金の取り立てには勤勉だが、完済した者に報復するようなタイプじゃない。自己弁護を必要としないほど強い、悪魔のような男だが、同時に、自己責任の言葉の意味を誰より正しく知っている。

「それを終えたら、あんたは娘を連れてどこかに消えればいい。犯した罪は背負い続けることになるけど……もう二れ以上、犯すこともないだろ」


本日も、ダッシの城下町は晴天なり。

サンカクは太陽のごときにこやかさで、道具屋だった男の肩を何度も叩いた。

「これで完済ですな！　いやー〝円滑〟なご返済、ありがとうございます！」

「外道め！　なにが円滑だ！　店の在庫を二束三文で全部持っていきやがって！」

サンカクの笑顔がピクリと固まり、オウギが「サンカクさん」と横からたしなめる。

「完済した人間の戯言《ざれごと》を気にする時間はないです。今日も取り立てがあと四件」

「わかっているぞオウギよ。時間はゴールドに等しい。これ以上、利益を生まない者を相手にしていても仕方ないと、俺はわかっているぞ！」

「ええ。おっしゃるとおりなので、もう行きましょ……」

わかっていると言ったくせに、サンカクはその場を動こうとしない。

「……釣り合わん。俺はこのヘッポコ商人に金を貸してやったし、返済困難とあらばこいつの所有物を差し押さえる権利だって所持している。すべて契約書どおりだ。それなのに外道などと言われるのは、どう考えても釣り合わん。たとえるなら右手の爪垢のにおいをかいだあと、左手のにおいはかがないようなものだ。片方のにおいをかいだのなら、もう片方もかがなくては気持ちが悪い」

「私は爪垢を溜めもかぎもしないので意味がわかりませんが、つまり言われっぱなしじゃ納得いかないってことですか」

サンカクは「そのとおりだ！」と胸を張った。

「おい、ヘッポコ商人！　おまえが事業に失敗したのは俺のせいじゃない！　才能もなく怠惰なおまえなど本来、単純労働に従事し誰かの指示に従って働くべきだったのだ！　それを独立し商人に転身とは、身の程知らずにもほどがあるぞ！　そんなクズにも金を貸してやったのだから、俺は天使のような存在のはずだ！　それを外道だとぉ⁉」

摑みかからんばかりの勢いのサンカクに、おびえた元店主は小声で言い返した。

「じ、時流が俺の想定とちょっと違っただけだ！　俺のせいじゃなく社会の流れが……」

「お――――まえらクソド底辺は、すぐ社会だ時流だとわめきおって！　事実や現実に対応するところまで含めて実力だということをなぜわからない！」

「彼が無能だからです」と冷静なオウギ。

「そう無能だからだ！　そして怠惰で、暇人だからだ！　おまえはこれまでどうやって生きてきた？　どうせ抗いようのない社会の流れとやらに不平不満を述べながら、無意味な自己肯定ばかりしてきたんだろう！　いいか、おまえに都合のいい社会なんて百億年経ってもこない！　なぜか教えてやろうか？　それは社会を動かすのが、おまえのようなクズではなく強者だからだ！　強者が強者の理屈で強者のために作っているのがこの社会なんだ！　弱者の理屈に社会が偏ることはない！」

「う……っ。顔が近い、顔がこわい」

元店主が失礼な感想を述べるが、サンカクは気にしない。借金完済者には物理的な手を出さないのが彼の流儀だ。

「叶いもしないことを望み、時間を浪費しているのが今のおまえだ！　そりゃ負けるさ！

そんな人間が負けないはずがない！　しかし俺は違う！　俺はそんな無駄なことに時間を

使ったりしない！　おまえが社会に文句を垂れている間、俺は学問に取り組んでいた！

おまえが他者を空論で批判する間、俺は商売を実践した！　おまえが酒場で飲んだくれて

る間、俺は何度も苦汁を舐めて飲み干した！　その結果として、現在の俺とおまえの状況

がある！　俺は今、社会に影響を与えられるほどの力を手に入れつつあるが、楽観に楽観

を重ね怠惰を肯定しなにひとつ予見も備えもしてこなかったおまえは、ただただ社会に不

平不満を述べることしかできないのだ！」

「や、やめろ……」

直視したくない現実を突きつけられ、元店主のライフはもうゼロだ。

「この世には言い訳の種が百や二百は埋まっている！　しかしわざわざそれに水をやり芽吹かせ花を咲かせているのはおまえ自身ではないか！　その花がお前の人生を少しでも豊かにしてくれたか？　せいぜい同じ花を咲かせたクズ連中に『あらいい花ですね。あなたが社会で成功できなかったのはあなたのせいではありませんよ』などと慰めてもらえたく

らいじゃないか？　ペロペロペロペロ傷の舐めあいをしおって気持ち悪い！　そんな無駄なことにず――――っと時間を投じ続けてきたんだよおまえは！　だからこうしてみじめに敗北するのだ！」

「無駄なことに時間を使えば当然、競争には負けますね」

「やめろ……」

「その通りだオウギよ。しかしこういったクズは、なぜかそういう無駄に時間を投じるらしい。俺からすると意味不明だ」

「やめろ――――!!」

元店主は絶叫した。顔を真っ赤にして、肩で息をしている。

「じゃあ死ぬ、もう死んでやる！　どうせ無価値の負け犬なんだろ？　殺せよ、さぁ!!」

ダーンと床にひっくり返り、大の字で腹をみせる。いわゆる逆ギレというやつだ。

サンカクは鼻白んだ。

「……おいオウギよ、聞いたか？」

「聞きました」

「驚いたな、『殺せ』だとよ。こいつ、死ぬときまで他人任せだぞ」

「ええ、彼の精神的甘えを表した言葉だと思います」

オウギの冷静な分析に、サンカクは深く頷いた。

「そもそも俺にとって無価値の人間を、わざわざ殺してやる意味がわからんのだが……」

ふぅ……とサンカクはため息をついた。

「あまりにも馬鹿馬鹿しいことを言うから、頭の血が引いてしまった」

「よかったです。これで帰れます」

カエルのようにひっくり返ったままの元店主を残して、マイアー家の主従は店をあとにしようとした。そのときだ。

「もっと静かに取り立てしたら？　外に丸聞こえだけど」

開け放たれた扉の向こうから、聞き覚えのある声がした。


もう少し早く声をかけようと思っていたのだが、正直、その隙がなかった。

俺が片手を挙げて挨拶すると、サンカクは記憶をたぐるように目をすがめた。

「むむ……？　おお！　おまえは……マル！　覚えているぞ！　クズのことは忘れても、優秀な者のことは忘れるものか！　なんだ、俺の声は外まで聞こえていたか？　いや、静かに取り立てたいのはやまやまなのだがな、クズどもがそうさせてくれないのだ」

「マルさん、なにかご用で？　面倒くさいことはいやですよ」

「いや、これを届けにきただけだ」

俺は鞄から手紙を出して、部下のオウギのほうへ渡した。

「ん……なんだ？」

「……サンカクさん。これ、眼鏡男からです」

たたんであった紙片を広げて、オウギがサンカクに手渡す。

「んー……？　返済金は全額貸金庫に預けてあるからいつでも受け取り可能？　マイアー家から抜ける？　自分たちの協力関係は解消……？」

サンカクの顔色がじわじわと悪くなってくる。オウギもわずかに冷静さを失って、

「サンカクさん。マズいですよこれ。眼鏡男は私たちを裏切って、マルさん側についたんです。きっともう両方の国に共謀を伝えちゃってますよ」

……その割には完璧な分析をしているな。

サンカクは紙片を丁寧にたたみ直して、俺の顔を見た。

「おお……なんということだ……。マルよ、そこまでして戦争を止めたいか？　物好きな奴だな。これでは俺たちは逃げるしかないではないか」

「すまないけど、俺は俺でどうしても止めたい理由があるのさ」

「サンカクさん、どうしますか？」

オウギに訊かれ、サンカクは断言した。

「もう商売どころではない。さっさとこの国から逃げるぞ！」

やった！　さすが優秀な商人、損切りの決断が早い。

上司の決断に、オウギは軽くため息をついた。

「はぁもったいない。未回収の貸付けがたくさんあったのに」

「そう言うな、オウギよ。今は欲張るべきではない。オピンだけでもずいぶん稼がせてもらった。差し引きではプラスだ！　引くときは引く、それが生き延びる商人だ！」

サンカクはとことん前向きだ。このメンタルは見習いたい。

「回収できなかった貸付けはマイアー家に報告しないといけません。報告書類を作成するのは私です。まったく。釣り合いませんよ」

「オウギよ、いつもすまんな！」

素直にオウギに頭を下げてから、サンカクはくるりと俺の方へ向いた。

「あ、それはそうとマルよ」

「はい？」

大股二歩で目の前まで来たサンカクは、額が触れそうなほど顔を寄せてきた。近い。

「……おまえ、なにやら以前と目が違うな。いずれ良き商人となりそうだ」

「はぁ……？」

また例の、目を見ればわかるというやつか。

「サンカクさん。急ぎましょう」

「うむ。ではまたどこかで、マル！」

オウギに促されたサンカクは、身を翻して店を出ていった。

賢い商人は失敗も計算に入れて動く。しぶとく強《したた》かに利益を確保しながら生き延びる。

物語に出てくる悪役のように、完膚《かんぷ》なきまでにやっつけられたりはしないのだ。

サンカクたちが完全に撤退したのを確かめてから、床に倒れたまま一部始終を目撃していた店主らしき男が、ゆるゆると上体を起こした。

「……あ、あんた。よくわからんが、サンカクたちを追い出したのか？」

「そういうことになるかな」

途端にキラキラと期待に満ちたまなざしで、男は俺の足にすがった。

「な、なあ、あんたすごいんだろ。あいつが認めてたもんな。商売の助言してくれよ。再起したいんだ！　一度の失敗で諦めきれるかよ。人生当たって砕けろだ！」

ついさっきまで死ぬだの殺せだの言っていたのに。こいつ、なんにも学んでないな。

「……そういう甘いこと言ってる間は、商人なんてやめといたほうがいいんじゃない？」


ボロ家改め〝ワビサビ〟の拠点に戻ってきた俺は、本日の成果を骸骨に報告した。

「みごとな交渉だったようだね」

感心する骸骨に、俺は小さくかぶりを振った。

「違うよ。あの時点でもう、奴らに選択肢はほとんどなかった。交渉では事前に相手の選択肢を削るのが重要なのであって、現場の話術でどうこうできるようなもんじゃない」

「さすが。マイアー家をやり込めるような商人は、言うことも違うね」

「いや、骸骨のお陰でもあるよ。眼鏡男の借金返済に必要な金を、あんたが出してくれたから話が早かった。さすが元オピン商人。金持ってるねぇ」

すると今度は骸骨が首を横に振った。

「僕の金じゃない。依頼者に掛け合って、出してもらったんだよ」

「……ずいぶん金持ちな依頼者だな。何者か知らないけど」

そのうちわかるよ、と骸骨は含み笑いをした。

「それにしても、これだけの争いごとがごく少数の話し合いだけで起きようとして、人知れず消滅したなんて、町の人々には信じられないだろうね」

確かにそうだ。自分たちが戦火に焼かれそうになっていて、それを寸前で回避したなどとは、たぶん誰も気づかないだろう。

「権力が一部に集中すると、こういうことが起きやすいんだな。同じ無能なら権力は多数に分散していたほうがまだマシだ。それなら問題や争いが起こる前の段階で、どこかで気づいて大騒ぎになっただろうから」

「権力者が、万能ならいいのにね……」

骸骨のつぶやきには、まったく同意できない。そんな人間がいるわけないだろ。

「そんなことより、教えてくれよ。――商人ギルド本部の場所を」

俺の問いに、彼はあっさり首肯した。

「ああ、約束どおり教えよう。でも、その前に……」

「……ん？」

骸骨の体が小刻みに震えている。なんだか苦しそうだ。

――ああ、やっぱりか。オピン商人がオピン中毒なんて、ありそうな話だ。こいつが骸骨のように痩せているのも、実はオピンのせい……って、え……？

「う……うう……っ！」

なぜか急速に骸骨は痩せ細り、皮膚が溶けるように消えて、本物の骨が見え始めた。

「おい、大丈夫か……いや大丈夫じゃないよなそれ、骨が……」

しばらく呆然《ぼうぜん》と見つめていると、震えがおさまった骸骨は、あっさりフードを払い落とした。まさに全身骸骨。どういうことだ？

ふう……と骸骨は大きく息を吐いた。

「ごめんごめん。ひさびさに元に戻ったもんだからさ」

「は、はぁ……」

我ながら間の抜けた声が出た。目の前の現実に思考が追いつかない。

「改めて自己紹介するよ。僕はこのとおり、骸骨の魔物さ」

目を丸くしたまま固まった俺に、骸骨は「ごめんね」とささやいた。

「これから僕がする話を信じてもらうためには、こうして証明するほかないから。きみは魔物の話なんて聞きたくないかい？」

「……スライムに言葉を教えている俺が、今さら魔物との会話を拒むわけないだろ」

「セヤナ」

スライムが調子よく相づちを打ってくる。

驚きはしたが嫌悪感はない。だって骸骨は、俺の知ってる彼となんの変わりもないし。

そう伝えたら、骸骨は嬉しそうな空気を全身ににじませた。骨だけになって多少表情が読みづらくはなったが、もともとこいつは骨と皮みたいな奴だったから問題はない。

「それじゃ、すべてを話そうか。僕がどこから来たか。商人ギルド本部がどこにあるか。そこに行くにはどうしたらいいか。それ以外にも、いろいろとね」

俺は頷いた。今夜は、長い夜になりそうだった。


「おまえがマルか」

骸骨に言われるがまま来た場所には、人間にしては大きすぎる生き物が立っていた。

深くフードをかぶっていても、頭部の盛り上がりから、立派な角が生えているであろうことは想像がつく。ついでに言えば、大きな羽もマントから飛び出してしまっている。

もっとうまく隠せる装備はなかったのか。なんとも不器用な奴、という印象だ。

「そう、俺がマル」

「話は聞いている。おまえが戦の芽を摘んだこと、優秀な商人であること、商人ギルドの本部を目指していること、すべてな。これからおまえを魔族の領土に連れていくつもりだが、問題ないか？」

「問題ないよ」

即答する。あるわけがない。このために、長い旅をしてきたんだから。

「殺されるとは思わないか？」

「歓迎を期待したいね」

こちらの返事に、魔物は特段反応しない。

小さい声が手元で聞こえて、俺は鞄からはみ出たスライムの瓶をそっと撫でた。

「マル　ガンバレ」

「……では、いくぞ」

魔物がなにごとか念じると、慣れ親しんだ感覚が身を包んだ。

これ、転送呪文ってやつだな。キメーラの翼とおんなじだ。

——あ。店主に手紙の返事を出し忘れた。きっとあとで怒られるぞ。

そんなことを思ったが、こればかりはあとの祭りだ。

12　勇者の存在意義

転送が終わると、目の前には大きな……おそらくは町、が広がっていた。

おそらく、とつけたのは、俺の知る町の概念と、ここの様子があまりにも違うからだ。至るところに四角柱や半球の巨大建築物がある。中央の建築物は特に巨大で、それを囲うように広がる民家だけが見慣れた建物なのだ。まったく違う絵を二枚、切り貼りしてしまったような強烈な違和感に襲われる。

あの巨大建築物の材質はなんなんだ？　まさか、表面を覆っているのはグラースか？　どうやったらあんなものが建てられる？　皆目わからない。中央の建築物が重要な施設であることは、さすがに察しがつくが……。

俺をこの場所へ連れてきた魔物が、教えてくれる。

「ここが魔界の首都、ピリオだ」

「首都ピリオ……」

俺がぼんやりしていると、スライムが瓶の栓を押しあげた。

「ココ　マチ？」

「たぶんね。俺の知ってる町とはずいぶん違うけど」

スライムが入ったこのグラース製の瓶だって、俺たちの世界では貴重で高価なものだった。だが、目の前の巨大建築物には、透明度が高く大きいグラースがふんだんにあしらわれている。魔界の建築レベルは、人間界とは確実に桁が違うのだ。

「……そのスライムは人語を話すのか」

ガイド役の魔物が唐突に訊いてきたので、俺は頷いた。

「そう。世にも珍しい喋れるスライムさ。……ところで、あの中央のでかい建物は？」

俺が指さすと、魔物は少し考えてから口を開いた。

「人間にとってわかりやすい言い方をすれば《魔王城》ということになる」

「魔王城だって？　いや、俺が知ってる魔王城とは……」

「人間が認識している魔王城は、魔族の幹部が管理する施設のひとつにすぎない。本物の魔王城はあれだ」

ほら、と魔物が棒状のものを渡してくる。

「町に入る前に、これを使って化けろ」

俺は手の中のアイテムを見た。――化けろだって？　この杖《つえ》で？

「それは変身の杖といって、振れば適当な魔物に化けられる。人間の姿で町をうろつかれると騒ぎになるからな」

魔物の言葉は端的でわかりやすい。確かにそのとおりだ。

「……えい」

控えめに棒を振ると、目の前に紗《しゃ》がかかった。なんとなく視野が低くなった気もする。

「……どう？」

「なにがだ？　《マホウセンニン》の姿になっただけだが」

「え⁉　うわ本当だ！　手足短っ！　今のなし。もっかい杖振っていい？」

いくらなんでもマホウセンニンはないでしょ、マホウセンニンは。せっかく変身するんだから、もう少しこう、いかにも魔物でございという感じの種族に……。

「体の構造は人間に近い。不便はないと思うが」

え～……。いや、スライムにならなかっただけマシなんだろうけど。

「マル　イケメン」

「スライムの美的感覚おかしいよ……」

脳天気なコメントに俺がげんなりしていると、魔物が淡々と言い添える。

「マホウセンニンは頭のいい魔物だ。おまえのように察しのよすぎる人間が化けるには、違和感もないだろう」

生粋の魔物には、俺のこだわりは伝わらない。

「しょーがない。これで妥協するか……」

「では、行くぞ」

隣の魔物がフードを脱いだ。やはり頭部には二本の立派な角が生えていて、意外と言っては失礼かもしれないが、知性を感じさせる顔つきをしている。

――そりゃそうか。商人ギルド本部からの使者が馬鹿では仕事にならない。

「ちょい待って。あのさ、あんた名前は？」

「……《アズラエル》」

アズラエルね……ん？

「それって種族名じゃないの？　名前だよ。あんただけの名前を教えてくれ」

「我々に個別の名はない」

「……そうなんだ」

そういえば骸骨の奴も、最後まで名前を名乗らなかったな。

「それで商人ギルド本部は、この町のどこにあるのかな」

「あそこだ」

……いやになる。アズラエルはあの中央の巨大施設――魔王城を指さしていた。

商人ギルド本部が、魔王城の中？　頭がおかしくなりそうだ。

「今おまえが考えていることは察しがつく。そしておそらく……これから知る事実は、おまえにとって必ずしもよいものではないと思うが」

「お気遣いありがとう。でもね、俺は行かないといけないんだよ」

そうか、とアズラエルは静かに応じた。

近づくほどに大きい。なんというか……整然とした町だ。

綺麗な石畳の道。秩序のある店並び。全体的に人間の世界よりつくりが大きいように思うのは、俺がマホウセンニンだからなのか、大型の魔物が多いからなのかはわからない。

排泄物やゴミが落ちていない。雑草のたぐいも生えていない。要するに、人間の町より格段にレベルが高い。俺の記憶にある町だと、ハイフあたりはかなり整備されていたが、こちらの町はそれ以上だ。住民の魔物たちも、普通に歩いて、普通に買い物して、普通に雑談して……。少し離れたところでは、魔族の子どもたちが笑っている。

歩きながら、アズラエルが解説してくれた。

「この城下町に住んでいるのは比較的知能の高い魔物だ。そうでない魔物は同種族の集落を作ったり、野に出たりしている。人間界に生息する魔物の多くが後者だ」

「スライム　イルカ？」

「ここに住んでいるのは比較的知能の高い魔物と、今言った。スライムはいない」

アズラエルのにべもない返答に、スライムがぐにゅりと揺れた。

「ヒドス！」

「……誰からもこんな話、聞いたことなかった」

俺のつぶやきに、アズラエルは「当然だ」と言う。

「この町を見た人間はほとんどいない。正確な情報が人間界に伝わるはずがない」

この世界には、俺の知らないことが多すぎる……。

「城までは直線で歩いてもしばらくかかる。大丈夫か？」

静かになった俺が疲れたと思ったのか、アズラエルは大きな背を丸めてこちらを見た。

「普段ならね。でも今は、マホウセンニンだから……」

……もう少し足の長い魔物のほうが、よかったかもしれない。


「着いたぞ。ここで少し待っていろ」

アズラエルがそう言い、手続きのためなのか、自分だけ先に入っていった。

城門だ……材質は鉄か。これだけ巨大な鉄をどうやって鋳造したんだ？

アズラエルと門番が奥でなにやら話していて、しばらくすると音もなく門が動いた。

誰かが引っ張った様子もないのに、巨大な金属製の城門が魔法のように開くのだ。魔族の技術水準はどうなっているのだろう。

「マル　コレドウナッテル？　ベンキョー！」

「ああ、あとで勉強な」

興奮するスライムを適当にあしらっていると、アズラエルが戻ってきた。

「待たせたな。行くぞ」

もう二度と、戻れない予感がした。

俺の中の魔王城のイメージはこうだ。薄暗く、罠《わな》があって、凶暴な魔物で溢《あふ》れていて、貴重なアイテムの入った宝箱が置いてある。

だがここはどうだろう。毛足の長い深紅の絨毯《じゅうたん》と、明るすぎる照明、古くて気品ある装飾、歩き方からして洗練されている警備の魔物たち。もしかして俺は来賓《らいひん》扱いなのだろうか。すれ違う魔物たちはこちらに一礼を欠かさない。……俺、マホウセンニンなのに。

「本当にいいのか？　このまま商人ギルド本部に向かってしまって」

歩きながら、アズラエルが変なことを訊いてきた。含みのある言い方だ。

「……どういうこと？」

「物事には順序がある。いきなり結論を見て理解するのは困難だろうと思ってな」

つまり心の準備体操をさせてくれるということか。こういうの、なんて言ったかな。店主に教わったことがある。ええと……〝ブシノナサケ〟だっただろうか。

「わかった。ゴールまでの道順はきみに任せるよ。なにしろ、きみは頭がいいからね」

「承知した。ではまず〝調整部〟に行くとしよう」


「だから〝極東の洞窟〟に配置している《ブリーザード》、この時点で全体即死呪文を使

うのはおかしいですって！　見てくださいこのデータを！　勇者一行がこの洞窟を生きて通過できる確率は七十二パーセント！　中盤の難易度ではありませんよ！」

「え、そんなに下がってる？　おかしいな、三年前は九割通過してたと思うんだけど」

「それならブリーザードの即死呪文、使用率を下げてみますか？」

大きな扉の陰から中を覗くと、いかにもエリート然とした魔物たちが、侃侃諤諤《かんかんがくがく》、白熱した議論を繰り広げていた。

「う〜ん……でもさ、たった数年のデータで魔物を種族改良するってどうなの？　予算も無限じゃないし。通過率の下落は一過性のものという可能性も……」

「種族はいじらないで、洞窟の宝箱に《生命の石》を数個入れといたら？」

「即死呪文対策としてはアリだけど、それやると一気にヌルゲー感出ちゃうんだよなー。ってかおまえ〝開発部〟に種族改良依頼するの面倒くさいから言ってない？」

――こいつら、なんの話をしているんだ？　洞窟の通過率、魔物の種族改良……ほかにも耳慣れない言葉が飛び交っている。

「彼らは、バランス調整計画を担っている魔物たちだ」

困惑する俺に、アズラエルは丁寧に説明してくれる、のだが……。

「勇者一行がこちらの想定どおり冒険するよう、魔物の強さや数、落とすゴールド、アイテム、ダンジョンの宝箱などを計画調整している。だから調整部。彼らの案に基づいて、開発部が魔物の種族改良を行ったり〝派遣部〟が現地の宝箱の中身を替えたりする」

「待て待て。待ってくれ……」

どうにかなりそうだ。頭が理解を求めても、心が受け入れることに抵抗している。

覗き見た扉の向こうでは、魔物たちの議論が続いていた。

「クテン国とトウテン国の領土境ですけど、魔物の数が減少傾向です。至急増強しなければ、また二国間で領土争いが始まってしまいますよ」

「魔物配置して障害作っとかないと、すぐおっぱじめますからね、あいつら」

「逆に中東海峡は繁殖しすぎです。貿易船沈没率が高く、そのうち港町が襲われます」

「ああ……それはマズイな。上級の魔物を派遣して、早急に間引きしよう」

「知能の低い魔物は、程度ってものを知らないよなぁ」

「全ての魔物が高知能でも困るでしょう。人間のようになってしまいます」

――なるほどな。アズラエルの配慮は正解だ。もし最初に結論なるものを見せられていたら、俺のキャパシティはあっというまに限界を迎えていただろう。

「次は〝図書館〟だ」

アズラエルが言う。馴染《なじ》みのある単語に、俺はほんの少しだけホッとした。

なんという広い図書館だろう。はるか上空まで、壁面に蔵書が詰まっている。

「魔族が書いた本だから、人間のおまえには信じられる内容ではないかもしれない」

「今となっては人間よりきみを信じるよ、アズラエル」

「ホン！　タクサン！　ベンキョー！　タクサン！」

スライムはいよいよ興奮モードだ。

「ああ、こんな状況じゃなければ一日ゆっくり本を読みたいけど……」

アズラエルは司書の魔物に何冊か蔵書を出してもらい、俺に読みきかせてくれた。

それは俺がある程度予想していた内容だった。人間と魔族が本当に戦争していたのは大昔のこと。現在は勇者を輩出する七つの主要国と協定を結び、表向き争っているだけ。

「……これでよくわかった。俺たち人間は、魔族によって生かされてたんだって。昔から不思議だったんだよ、強い魔物がうようよいる地域の町や村が滅ぼされる話って、なぜかあんまり聞かないからさ。それもきみたちの調整の賜物《たまもの》だったってわけか」

そうだ、とアズラエルは認めた。

「知能の低い魔物は繁殖しすぎてエサが減ると町を襲うようになる。そこで我々は可能な限り事故が起きぬよう、各地の状況を監視している。基本的に魔族は、人間よりも繁殖力が高い。だから人間の土地に住まわせる代わりに、そういった調整を行っている」

「そうか、国が定める〝指定保護モンスター〟って、人間側の協力だったたってこと？」

これにも、そうだ、とアズラエルは応じた。

「生息モンスターのバランスは繊細だ。ひとつの種が滅びると、他の種の繁殖や絶滅を招く。それは全体のバランス崩壊にも繋がり、人間にとっても危険だ」

「……当然、それは各国が知っていると」

「すべての国ではない。勇者を輩出する主要七ヵ国の、上層にいる人間だけだ」

勇者……。俺はバツのことを思った。真実を知りたいのに、なぜか足がすくんだ。

アズラエルは頭がいい。おそらく今、俺がなにを考えているかも察しているのだろう。

「なぜ、我々は表向き争っていなければならないのか。なぜ、人間側は勇者を輩出しなければならないのか。説明が必要だな？」

「……ああ、頼むよ」

そうだ。それを知りたいんだ。

「次の場所へ行こう」

そうして、アズラエルが俺を連れていったのは、陽《ひ》あたりのいい中庭だった。


そこは広大な空中庭園のようだった。

よく手入れされた草花の間に、石のプレートが整然と並んでいる。綺麗だ——綺麗な墓だった。奥のほうは古く苔《こけ》むして、手前になるにつれて新しいものになっている。

そして、俺の目の前にある墓は……。

「バツ……」

真新しいプレートに刻まれた文字が、弟がここに眠っていると告げている。

ウソだ、とは思わなかった。俺は少し前からこれを予感していた。

「ここは勇者の墓地だ。せめてもの計らいでな」

アズラエルが静かな声で言った。

中庭に眠るすべてが、かつて勇者だった。……その、膨大な数。

「各地で選ばれた勇者は魔王城を目指す。もちろんここではなく、幹部が管理するニセの魔王城だ。そして必ず、すべての勇者は道中で死亡することになっている。少なくとも直近の二百五十年の間は」

あの調整室での会議を見たら、さすがの俺も信じるしかない。勇者一行の命運など、彼らの手のひらの上にあるのだから。

勇者は必ず死ぬ。旅に出たら二度と帰ってこない。それは人間界でだって昔からよく知られていたことだ。でも、それがすべて魔族の調整とプログラムの結果だったのか。

「……人間界では、過去三度、魔王を討伐したとされてるけど」

「それは、ある理由で魔王役の幹部が交代しているに過ぎず、実際に討伐されているわけではない。それが過去に三度あっただけだ」

――ある理由？

俺が疑問に思ったであろうことを察して、アズラエルは先回りで説明を加える。

「主に政治的な理由だ。魔王に怯《おび》える人間たちにとって、魔王討伐は悲願だろう。そこに目をつけた勇者輩出国からの要望で、魔王役の幹部を定期的に交代させ、それを人間界には〝魔王討伐〟と伝えるようにしている。討伐の報によって人間界は活況になるようだ」

どうりで魔王は滅んだりしないわけだ。ただの幹部の交代だったんだから。

「でもアズラエル、まだ少しわからないんだ。なぜ人間と魔族は争いを演出する必要があるのか。なぜ死ぬと決まっている勇者を、魔王討伐の冒険に送り込む必要があるのか」

それは……と、アズラエルは中庭の陽だまりを見た。

「大きく三つ、理由がある。まずひとつは、各主要国の代表者が民衆の支持を得たり、その支持を維持したりするためだ。これは我々魔族にはわからない感覚だが、人間というのは共通の敵を持つことでまとまりをみせるらしい。同じ人間という種族同士が敵対するには大義とやらが必要のようだが、魔物ならば一方的に滅ぼしていいと考える人間も多いのだろう。人類にとっての絶対悪として、我々の存在は民衆を統一するのに都合がいい」

アズラエルには理解できない感覚らしいが、俺には手にとるようにわかった。

初めて会ったあの食堂で、骸骨も言っていたじゃないか。

——魔物だから殺していいんだ。そうやって魔物という存在を〝切り離して〟しまわないと、人は正気を保って生きられない——

あのときはずいぶんな皮肉に聞こえていた骸骨の言葉も、あいつが魔族だと知った今となれば、ただ真実を述べていただけということがわかる。

「民衆が支配層に不満を募らせているときは、勇者が魔族の幹部を討伐したとか、領土を奪い返したとか、新たな勇者が現れたとか、そのような報道をする傾向がある。また魔族の脅威を理由に追加徴税を行ったり、配給物資を減らしたりすることもあるようだ」

「……あるあるだね」

すべて為政者の都合か。わかりやすすぎて笑いも出ない。

俺の理解が及んだと判断して、アズラエルは次の話題に移った。

「次に、経済効果だ。近隣に魔物が生息しているから、武器や防具などのアイテムに需要が生まれ、各産業が盛んになる。また勇者関連の興行――たとえば〝天啓〟により勇者が選ばれた際のパレードであるとか、勇者が死亡した際の慰霊祭であるとか、そういったものにも大きな経済効果が見込まれる。勇者は各地を旅するが、その道順は調整部が操作している。魔物の数や強さの調整によってな。そのため、勇者たちはほぼ決まった順に町や村を通過することになるし、各地でアイテム購入などの消費活動をする」

魔族の調整とやらは、そこまで徹底されているのか。

自分たちが大喜びで話題にしている勇者の物語が、誰かの手によってここまで計画どおりに進行しているのだと知ったら……民衆はどんな顔をするのだろう。

「人類側の上層部が理想とするのは、勇者一行が順を追って武器や防具を購入していくことだ。棍棒や銅の剣から始まり、鎖鎌や鉄の槍、鋼の剣、ゾンビ捌《さば》き、ドラゴン殺し……と、各地で購買していくのが経済的に好ましい」

実際、大量の魔物を倒してゴールドを奪い、民家やダンジョンのアイテムを集めて回る勇者たちは、冒険の間に莫大《ばくだい》な資産を蓄えることになる。彼らが落とす金は新たな経済効果を生むのだろう。

「ん……？　じゃあ、魔物がわざわざゴールドなんかを落とすのは……」

「それも経済的な理由だな。そもそも、魔物が決まった額のゴールドを落とすようになったのは直近二百年の話だ。それも種族改良によるものであって、原種族の体内にそんなものは存在しない。現在、人間界に生息する魔物の大半は改良種で、調整部の計画どおりの額を、生命活動を終えたあとに体内で生成するよう作られている」

「あんな精巧なもんをね……」

ずっと疑問だった魔物の体内から出てくる定額ゴールドの仕組みも、この場で説明されると理解ができる。人間界の常識では考えられないことだが、魔族の技術力があれば可能なことだったのだ。

「一部の例外を除いて、魔物の強さに応じた額を生成するように設定されている。これにより、各地を旅する勇者や冒険者が経済の循環役として機能するようになっている」

「セッテイ……？」

瓶の隙間からきょろりと目玉を動かしたスライムに、アズラエルが視線を向ける。

「そうだ。おまえの先祖は二百年以上前に、ここで作成された。スライムは冒険序盤の勇者一行に〝狩られる〟ことを目的に作られていて、現在のところ、死亡すると体内で二ゴールドが生成される設定となっている。その能力も、勇者を輩出する町や村の周辺でしか生き延びることができないよう設定されている。……つまり、本来であれば、スライムごときが魔王城に入ることなどできないのだ」

瓶の中のスライムは、なにか言いたげにうごめいた。代わりのように俺が訊く。

「じゃあ、スライムが人語を喋るのは？　これは設定にはないんじゃないの？」

するると、アズラエルは特に迷う様子もなく応じた。

「スライムほど単純な魔物に個体差はほとんどない。そこのスライムに可能ならば、ほかのスライムも言語を理解し喋ることが可能なのだろう。過去にも似たような例が複数確認されている。……ただ、体の構造上できることと、実際に喋るようになることの間には、深い溝があるがな」

「ワカラナイ　ムズカシイ」

スライムがぽつりとつぶやく。

「……ふーん。ちなみに、アズラエルも同じなの？　ゴールドを落とす？」

好奇心とからかいの気持ちで、そんなことを訊いてみた。だが、真面目なアズラエルはいやな顔もせず――といっても種族的に表情に乏しいのだが――質問に答えをよこした。

「いや。私は原種族だ。そろそろ四百歳くらいになる」

「うわ、思ったより長生きだ！」

「我々の種族は千年程度生きる」

つまり上級魔族における原種族には、勇者システム確立前からの生存種がけっこういるということか。どんなに頑張ってもせいぜいが百年の人間とは、継承する知的資産の蓄積量が違うじゃないか。技術水準に差が出るわけだ。

「話を戻す、マル。最後に……徴税システムとして、勇者たちには存在意義がある」

「は……？　徴税？」

ここでも金か……。しかし経済活動の後押しとは別の理由とは、どういうことだ？

「各国の取り決めで、勇者一行は民家にあがって自由にアイテムを奪っていいことになっている。またダンジョンなどの宝箱や、魔物が落とすアイテムやゴールドも集めている」

「それは知ってるよ、もちろん」

アズラエルは淡々と続けた。

「我々は常に勇者を監視しているし、殺そうと思った場所で殺すことができる。勇者が死亡した際は、彼らの持っているゴールドやアイテムを速やかに回収・現金化し、各勇者輩出国の国庫に分配しているのだ」

「……勇者が民家のアイテムあさるのって、事実上の徴税だったんだ。資産の強制徴収。ははは……よくできた仕組みだね」

長い間、勇者や魔物にまつわる事象は常人には立ち入れない分野とされて、不可解で理不尽なルールにも誰も疑問を抱いてこなかった。たまには俺のような変わり者の跳ねっ返りがいたかもしれないが……でもおそらく、大きな変革は叶わなかった。

勇者はシステムだった。綿密に企画されたアミューズメント施設を旅し、絶対に倒せない魔王を討伐する夢を見ていた。本人に自覚のないまま、利用され、消費される存在。まるでこの世の汚れを抱えて死ぬ、生け贄《いけにえ》みたいだ……。

アズラエルは繰り返す。

「〝民衆の操作〟〝経済効果〟〝徴税〟――以上、三つの理由から、人間にとって我々魔族は敵である必要があるし、勇者も必要であるということだ。その代わり、我々は人間界にまで生息域を伸ばすことが認められ、人間の領土内にある貴重な資源も得ている」

俺はその場にしゃがみこんだ。今は俺、マホウセンニンだから地面が近くて助かる。

「……わかりやすい説明ありがとう、アズラエル。少し泣くから、どこかで待っててもらえるかな」

「今日はもう、やすんだらどうだ。城内に宿泊する許可も得ている」

「……いや、いいよ。でも、もう少しこの墓の前にいさせてくれ」

そう言って、ずんぐりした腕で膝を抱える。

「私は大広間にいる」

うん、と俺は小さく返事をした。


案内役のアズラエルが去り、俺は中庭にひとり残された。

いや、ひとりではなかった。ここにはバツと、たくさんの勇者たちがいる。

「……だってよ、バツ。おまえはそのために死んだんだって。いやになっちゃうよな」

兄弟ふたり、バラバラに出発して、世界の果てで再会している……なんて。

変な話だ。まだ信じられない。ここが真の魔王城であることも、バツが死んでしまったことも。少なくとも俺は、バツが勇者にならなければ、ここへはたどり着かなかった。

俺はとうとう、勇者バツの姿を直接見ることがなかった。バツはバツで、俺の弟だ。

——俺たち、なにやってんだろうな。

ずっと思っていた。勇者たちだけを魔王討伐に向かわせるのは、ようは戦力の逐次投入で戦術的には愚策だと。俺でもわかるそんなことを、主要各国が気づかないはずがない。

本気で魔王を討伐するつもりなら、各国で協力して魔族との国境付近に拠点を作り、物資供給網を整備し、大軍をもって前線を押し上げていくべきなのだ。

——それをしない理由が、これか。

バツの墓の前には、この中庭で摘んだとおぼしき小ぶりの花束が置かれていた。

ほかの墓前にはないから、新しく墓に入った勇者にだけ供えられたのだろう。

青い花のアレンジメントだ。メインは、子どもの頃にバツが好きだった花。単なる偶然だろうけれど、なんだか嬉しくなった。ここに花を手向《たむ》けてくれた魔族の誰かに感謝したくなる。

見つめていた墓石のプレートの上に、ぽつぽつと水滴が落ちた。

そうか、マホウセンニンでも涙は出るんだ……。なんの役にも立たない新発見に、思わず笑ってしまった。

勉強の成果なんだろうか、日頃饒舌なスライムは、こんなときに限ってだんまりを決めこんでいる。

そして、墓石の上の水滴がすべて乾く頃、ようやく俺は立ち上がった。

ここへきた本当の理由——商人ギルド本部にいる、ギルドマスターに会うために。

中庭から戻ってきた俺を、アズラエルは広間の隅で待っていた。

「お待たせ。悪いね、時間かかっちゃって」

「気にする必要はない。私はギルドマスターの指示どおり動いているにすぎない」

骸骨の説明によれば、アズラエルは商人ギルドのギルドマスターの近侍だ。

マホウセンニン状態の俺が上級魔族たちに丁寧に会釈されるのは、よく考えたら俺の横にいるアズラエルのおかげなのかもしれない。

城内の長い廊下を歩きながら、俺はアズラエルに訊いた。

「きみって、そのギルドマスターとは長いの？」

「いや、それほどでもない。たった十年ほどの付き合いだ」

それ、人間の感覚からすると充分長いんだけどね……。四百歳にしてみれば、十年なんてごく短期間なのだろう。

「ところで、そのギルドマスターは魔族なんだよね？　一応、念のため確認なんだけど」

「……人間だ」

胸がいやに高鳴った。商人ギルド本部が魔王城の中にあるのなら、マスターが人間であるはずがないと思っていたのに。

どんな仕組みで動いているのかわからない昇降機に足を踏み入れる。アズラエルが光っている部品に触れると、俺たちを乗せた透明な箱が急上昇した。

「ギルド本部の業務は、私を含め魔族が行っている。マスターは日頃は人間界で生活していて、本部にいらっしゃることは多くない」

「……いいご身分だ」

俺が言うと、アズラエルは「いや」と否定した。

「むしろ人間界を常に見張っていなければならず、大変だ。特に人間の商人というのは、目を離すとなにをするかわからないからな。……これはマスターからの受け売りだが」

「なんか説教臭そうな人だね、そのマスターって」

「……それは否定しない」

昇降機はまだのぼっていく。嫌な予感が止まらない。

俺は思いつくままにアズラエルに語りかけた。

「そういや、勇者って〝天啓〟とやらで選ばれるでしょ、毎回。さっきの話を聞く限り、アレは神様からの啓示でもなんでもなく、別の基準で選ばれてるってことだよね？」

「そのとおりだ。細かい基準は各国で異なるようだが、長期の旅に耐えられる体力があること、魔物を倒す力があることを前提として人為的に選ばれている」

「……それ、たぶんうちの国では〝自己犠牲の精神〟が基準のひとつになってると思う」

その結果が、勇者バツだ。聞けば聞くほど、この制度に腹が立ってくる。

「さ、こっちだ」

昇降機を降りて、アズラエルに促されるがまま、中央へと進んでいく。

――なんだ、警備の魔物がすっごい増えてきたぞ。

「先に魔王様にご挨拶を」

アズラエルの言葉に、俺は飛び上がらんばかりに驚いた。

「えっ、魔王⁉　いきなり言わないでよ！」

「大丈夫だ。温厚な方だから」

平然と言ってのける。こういうとこ、ちょっと無神経だ。

「いやいやいや、心の準備ってのがあるでしょ。勇者だって魔王の本拠地が近ければ、装備やステータスを整える時間くらい取るよ！」

どうやらここはもう、謁見《えっけん》の間みたいだ。

そうだよな。とんでもなく広い空間の、その奥に見えてるアレって玉座だし。なにか座っているもんな。……まだよく見えないけど。

俺は傍らのアズラエルをつついた。

「なんかNGワードとかない？　魔王に言っちゃダメなこととか、コレ言ったら炭にされるとかさ……」

「ない」

アズラエルは玉座のほうを向いたまま、きっぱりと言い切った。

「魔王様は、一部の人間の言うこと以外はお気になさらない」

「あ、あっそ……。対等じゃないって最高だね……」

だんだんと全体像が見えてきた。魔王様は結構デカい。肌は青白く、角と牙が見える。

「マオウ　デケーナ！」

俺の心を読んだかのように、スライムがいきなり声をあげた。

「こら！　口を慎みなさい」

慌てて瓶を叩いてたしなめながら、俺はふたたび魔王を観察する。

でも体の構造は人間っぽいな。たぶん二足歩行だ。首にかけてる大ぶりのネックレスはかなり趣味が悪いと思うけど、それを言ったらさすがに燃やされるだろうか。

「アノ　ネックレス　ダセーナ！」

「だから黙れって。消し炭にされるぞ」

圧し殺した声でたしなめると、スライムは「ジャ　ダマル」とおとなしくなった。

玉座の下段まで来て、アズラエルとともに膝を折った。足が短くて苦労したが。

「ようこそ魔王城へ、マル」

低くて腹に響く声だ。俺は上目遣いで魔族のトップを見た。

「は、はい。えーっと……お、お初にお目もじつかまつります」

「かしこまらなくともよい。――さてマルよ。もし私の味方になれば、世界の半分をおまえにやろう。どうだ、私の味方になるか？」

「え？　えっと……」

なに言ってんだこの魔王は……。

俺は困惑して横目で隣を見た。アズラエルは少し居心地悪そうに告げる。

「すまないマル。それは代々受け継がれている魔王様の鉄板ギャグだ」

「……ギャグ」

途端に魔王が呵々《かか》大笑した。

「人間にはなかなかこのセンスが通じないのぉ！　商人ギルドのマスターも、若き頃に同じ顔をしておったわい！」

…………。あれだな。

子どもの頃、酒の席でやたら絡んできては爆笑するおっさんがいた。完全にあれだ。

ギャグがスベったという自覚がない魔王は、上機嫌で話題を変えた。

「さてマルよ。少し真面目な話をしよう。この世界の仕組みはそこのアズラエルが伝えたな？　その上で、おまえはこの世界をどう思う」

俺はその言葉を吟味した。それからゆっくり返事をする。

「非常に難しい質問です。いろいろありすぎて……これから考えようと思っています」

「おまえは賢いな。愚かな者ほど、複雑な問題の結論を性急に出そうとする。意見や考えを一旦保留するということができないのだ」

そこで魔王は一拍をおいた。

「おまえに魔族の価値観を伝えておこう。人間と大きく異なる点がある」

俺は教えを乞うように頭をさげた。

すると、魔王はおもむろに語りだした。

「魔族は生まれがすべてだ。その種に生まれた以上、なんの疑問も持たずその種の生き方をする。種族によって埋めようのない能力差があるし、同種族内でも血族によって差があるから、努力を美徳と考えないし、努力が報われるという考え方もしない。むしろ、魔族の序列に変化をもたらす要素を嫌う傾向が強い。私も魔王に生まれたから魔王をしている。正直なところ人間さえいなければ、こんな城や町を作る必要性はなかったし、魔物の種族改良を含め技術を向上させることもなかっただろう。我々は豊かさを求めて発展しているのではない。ただ、生きていくためにそうせざるを得ないので、している。できることなら不変や停滞の中で一生を過ごしたい。それこそ魔族にとっての理想なのだ」

「……なるほど。それは人間の考え方と大きく違いますね」

魔王は大きく頷いた。

「我々は個の意識も希薄だ。そうだな……虫の価値観に近いかもしれん。種族全体の存続が第一であり、その前には個を捨てられるのが魔族だ。もし人間に虐げられている魔物がいたとしても、それが人間との共存のために必要ならば、我々はなにも言わない」

「それも……人間とは大違いですね」

「だから、共存のためにこのような仕組みが必要なのだ。魔族が魔族であり、人間が人間である限りな。確かにそれは欺瞞《ぎまん》に満ち、犠牲さえ伴うが……」

「……ええ。納得は別にして理解はできます」

「あの者……商人ギルドのマスターもずいぶんと苦労しておるぞ。人間の商人は少し目を離すと、世界の均衡を崩しかねない行動をするとかでな」

それも俺には理解ができた。これまでの旅路で。

「マルよ。できることなら、このまま魔族と人間が〝争わない〟日々が続くといいな」

それが魔王の、謁見終了の合図だった。


アズラエルの後ろにつき、やや薄暗い廊下を歩いていく。

魔王が語った魔族の価値観とやらは、なんだか俺には淋《さみ》しく感じた。

では人間はどうだ。より豊かに、より便利に、より楽しく、より高い地位と名声を……。ほとんど本能のように、必要以上のなにかを求める。社会的成功を諦めた者ですら、快楽や娯楽を貪っている。

俺もそうだ。ただ生きているだけでは、生きる意味を感じない。

「……アズラエル、変なことを聞くけど、魔王を目指そうとか考えたりしない？」

「しない。なぜなら私は魔王として生まれていないからだ」

アズラエルの回答は簡潔だった。

「ふーん。魔族って実力じゃなくて種族を崇《あが》めているんだ」

「そうだ。魔王様は魔王という種族に生まれた時点で万能なのだ。人間の赤子とは違う」

「種族間で、そんな差があるんだね」

「ある。人間にもそれはあるだろう？　身体能力や知力、容姿……。同種族であるはずの人間ですらそれなりの個体差はあるのだ。種族の違う我々は、生まれのまま生きていくほかない」

俺は、瓶の中で静かになっているスライムのことを思った。

骸骨も言っていた。喋るスライムなど不幸だ、種族を超越することに意味などないと。

それは魔族独特の価値観だったのだと、今ならわかる。

でも、喋るスライムに否定的だった骸骨だって、きっと魔族の中では変わり者だ。あんなに個性的なやつは人間の中にだってそうそういなかった。種族なんか関係なく、そうなりたいと願って、そのようになっていったんじゃないのか、あいつは。

「なりたい自分像みたいなものは？」

「ない。アズラエルはアズラエルとして生きる。それだけだ」

「もし自分がスライムだったら？」

「スライムとして生きるだろう。……が、そもそもスライムの知力で複雑なことを考えることはできない」

「そうかなあ……少なくともこのスライムは、わりと物事を考えるけど？」

言葉をひとつ覚えるたびに、思考が複雑化していった。それでこいつは楽しそうだったじゃないか。怒ったり拗《す》ねたり騒がしく、俺と喧嘩だってする。

アズラエルは俺の鞄を見た。

「そこのスライムに問いたい。人語を理解し、多少の思考が可能になった先に、なにがある？　おまえは今後どれだけ努力しても、私の足元にも及ばないというのに」

「モウ　シャベッテイイカ？」

消し炭になる恐怖からじっと静かにしていたスライムが、ここでようやく声をあげた。

「シル　オモロイ」

アズラエルはピンときていないようだった。俺はスライムの発言を補足する。

「……遥か東の国、ジャポンのコメディアン〝イイトモ・モリタ〟って人が、こう言っていたらしい。『教養なんてのはあるにこしたことはない。あればあるほど、遊ぶ材料になるから』ってね」

「意味がわからない」

アズラエルは本気で怪訝そうだ。俺は続けた。

「人間の場合、思考も妄想も、未知を理解することも、すべて娯楽になりうるのさ。教養により娯楽の幅が広がるって意味だと解釈してる」

「つまり、実用を重んじて研鑽《けんさん》に励む必要性もないと？」

「もちろん、そういう動機で、君らが言うところの〝無駄な努力〟をする人間もいるわけ。このスライムだって、別に生存や野心のために物を知りたがっているわけじゃない」

ソウ。とスライムが俺に同意する。

「オモロイ　カラ」

そう。この世界は、こんなにも愚かで残酷なのに、知れば知るほどおもしろい。

「ねえ、未知への好奇心とか、それを理解したときの快感とかは魔物にはないの？　そういう感覚は理解できない？」

「……それならば、理解できなくはない」

アズラエルの返事は慎重だ。

「思うんだけど……『魔族の一生は生まれながらにして決まっている』なんて思想が、きみたちの目を曇らせているんじゃないのかな」

すると、アズラエルは「そうか」と応じた。

「……にわかには理解できないが、一考しようと思う」

魔族に対し、少しお節介だっただろうか。

しかし、未知に目を輝かせるこの下等生物と、全てを諦観した高等生物、どちらが幸せなのだろうかと、思ったんだ。

「着いたぞ」

少しして、アズラエルは扉の前に止まった。どうやらここが商人ギルドの本部らしい。

大きくもなく立派でもない。看板のたぐいも出ていない。普通だ。いやいっそ地味だ。

「もっと仰々しい入り口かと思ったよ」

「マスターは必要以上のことを好まない。扉は扉として機能していればいいと考える」

「……なんか人間っぽくないよね、その人。もし俺がギルドマスターだったら、こんな城の一室じゃなくて、商人ギルド本部をドーンと建てるね。もちろん豪華装飾バリバリで、金や宝石も使うだろうな。あと有名な芸術家の美術品を飾るんだ」

「それは〝ナリキン〟ではないか？　コストのわりに趣味が悪いことを表す言葉だ」

俺は息を呑んだ。そういえば、骸骨も〝ワビサビ〟を知っていたよな。

「……よく知ってるね。それ、ジャポンって国の言葉なんだけど」

「マスターから聞いた」

アズラエルの言葉に、内臓が浮き上がる。

そうか……やっぱり、そういうことか。

「入る前に、これを。もうその姿でいる必要はないだろう」

変身の杖を手渡される。代わりに、アズラエルにスライムの瓶ごと鞄を預けた。

マホウセンニンの短い手で摑んで振ると、視界にかかっていた紗のようなものが晴れて、見慣れた自分の手があった。

「マル　ハヤクモドッテクル？　トショカン　ベンキョー」

「ああ……そうだな」

瓶の中のスライムへ返事をして、扉に向き直る。

俺の鞄を手にしたまま、もう片方の手でアズラエルが扉を押し開いた。中は想像どおりの地味な事務室だ。

俺はひとりきりで、部屋に足を踏み入れた。

廊下よりは明るい室内に、八台の事務机と、その上に積まれた書類と、ちょっとなんなのかよくわからない機器。おそらくここで毎日、淡々とつまらない業務が行われているであろうことが読み取れた。

――そして、奥に男がひとり。

もう誰かはわかっている。でも。

今も視界の端で捉えてはいるが、どんな顔をして彼を見ていいかわからない。

「扉の前での会話、すべて聞こえていたぞ」

ずっと……子どもの頃から聞いてきた声だ。

「マル。言っただろう。商人たるもの、野心の隠し方というものを覚えろと」

13　自由っていいな

「店主……」

たぶん、俺の声は震えていただろう。

城下町パラグラの武器屋店主――俺の師匠あり父親である人が、そこにいた。

「まずは長旅お疲れ様。無事でなによりだ。危険なこともたくさんあっただろう。怪我などはしてないだろうね？」

「……店主！」

「各地の商人はどうだった？　勉強になったかい」

そこまで言って店主は笑った。眼鏡の奥で、もともと大きくはない目が細められる。

「……それどころではなさそうだ。マル、なにから話そうか」

久しぶりに店主の顔を見て、俺の中でなにかが弾けた。

「バツが死にました！　死んでしまいました！」

「……そうだね。バツは死んだ」

「いや、殺されたんだ。世の中があいつを殺した！」

「そのとおりだ。バツは社会の犠牲となった」

「あんたはそれを知った上で、バツを送り出したんだ！　知っていたなら……なにかができたでしょう!?　その立場を使えば!!」

店主は諭すように言う。

「……マル、よく聞きなさい。勇者の選出は公平でなくてはならない。資質のある者なら、それが権力者の親族であっても勇者に選ばれるべきだ。私も苦悩したさ。しかしね、私が特権を行使し勇者選出を妨げたら、それをまねて多くの権力者が自分の親族を守ろうとするだろう。それで秩序が守られると思うかい」

そんなわかりきった建前なんか聞きたくない。

「俺は感情の話をしているんだ！」

「私は理性の話をしている！」

鋭く切り返し、店主は声のトーンを落とした。

「マルよ。おまえは賢いし商才もあるが、バツのこととなると冷静さを失う傾向がある。それでは次のギルドマスターを任せることはできない」

次の……なんだって？

「ギルドマスターって……なに言ってるんですか」

「マル。残念ながら、人間の寿命はあまりに短くてね。私もそんなに長くはない。しかし世界の秩序を保つためには跡継ぎが必要なのだ。多少の計算違いはあったが、おまえが私の店を飛び出して世界を旅する日はいずれ来ると思っていたし、そうでなければならないとも考えていた。おまえには才能があるよ。だから、私の次を託そうと思っていた」

俺は呆然とした。

「馬鹿言わないでください。あんな非道なシステムに関わりたくなんかないですよ。人間性が残っている者に務まるような仕事じゃありません」

「先代から指名されたときは、私も似たようなことを言った。しかしそれと同時に、このシステムの必要性にも気づいていた。……おまえもそのはずだよ」

「…………」

「なぜ商人ギルドが必要か、説明しておこう……」

店主が事務用椅子に座った。促されて、俺も隣の椅子に腰かける。

背もたれに体を預け、腹の前で手を組んだ店主は、ゆっくり語り始めた。

「記録によると、最初に阻止したのは《筋力の種》だったらしい。……知っているな？筋力の種は、摂取すると筋力増強効果のある種だ。現在は天然由来のものしか出回っていないはずだが、過去にこの種を栽培し量産しようとした商人がいた。これが成功したらどうなるか？　当然、魔族と人間の力関係は一気に崩れるだろう。いや、それ以前に、人間界の中でも国家間の力関係が偏っていたはずだ」

黙りこくった俺に構わず、店主は話を進める。

「我々は量産計画を阻止し、各主要国と魔族の間に入って、現在の勇者システムの基礎を作り上げた。これが初代のギルドマスターの功績だ。初期の加盟国は一ヵ国だけだったがね。——その後もギルドマスターは世代交代を繰り返しながら、世界のバランスを著しく崩しかねない出来事に対応し続けてきた。ほら〝冒険者用アイテム〟という決まりも、その一環だ」

「……え？」

アイテムの価格と品質は、国によって厳密に管理され、さらに全世界で協定が結ばれて一元化されている。しかしそちらにもギルドが介入していたのか。

すると店主は俺に軽く頷き返して、話を続けた。

「過去、重要拠点のアイテムを買い占め、高額で転売しようとする商人が各地に現れた。これは勇者システムを著しく阻害することから、加盟国が中心となり冒険者用アイテムを定め、全世界に発布した。その結果、現在は勇者の旅に必要なアイテムの売買価格が固定され、転売が防がれている。——つまり冒険者用アイテムは、国策であると同時に、ギルドの監視下にあるということだ」

商人ギルドの本部が魔界にあり、勇者システムにも深く関わっている以上、それは容易に推測できることだった。

俺を含めた全世界の人々は、商人ギルドの規模感を見誤っていた。あれほどギルドの影響力を理解していたマイアー家のサンカクですら、まだここまでのことは知り得ていないはず。だが、それも当然だ。当代のギルドマスターである店主を含む各国上層部が、魔族との関係も勇者システムの仕組みも、徹底的に秘匿しているのだから。

「そして、おまえが廃止したがっていた〝推奨アイテム制度〟だが――」

店主はここで、俺の一番の関心事項を持ち出してきた。

「もう気づいているだろうね、マル。これも勇者システムを守るための施策だ。最初から強い装備を購入できてしまうと、勇者の消費活動が各国に行き渡らないし、彼らの旅路を調整部がコントロールできなくなる。わかるね、これはとても危険なことなんだよ」

そうだ、勇者の生死は魔族が握っていたのだった。

「しかし、それだけの規制を設けても、商人たちはさまざまな抜け道を探す。そこで商人を監視する組織として、商人ギルドの支部が世界各地に作られた。表向きは商人の相互扶助――たとえば過当競争を防ぐことなどを目的に活動しているが、その活動内容が主に商人の監視や違反者への迫害であることは、多くの商人に知られている。いや、知られていなければならない。世界の秩序のためにもね」

商人ギルドが世界の秩序を管理する存在とは……ここで真実を見せつけられてもなお、俺には悪い冗談にしか思えない。

「……俺が見てきた支部の連中には、ひとりもロクな奴がいませんでしたよ。あいつら、給金と情報と立場欲しさに所属しているだけです。別に店主の語る理念に共感しているわけでもない、野心だくだくの連中ですよ。そんな奴らが秩序を守る？　ありえない！」

俺の言葉に、店主は「そうだ」と同調した。

「人材の課題は尽きない。なにしろギルドの歴史も長い。内部に腐敗が見られるのも当然だ。問題のある者は逐次除名しているが、私の目や手足が届く範囲にも限りがあるし、人手不足であることも事実だ。今は現地の商人を支部で登用しているが、それも見直すべきなのかもしれない。……マル、これからは、それをおまえがやるんだ」

「いやですよ！　なんでそんなこと……！」

店主はじっと、俺の目を見た。

「マル。誰かがやらないといけないことだ。おまえも間近で見ただろう、戦争の火種を。それを防ぐために部下をあの国に遣わせたのも私だ。もしおまえが前線で防いでくれなければ、ギルド本部で対応し、ことは更に大きくなるところだった」

考えてみれば、骸骨とともに戦争回避の策に走り始めたところで、店主との文通の強制はなくなっていた。あれは店主が保護者として俺を監視するのではなく、ギルドマスターの手駒として使うと決めたタイミングだったのか。

「……マイアー家が開発した武器は、今後の世界にさらなる混乱をもたらすだろう。ああいった新技術には、水際ではなく抜本的な対策を考えなくてはならないな」

目の前の店主はいつもと変わらない、眼鏡の似合う、善人めいたパラグラの武器屋の主人でしかないのに。この人は今、どれだけのものを背負っているんだ？

「商人というのは、足ることを知らぬ危うい存在だよ。儲けることに見境がなく、その結果がなにを生むかにも無関心。そして商才のある者は口々にこう言う。『自由に商売をさせろ』とな。……だが、とんでもない。人の欲望は無限、それなのに物質は有限だ。いや、地位や名声までもがそうだ。これは構造の問題なんだよ、マル。全員が自由で、自らの欲求に忠実であれば、奪い合いが発生する。商人たちが自由に商売する世の中になれば、彼らは止まらない……止まれない。自分か市場か、あるいは世界が崩壊するまでね。それは各地の商人を見てわかっただろう？」

店主はいつも慎重で、規律正しく公平だった。今話していることも規模こそでかいが店主のポリシーに即している。だから理解はできる。でも……俺には納得ができない。

「おまえは、旅立つ前に言っていたな。『なぜ銅の剣までしか売らないんですか？』と。もう理由はわかるな？　それは、世界の秩序を守るためだ」

俺の疑問に対する答えは、ここに全部揃っていた。でも……。

「大丈夫だ、マル。お前は冷静になれるはずだ。賢い人間は感情に支配されないんだ」

そう言われて、俺はいきなり冷静になった。たったひとりの弟が死んだのに。不条理な社会システムに殺されたのに。親だと思っていた店主に見殺しにされたのに。

それなのに……冷静になってしまった。

俺はヒトデナシか。それとも怒りというのは案外持続しないものなのだろうか。

――でも。俺がこの場で黙ったとしても、きっとこの世界のどこかで誰かが、また同じ疑問を口にするだろう。「なぜ銅の剣までしか売らないんですか」と。

だったら……だったら俺は、俺のポリシーで世界を守ってもいいんじゃないのか？

「店主、今のやり方で世界の秩序を守り続けるのは、もう無理ってもんですよ」

「……マルの意見を聞こうか」

店主は俺を促した。

「商人ギルドがすべてを掌握して危機の芽を摘む時代は、終わりを迎えつつあると思います。冒険者用アイテムや推奨アイテム制度で縛っても、商人はそれ以外の商売に活路を見出しますよ。実際に俺は、ただの花を意図的に高騰させる商売や、人々の怒りを煽って的になる商売、奴隷、麻薬、戦争と、冒険者用アイテムとは無関係のさまざまな〝抜け道〟を見てきました。仮にこれらを規制しても、彼らはまた新たな道を見つけるでしょう」

ふむ……と、店主は思案顔になった。

「人間にも寿命があるように、システムにも寿命はあるはずです。勇者を中心とし、それに害あるものを排除し、頑《かたく》なに現状を維持しようとする既存のシステムは、近いうちに限界が来るでしょう。マイアー家のように世界のバランスを崩壊させせかねない開発を秘密裏に行う者たちもいます」

「では、どうすればいいと考える？」

「商売の自由化です。商人たちに節度ある競争を促し、現状維持ではなく、社会全体を発展させるのです」

店主はわずかに眉根を寄せた。

「性急だな。おまえは〝節度〟と言うが、仮に自由と無秩序に間があるとして、そのどこに線引きをする？　それをどう判断する？」

「店主。一度自由にしてみなければ、その線引きを判断することも不可能ですよ。今後、長い時間をかけて、人間は発展と失敗を繰り返しながらそれを探らなければならないのです。でなければマイアー家を筆頭に、また優れた野心家たちに出し抜かれるでしょう」

この旅の途中、ずっと考えていたことだ。

建前上はともかく、魔族と人の間に実質的な争いがなくなったら、これから人口は右肩上がりに増えていくだろう。しかし現在の社会体制のままでは、すべての人の腹を満たすだけの食糧は生産できない。それなら規制を解禁し、商人たちに自由競争を促したほうが、食糧生産はもとよりあらゆる産業や物流のレベルも飛躍的に上昇し、人々の生活を潤すことができるのではないか？

また現状では、商人ギルドの厳しい規制のせいで、各地の商人たちが積極的に武器や兵器を開発することはできない。そうなるとマイアー家のような潤沢な資金源を持つ一部の者だけが、規制下でも秘密裏に開発を行ってしまう。そこで生じる技術格差は深刻だ。それならばこちらも規制を解禁し、一般の商人であっても武器や兵器を始めとする技術開発の追究を可能にして、格差を縮めてしまえばいい。マイアー家がリーダとダッシを手玉に取ったときのような悲劇を繰り返さないためにも。

「……自由の中で、人々は歴史から節度を学ぶと？」

俺は頷いた。しかし店主はため息をつく。

「百年や二百年どころの話ではないな、それは」

「それでも。自由の弊害を経験しながら、人間は学んでいかないといけないんです」

「いいかい、マルよ。人が歴史から学ぶなんて発想は、ただの理想論だ」

俺はゆっくりとかぶりを振った。

「店主、そう断じられるほど、今の社会で歴史を学べた者は多くありません。だって紙が高いんです。本が高いんです。民衆が学びを得るために、本を安く量産する必要がある。いや、もっと画期的な情報伝達手段があるかもしれません。その開発を目指しましょう」

するると店主は少し悲しげな顔をした。

「マルよ。人間はね、新たな技術を学習ではなく娯楽に活用する者が大半だ。本が安価に入手できても、さらに安価で容易に情報を得られる技術が開発されても同じだろう。結局のところ、技術の発展は限られた人間にだけ力を与え、賢者と愚者の格差は技術の発展により拡大する。そして未来の人々も、姿形は変われど本質的には現在と変わらない失敗を繰り返すのだ。問題の本質は技術や情報ではなく、人間という生き物の性質にある」

それは店主の正義と哲学で、ある意味、真実でもあるだろう。

「……なるほど。店主は人間に期待していないから、なにもかも縛ることで危機を封じようとしているわけですね？」

俺の指摘に、店主は浅く笑った。

「若いからだろうね……おまえは人間に期待しすぎだよ、マル。おまえには素養があり、巡り合わせで私の教育を受けられたが、優れた教育を受け、精度の高い情報を得たからといって、すべての人間が賢者になれるわけじゃない。人間は同じ〝種族〟だから気づきにくいが、やはり生まれもった資質というものがあるのだ。魔族のようにね」

「店主がそんなに悲観的な人だとは気づきませんでしたよ」

同情をこめた皮肉は、店主が椅子から立ち上がったことで軽くかわされた。

「幸いまだ時間はある。勇者なき世の経済、徴税、魔物との共存、通貨の流通……新たな社会システムの構築について、これからゆっくり議論していこうじゃないか、マル」

「……え。これやっぱり俺をギルドマスターにする流れです？」

店主は今度こそ声を出して笑った。

「それも、これから決めていけばいいさ。……そうだ」

店主は向かいの事務机の上から、なにかを手にしてこちらへ戻ってきた。

「おまえも、あとでバツに花を持っていくといい。マルの姿でな」

それはあの中庭で見た、青い花の小さな花束だった。


——五十年後。

俺の名はマル。城下町パラグラで武器屋を営んでいる。

「まいどあり！　ここで装備していくかい？」

「あ、はい。お願いします！」

俺は店先へ出ていって、武器のオプションである剣帯の付け方を教えた。客の若者は、手に入れたばかりの細身の銀の剣を、誇らしげに腰に佩く。

「いいね。せっかく買ったんだから、装備しないとな！」

最近では剣は実用品というより、ファッションの要素が強い。


人間界の街や村周辺、街道や海路はこの五十年で驚くほど安全になった。

なぜなら、推奨アイテム制度が廃止され、強力な武器や防具も、金さえ払えばどこででも手軽に入手できるようになったからだ。指定保護モンスター制度が廃止されたのも相まって、都市部周辺の魔物はほとんど狩り尽くされてしまった。

勇者という制度も廃止された。その代わり、現在は各国が協力して、軍隊をもって魔族の領土に進攻している。銃器や重火器を所持した兵士たちで攻め入るほうが、勇者の討伐部隊よりも遥かに効率的だからだ。

当初こそ技術において遥か優位にあった魔族だが、欲と数に勝る人間たちは、それにも追いつこうとしている。

商人ギルド本部は二十年前に魔王城から撤退し、本部の業務は選び抜かれた上級商人たちだけで行うようになった。

――この世界を見て、我が弟バツはなんと言うだろうか。

教育は発展した。今の子どもたちは、学校で教科書を読み勉学に励んでいる。識字率も飛躍的に向上した。

しかしそこで学ぶ歴史は、国によって歪曲《わいきょく》と修正が加えられたもので、過去人類と魔族が通謀していたことは知らされていない。魔族というのは、相変わらず〝悪〟であり、憎むべき攻撃対象なのだと教わる。その点は、勇者がいた時代となんら変わらない。やはり人間には共通の敵が必要なのだろうか。

――この世界を見て、店主はなんと言うだろうか。

さまざまな商売の自由化を推し進めた結果、社会はめざましく発展した。とはいえ安定とはほど遠く、断続的に経済の混乱や崩壊が起き、そのたびに規制が設けられている。果たして人間は、本当に節度を学ぶのだろうか。あるいは、そういった混乱や崩壊の起きない完全なシステムとやらを、いつか見つけられるのだろうか。

経済の自由化により、貧富の格差も拡大した。

王族や貴族など、階級による格差ではない。今度は能力による格差だ。

たったひとりの個人が、その出自に関係なく、ただ自らの能力を以て技術と知識を吸収し、社会に大きな変化をもたらすことが可能になった。

貧民にもチャンスのある社会……と言えば聞こえはいいだろう。

しかし、それはそれで残酷だ。出自に関係なく、能力の劣る者たちは淘汰されていくということなのだから。

努力と勤勉を信じられたあの若き日々が懐かしい。今思えば、魔界で暮らす上級魔族たちの言っていたことは人間にも当てはまっていた。つまり努力では覆しようのない個体差は、人間界にも存在したのだ。素質や才能に恵まれなかった者にとって、この社会はどれだけ冷淡だろう……。

俺のやってきたことは正しかったのか、間違っていたのか。

その答えが出るのは、何百年後だろうか。ただ、今は混沌とした過渡期であり、人間のゴールはここではないと信じたい。


先ほどの客を見送ってから、俺は店の中へ戻った。

すると突然、新たな客が目の前に現れた。

「……すみません、その銅の剣を見せてください」

深くフードをかぶったひどく背の高い……たぶん声から察するに男だ。しかしその重装備を見ると、とても銅の剣が必要とは思えない。

それに——。

俺は看板の下に架けた古い剣に手を伸ばし、その鞘《さや》を軽く叩いた。

「いやあ、この銅の剣はですね、飾りなんですよ。うちの店のトレードマークみたいなもんでね。それに、今どき使わんでしょう、銅の剣なんて。そもそもお客さんの腰に下げられているお品とは、較べ物にならないと思いますけどね。それより、どうですかこちらの銃なんて。剣より威力は高いし射程も長い。ちょっとした魔物なら一発ですよ。……ああ、弾丸のコストがかかるって思うでしょ？　それがですね、実は今――」

「おまえが商人ギルドのマスター、マルだな？」

俺の言葉を遮って、フードの男はそう言った。

え……と顔をあげた俺に、彼は静かに告げる。

「私は勇者だ」

「……はい？」

勇者の制度は絶えて久しい。なにかの聞き間違いかと思った。

「おまえのせいで私の故郷は滅んだ。まだ小さかった弟は、食う物がなくて飢え死んだ」

フードの中から、俺を恨んでいるということがありありとわかる顔が見えた。

例えではなく――人間の顔ではなかった。

俺はすべてを諒解《りょうかい》した。

「……ああ。きみ、魔族だね？　よくここまで来たねぇ。俺がギルドマスターだっていう情報はどこから？　それに勇者って……」

「黙れ。私はおまえを許さない」

魔族の勇者は腰に佩《は》いた剣を抜いた。いや違う。現れたのは剣ではなく……。

片刃の刃紋が震えるほど美しい。これは遥か東の国、ジャポンの《刀《カタナ》》ってやつじゃないのか？　この時代に、しかも魔族が、どうやって入手したのだろう。

「おまえが世の中をここまで変えてしまったんだ。償いをしろ」

そうだな、きみの言うとおりだ。

格差を拡大させ、人間と魔族の均衡を崩したのは俺にほかならない。しかし俺には俺の正義と哲学があったんだよ。すべてが思うようにはいかなかっただけで。

――まぁ、それを彼に言っても詮《せん》ないことか。

「綺麗に斬ってくれよな。痛いのは好きじゃないんだ」

そう口にすると、勇者は刀を上段に構えた。

――ああ、凄腕だ。これなら楽に死ねるだろう。

俺は唇を笑みの形に歪め、祈りのようにつぶやく。

「……さよなら。よい社会になりますように」

しかし――。

勇者が振り下ろした刀は、前の商品棚をまっぷたつにして止まった。

俺の体のほうは、どうやらまだ繋がっているらしい。

勇者は肩で息をつき、流れるようなしぐさで刀を腰の鞘に戻した。

「……賢者様から教わった。テロリズムが社会をいい方向に変えることはないと。歴史の逆行にしかならないと」

唐突に勇者の口から出てきた単語に、俺は目を見開いた。

「賢者様……？」

「瓶に詰められ、おまえと一緒に旅をし、二十年前、人間と魔族が決別するまでは、商人ギルドの改革にも携わっていたと聞く」

あの勉強好きのスライムの姿が、俺の脳裏に甦った。

そうか。賢者とは恐れ入った。そしておまえが、この勇者を……。

「賢者様は、衰え死ぬ間際まで、おまえのやっていることに一定の理解を示していたぞ。私にはとても理解できないがな」

勇者は自らを落ち着かせるかのように、獰猛な牙の間から長く息を吐いた。

「賢者様は努力を信じ、教育を重んじ、停滞的思想を持つ魔族を啓蒙した。そして魔族は種族を問わず学んだ。努力した。歴史を知った。……人間が欲にまみれてさえいなければ、きっと共存も可能であったに違いない」

真の意味での、勇者システムを必要としない〝共存〞を、俺も夢見ていた。

でも人間社会は、そういう方向へは動かなかった。

なにも言い返せない俺を、勇者が睨んだ。

「学ばないのは人間のほうだ。節度を知らず、低きに流れ、自由と無秩序をはき違えた蛮行を働く。我々を敵に仕立てあげ、大義名分を掲げて略奪を繰り返す。教育機会があるにもかかわらず、過去に学ばず誤った歴史を繰り返す。きっと私たち魔族が滅べば、今度は人間同士で喰らい合うに違いない」

「……反論はないよ」

ひと言もない。ぐうの音もでないというのは、まさにこのことだ。

だが、俺の予想に反して、魔族の勇者は不機嫌そうにこう言った。

「反論がない？　ふざけるな。喋れ。考えろ」

——喋れ。考えろ……か。

「……最期に、なんて言った？」

「何がだ」

「賢者様は、最期になんて言ってた？」

勇者は、記憶をたぐりよせるようにしばらく沈黙して……そして。

「……賢者になりたかった、と」

ああ。あいつは、命の炎が尽きるその瞬間まで、学ぶことを諦めていなかった。

賢者と崇められても止まることなく、学びのその先を見つめていた。

魔族の一生は生まれながらにして決まっているなんて、そんな凝り固まった思想から魔族を解き放ったおまえは、確かに賢者だったんだな、スライム。

魔族の勇者はフードの陰から、こちらをまっすぐに見た。異形の相貌に凛とした知性が宿っている。その澄んだ瞳には、諦めなど欠片《かけら》もない。

「私は……おまえと話しにきた。魔族と人間が共存する方法について。自由とその弊害について」

俺はすっかり白くなった髪を、右手でくしゃりとかき混ぜた。

「停滞していたのは……俺自身だったのか」

「どういう意味だ」

勇者は、探るようにこちらを見ている。

「俺ももう少し、努力を、人間を、信じ直してみようと思っただけだよ」

本作品は、第1回令和小説大賞にて、選考委員特別賞を受賞しました。
また、本作品はフィクションです。
実在する人物および団体とは一切関係ありません。

［著者略歴］
エフ
キャリアコンサルタント。
YouTube動画の脚本制作ついでに小説を執筆。
YouTubeチャンネル→https://www.youtube.com/channel/UCqRV_ZIQhVKfxG1_WkNiRbg/

なぜ銅《どう》の剣《つるぎ》までしか売《う》らないんですか？

2021年2月 5 日　初版第1刷発行
2021年2月10日　初版第2刷発行

著　者／エフ
発行者／岩野裕一
発行所／株式会社実業之日本社
〒107-0062
東京都港区南青山5-4-30　CoSTUME NATIONAL Aoyama Complex 2F
電話（編集）03-6809-0473　（販売）03-6809-0495
https://www.j-n.co.jp/
小社のプライバシー・ポリシーは上記ホームページをご覧ください。

ＤＴＰ／ラッシュ
印刷所／大日本印刷株式会社
製本所／大日本印刷株式会社

ISBN978-4-408-53774-0（第二文芸）